二見文庫

危険な愛に煽られて

テッサ・ベイリー／高里ひろ＝訳

RISKING IT ALL

by

Tessa Bailey

マッケンジーに
すべてをマッケンジーに

危険な愛に煽られて

登　場　人　物　紹　介

セラフィナ（セラ）・ニューソム	ニューヨーク市警警察官
ボウエン・ドリスコル	ブルックリン南部のマフィアの二代目ボス
コリン・ニューソム	ニューヨーク市警捜査官。セラの兄
ニューソム	セラの叔父。 ニューヨーク市警警察委員長
ルビー・エリオット	ボウエンの妹
トロイ・ベネット	ニューヨーク市警警察官。ルビーの恋人
トレヴァー・ホーガン	ブルックリン北部のマフィアのボス
コナー・バノン	ホーガンの従弟。手下
ウェイン・ジブス	ボウエンの父の友人。 マフィアのナンバーツー

1

いやらしい客。ミートローフを喉に詰まらせちゃえばいいのに。

セラフィナ・ニューソムは心のなかでそう毒づいて客のテーブルを離れ、目立たないように十字を切って、おまけに早口でマリアさまに祈りをささげた。あの客が彼女のお尻を特別メニューの一品のようにあつかったからって、自分の不滅の魂を堕落させる必要はない。でも、あいつの手でぎゅっとつかまれた感触がまだ残っている。彼女はその瞬間その場で、これから一生、自分はウエイトレスにチップをはずもうと決意した。三十パーセントはかならずあげるようにする。

セラは深く息を吸って、〈ドゥーリーズ〉の厨房へと続く両開き戸を押しあけた。迎えてくれたのは、ポータブルラジオから流れてくるやかましく甲高いギリシャ音楽、銀器のこすれあう音とお皿を泡だらけの熱いお湯のなかに落とす音。まるでタイミングを見計らったみたいに、コックがまたミートローフをふた皿、へこんだメタルラックに載せて、ベルを鳴らした。彼女がすでにここで待っているのが見えているはずなのに。セラは背筋を伸ばし、看護師から転職して警察官としてのキャリアが軌道に乗りはじめた自分が、ここブルックリンのブッシュウィック地区でエプロンをつけて働いている理由をあらためて思いだした。

兄を殺した犯人に近づき、とりいるためだ。

「なんであんたはおれのつくったミートローフを食べないいんだ?」コックがひどく訛《なま》った英語で訊いた。

「それは……グルテンアレルギーだから」

「みんなが言ってるグルテンって、いったいなんだよ?」

セラはまじめに答えてしまいそうになったけど、やめた。「たぶん嘘っぱちね。サンタクロースや快適なひもパンみたいに」コックをしかめっ面にして、『あなたのつくるミートローフは轢《ひ》かれた動物みたいだから』と答えずにすんでほっとしたセラは、皿をもってまた戸をくぐった。

ホールは不気味に静まりかえっていた。

できるだけ慎重に、沈黙の中心に目をやった。スツールふたつ先にトレヴァー・ホーガンがいた。兄を殺した男だ。

ホーガンは地元出身の叩きあげだ。始めは車の窃盗、デリの強盗、喧嘩だった。野心満々で、しかるべきときにしかるべき場所にいて、ためらいなく金属バットをふるったホーガンはボスの信用を得て、その組織を引き継いだ。その後も、高利貸し、地元商店からの集金、ありとあらゆることに貪欲に手をつっこんでいった。

セラの兄コリンがニューヨーク市警に入ったばかりのころ、ホーガンは商売を広げているところだった。大規模な違法ギャンブルで大儲けしてナイトクラブ二軒に出資し、犯罪社会での影響力も増した。コリンのように経験不足の警察官がホーガンの事件にかかわるべきではなかった。若く、自信過剰で、刑事になって一年目で、大物を逮捕したがっていた。

でも叔父がニューヨーク市警の管理のトップである警察委員長だから、例外が認められた。それがどんなに危険なことであっても。

兄が死んだとき、セラはボストンのマサチューセッツ総合病院で救急外来の看護師として働いていた。なんて皮肉。人の命を救うという誓いを立てたのに、自分にとっていちばん大切な人の命を助けることができなかった。

セラは首からかけている大天使聖ミカエルのペンダントを親指でなでた。ニューソム家が呪われているとまでは思わないけど……やっぱり呪われているも同然だ。セラの父親をふくめて、三世代続けて殉職しているなんて。彼女に残された唯一の家族である叔父は、強権によって市の治安を維持している。ニューヨーク市の人々にとって彼女は何者でもない。わずかに残された家族にとっても、彼女はいなくてもいい存在だ。セラフィナ・ニューソムはいわば幽霊だった。

彼女の考えでは、だれにも知られていない自分こそ、潜入捜査でホーガンを一生刑務所にとじこめておくための証拠を手に入れられる人間だった。ホーガンの違法な商取引を記録した帳簿が存在するという噂は、署内ではずっと前からささやかれていた。コリン殺害事件の裁判でホーガンは無罪となったが、その裁判でホーガンが財務記録の提出に激しく抵抗したことで、ますますその噂があおられた。ホーガンのように思いあがった男なら、帳簿を残しているはずだ。帳簿を見たという下っ端の情報屋もいたし、セラは直感で帳簿がかならず存在するとわかっていた。そこには彼の秘密が書かれている。

その秘密で彼を逮捕できるわけではない。少なくとも従来のやり方では無理だ。でもこの界隈では情報に価値がある。帳簿に記されている名前を利用してホーガンの組織を内側から崩壊させ、混乱におとしいれることは可能だ。

その帳簿を手に入れたら兄を殺した犯人に復讐できるとわかってすぐに、セラは兄の三回目の命日を口実にして一週間の休暇をとった。そして叔父にも知らせずに、潜入した。

これが終わったら、二度とバッジをつけることはないだろう。でも、どうしても兄を殺した犯人を仕留めたかった。

そのあとは姿を消す。

セラは視界の端にホーガンをとらえたまま、がっしりした体格の男性客ふたりの前にミートローフの皿を置いた。さっきまで大声でおしゃべりしていたが、ホーガンの登場でいまは小声で話している。彼があらわれてから、〈ドゥーリーズ〉店内のざわめきはスイッチを切ったように静かになり、客たちはぼんやりとフォークで食べ物をつついていた。ホーガン本人は、自分が人々を沈黙させていることも意に介さず、古いテレビに映る総合格闘技大会を観戦している。

ホーガンの手下四人組がバーエリアにやってきて、警察一家のセラの家系に伝わる第六感をぴりぴり刺激した。ホーガンはバーカウンターにもたれ、大きな手振りを交えてバーテンダーに話しかけている。彼のとりまきは見計らったように笑い、客の一部もリラックスしはじめた。ホーガンはウイスキーを飲みほした。そのハンサムな容姿は若さといっしょに色あせはじめている。グラスをカウンターにどんと置いてふり向き、ホールの反対側にいる彼女と目を合わせた。セラは彼の視線に身をすくませることなく、にっこりほほえみ、じっと見られているのを感じながら厨房へと戻った。

次の瞬間、すべてがあっという間に起きた。〈ドゥーリーズ〉の入口ドアが乱暴に蹴りあけられる音がした。パーカーのフードを深くかぶった男が入ってきて、ホーガンに銃を向けた。店内の客は全員、中学校の地震避難訓練のように床に伏せた。セラは思わず腰に手をやったが、武器はなかった。

ホーガンは四人の手下たちの背後に飛びこみ、そのひとりが代わりに銃弾を受けた。撃たれた男は悪態をついて倒れながらも、いっしょに倒れこんだホーガンの盾となり、自分の銃をとろうとした。ホーガンのほかの手下たちも銃を抜き、すでに後退しつつある殺し屋に撃つぞと脅したが、男は彼らに撃たれる前にドアのそとに消えた。

いったいなにが起きたの？　ホーガンにたいする暗殺未遂？　一瞬、セラはその場に立ちすくみ、ホーガンの命があやうく彼女から横取りされるところだったという事実に動揺していた。コリンの復讐は、そんな簡単な死に方ではだめだ。とうてい認められない。何年間もの悲嘆、何カ月もの調査……それが無になるなんて。あぶないところだった。ほんとうに。

血を見て、セラは麻痺状態から覚めた。いたるところに血があった。バーカウンターのうしろの鏡や床に飛んだ血しぶき、倒れている男の胸の出血。頭が働く前にからだが動いていた。セラは倒れた男に近づき、役に立たない野次馬を押しのけた。警察官になるために看護師はやめたが、献身の誓いを立てたからには死にかけている人を放っておくことはできない。助けられるなら。「バーのうしろから救急箱をとって」血を流す男の横にひざまずいた彼女は、だれも動こうとしないのに気づいた。「急いで。救急車も呼ぶのよ」

まわりでつっ立っていた脚が動き、ちゃんと聞いていた人がいたとわかった。セラは一瞬、負傷した男の顔を見つめた。若くて、黒髪で、明らかな痛みで歯を食いしばっているのに、驚くほどハンサムだった。警察のケースファイルでは見たことがない顔で、この界隈ではめずらしいタイプだった。もちろんならず者だが、救済の見込みのないほかの連中とはちがうように見えた。セラはてきぱきと彼の手を傷からはがし、革のジャケットを押し広げ、白いシャツを襟から裾までいっきに引き裂いた。

ひざまずいている横の床に救急箱が置かれた。「男の服を脱がすなら、せめて先に夕食をおごってやれよ」

ホーガン。彼はあとまわしだ。射入創が心臓から五センチずれているのを見て、どっと安堵が押しよせた。それでも鎖骨下動脈を撃たれているかもしれない。救急車が到着するまで生かしておくことはできるけど、早く来てくれないと。できるだけ優しく彼の肩の下に手を滑りこませて、射出口を見つけてほっとした。少なくとも弾丸はきれいに貫通している。エプロンをはぎとり、糊のきいた生地を丸めて傷に押しあてた。ものすごく痛むはずだが、男はかすかに顔をしかめただけだった。

目をあげると、ホーガンと目が合った。「救急車を呼んだの？」

彼はバーカウンターによりかかり、カクテル用ストローを嚙んでいる。心配のかけらも浮かんでいないその顔を見て、自分の前にいるのは怪物なのだと思いだした。兄を殺した男だ。ホーガンは肩をすくめ、セラは歯を食いしばった。「おまえひとりでちゃんとやれてるじゃないか。制服を巻きこむ必要はない」

セラは驚きを隠せなかった。「医者に診せなかったら死ぬかもしれないのよ。どれだけ出血したか見てみなさいよ」血まみれになった手を自分の制服のシャツでふいたせいで、図らずも言いたいことが強調された。

ホーガンは目を細くして、カクテル用ストローで彼女を指した。「そいつの希望を訊いてみたらどうだ」

セラは怪我人に目を戻した。「救急車はいらない」彼は食いしばった歯のあいだからそう言い、ますます顔色を失った。「出血多量で死んだほうがましだ」

ホーガンはおもしろがるような顔をした。「言っただろう」バーテンダーに酒のお代わりを要求する。「おまえ名前はなんていうんだ、フローレンス・ナイチンゲール？」

この男はわたしの想像以上に冷酷だ。

セラは深呼吸して彼の質問に意識を集中した。あらかじめ偽の身元の細部まで考えてあった。もしホーガンに近づけたらつかおうと思ってつくった架空の経歴。でもこれほど早くつかうことになるとは思っていなかった。ましてこんな状況下で。

「セラよ」

ホーガンはウイスキーをいっきに飲みほした。「そいつを治せるか、セラ？　わたしの従弟なんだ。もしくたばったら、うちの母親が怒る」

たぶん治せる。いえ、治してみせる。怪我をした男は兄とはまったく似ていないけど、ホーガンのせいで死ぬ人間をもうひとりも増やしたくなかった。理屈ではなく、この人を助けることが、兄が歩道で冷たくなっていたときに自分は三百キロ離れたところにいたことの罪滅ぼしになると感じた。でもそんなことをホーガンに悟られるわけにはいかない。さもないと自分の命まで危ない。「治す？」信じられないというふうに笑った。「この人には医者が必要よ……病院に連れていかないと。わたしはただのウエイトレスなんだから」

「へえ？　まるでウエイトレスらしくないしゃべり方だ」

「きょうのおすすめ料理を聞きたいの？」

ホーガンの笑い声がバーエリアに響いたが、彼はすぐに冷静になった。一瞬彼女をじっと見つめて、それから手下にうなずきかけた。「コナーを後部座席に乗せるんだ。いいか、先にタオルを敷くんだぞ」それから、まるで思いつきのようにつけ加えた。

「その女も連れていく」

2

ボウエン・ドリスコルは、警察官ふたりに両手をつかまれて背中に回され、パトロールカーのボンネットに顔を押しつけられても、火のついた煙草を唇にくわえていた。歩道を歩いていた近所の女の子たちが立ちどまり、びっくりしてこちらを見たが、ウインクしてやったらくすくすと笑いだした。警官が彼の肩甲骨のあいだを手で押さえ、もうひとりの警官が、ウエストバンドにはさんでいた手錠をとりだして彼の手首にはめて、カチリと金属が合わさる音がした。背中に置かれた手にぐっと背中を押されて、ボウエンはため息をついて煙草を路肩に落とした。

「なあ、おれだって激しいのは嫌いじゃないが、まだよく知りあってもいないじゃないか」

「黙ってろ、ドリスコル」

「なんで逮捕されるのか教えてくれないのか?」手錠が肌に食いこみ、彼はうめき声をのみこんだ。「それとも、これがあんたたちのデート相手のつかまえ方なのか?」

「おまえのおふくろさんは気にしなかったよ」警官はボウエンをパトロールカーの後部座席に坐らせたが、なにげない侮辱が彼の痛いところを突いたとは気づいていない。「なぜおまえを連行するかって?」肩をすくめて勢いよくドアを閉め、「なんでも好きな理由を選べ」とガラス越しに言った。

ボウエンは平然とした顔をけっして崩さなかった。パトロールカーは彼の生まれ育った——そしてたぶんここで死ぬ——ベンソンハーストの街を走っていく。どの街角も、どの路地も、どの店の主人の名前も知っている。ここは彼の故郷だ。愛するのとおなじ激しさで憎んでいる。愛しているのはなじみ深いからで、憎んでいるのは、しぶしぶ親の跡を継いで以来、ここが彼の牢獄になったからだ。

両手の自由を奪われてパトロールカーの後部座席に押しこめられているのは拷問だったが、心のどこかでほっとしているのは否定できなかった。やっとおれを逮捕するということか? 刑務所送りにできるだけの証拠を手に入れたのだろうか? この得意げなポリ公たちにそんなことを認めるよりは死んだほうがましだが、彼はひそかに逮捕されることを願っていた。きょうこそだれかが彼の支配を終わらせようとするのではないかと思いながら、背後を気にして歩くのはうんざりだった。マフィアのボスになりたいなんて思ったことはなかった。だが父がライカーズ・アイランド拘置所で未決勾留されているいま、その責任はまるで一トンの岩のように彼の肩にのしかかっている。たしかに、もともと聖人だったわけじゃないが、いまでは彼のストリート・ファイト好きとはまったく関係のない理由でおそれられている。人々は、組織に借金を返さなかったら脚の骨を折られると心配している。彼の姿を見かけると、まるで死に神に会ったようにしっぽを巻いて逃げていく。

なぜしょっぴかれたのか、よくよく考えてみた。警官はその理由を告げる義務があるはずだが、ニューヨーク市警は規則を守ったことなんて一度もない。彼にたいしては。警察は彼がブルックリンの南半分を牛耳っているのはわかっている。ただどの犯罪も彼のしわざだと突きとめられないだけだ——そしてそれがおおいに気に食わない。ボウエンはそれがおおいに気に入っていた。きょう、そのすべてが変わるのだろうか？　控え目に言っても、警官たちの沈黙は変だ。普通なら彼をからかうチャンスを見逃すはずがない。

ボウエンは車が地元の分署への曲がり角を通りすぎてマンハッタン方面へ向かうのに気づき、顔をしかめた。「どこに行くんだ？」

「心配するな」運転している警官が言った。

「心配してるなんて言ってない」煙草が欲しい。「観葉植物に水をやる人間を手配する必要があるかどうか、知りたいだけだ」

警官たちは目を見交わした。「おまえが観葉植物だと？」

「なんだよ？　植物を愛するタイプに見えないっていうのか？」

ボウエンはバックミラーに映る自分の顔を見て、思わず笑った。青黒くなった目と切れた下唇。植物を愛する人間にはまったく見えない。じっさい、車で二度轢かれたくそのようだ。いまに始まったことじゃない。物心ついたころからずっと、鏡のなかの自分はいつも顔になにかしら傷があった。だが、人生に完全に疲れきったような目は……初めて見た。思わず窓のそとに目を向け、車がブルックリン橋を渡っているのに気づいた。おれをマンハッタンに連れていって、いったいどうするつもりなんだ？

「なあ、あんたたちのその謎めいた雰囲気、気に入ったよ。セクシーだ」

警官たちは返事をする代わりに、絶え間なく声の流れてくる無線の音量をあげて彼の声をかき消した。数分後、パトロールカーはニューヨーク市警本部に入り、ボウエンは問いかけたくなるのをこらえるのに最大限の自制が必要だった。後部座席から引きだされたとき、胸のなかで心臓が大きく鼓動していたが、全力で退屈した顔を保った。

おしまいだ。おれは終わった。

これでもう、人々に恐怖を植えつける必要も、貸し金を取り立てるために暴力をふるう必要もなくなる。良心をどこかに置き忘れてきたような情けないごろつきどもを率いる必要も。すべて終わる。

警官たちにひったてられて入口をくぐると、全員がこちらを向いた。四方八方から敵意と嫌悪が向かってくる。ボウエンは切れた唇の痛みを無視して、観客に向けてにやりと笑った。「やあ、紳士諸君」帽子をかぶっていたら、ちょっとあげて挨拶してやったのに。「じつにすばらしい天気だ。空に雲ひとつない」

からかってやった連中の反応を愉しむ暇もなく警官たちに廊下をひっぱられて、いちばん手前の尋問室に押しこまれた。どつきまわされることへのいらだちが喉元にこみあげたが、それを表に出して相手をよろこばせることはしなかった。もし手錠をはめられていなかったら、とっくの昔に殴りかかっていたし、向こうもそれはわかっている。彼がふたりを楽にぶちのめせるということも。血管に闘争心が流れている。喧嘩は彼の日常であり、特技だ。だから手錠をはずされたのには驚いた。そのせいで怒りを忘れたほどだ。

「わかったよ、降参だ。いったいどうなってるんだ?」

「坐ってろ」パトロールカーを運転してきた警官がパイプ椅子を出し、腕組みをして壁に寄りかかった。「すぐにわかる」

ボウエンは坐らなかった。尋問室のドアがあいたので見ると、年配の男が、深刻な顔をして入ってきた。その男がだれかに気づいて、ボウエンは眉を吊りあげた。警察委員長のニューソムだ。

記者会見の様子がテレビで放映されるのを何度も見たことがある。それがこいつの仕事だ。人々を安心させるニュース画像になること。警察の管理のトップであり、広告塔。そんなやつがブルックリンのごろつきを尋問するはずがない。ニューソムはスチール製のテーブルの上にファイルを置き、彼にうなずきかけた。「目のまわりの青あざはどうしたんだ、ドリスコル？ 上に立つことになったんだから、よごれ仕事は手下にやらせればいいだろう」

ずっと青あざが消えないほんとうの理由を、こいつに教えるつもりはさらさらない。借金の取り立てに行って金が用意されていないとき、ボウエンはそいつに一発殴らせて立ち去り、そいつを痛めつけるのは手下たちに任せる。彼はその一発の痛みをよろこんで受けいれた。渇望しているといってもいい。最近、自分が生きていると実感できるものはその痛みだけだった。金が用意されていなければいい、と期待していることさえある。ゆうべもそうだった。戸口にあらわれたボウエンを見た男の目に浮かんだ絶望を思いだし、口のなかに苦いものがこみあげてくる。

〝おれに返す金はないってことか？　それなら、殴ってみろよ。遠慮はいらない。うちのやつらにボコボコにされて一時間後に目を覚ましたとき、あんたはおれを憎み、あのとき殴っておいてよかったと思うだろう〟

「なぜおれはここにいるんだ？」ボウエンはニューソムの質問に答えず、椅子に腰をおろした。「すばらしいもてなしに不満があるってわけじゃないけどな」

「生意気だっていう評判どおりだな」ニューソムも坐り、うんざりした様子でひげづらを手でこすった。「いいか、わたしはおまえと虚勢の張り合いをしにきたわけじゃない。だから行儀に気をつけろ」

「いいだろう」ボウエンは煙草に火を点けた。「話せよ」

ニューソムはあごをこわばらせた。うしろにいる警官ふたりが動こうとしたが、ニューソムが手をあげてとめた。「じつはある困った事態が発生し、おまえがわれわれの助けになる立場にいるという報告があった」

ボウエンは二度目のニコチン吸入の途中で息をとめた。「あんたらの、助けになるって？」警察委員長に黙って見つめ返され、彼は吹きだした。「これは夢で、もうすぐおれは目が覚めるんだろ？」

「いや、ちがう」ニューソムはファイルを開いて、書類をぱらぱらとめくった。「もし知りたかったら教えてやるが、一年以上前から逮捕しようと追いかけているちんぴらに助けを請うのは、わたしの第一希望ではなかった」

「そんなお世辞を言ったってだめだ」ボウエンは深々と煙草を吸い、しかめっつらの警官のひとりの顔に煙を吹きかけた。「それで、どんなことにおれの助けがいるんだ？　せめて詳しい説明を聞かせてもらおうか。断る前に」

「自信に満ちた口ぶりだな」

「よかった。それを目指してるんだよ」

ニューソムは小声で何事かつぶやいたが、ボウエンに聞こえたのは〝間違い〟という言葉だけだった。「これからちゃんと説明してやるから、聞いてから決めたらどうだ？」

ボウエンは無言で、紫煙の向こうのニューソムを見つめた。

彼は疲れた様子でため息をついた。「ある潜入捜査官との連絡が途絶えた。俗な言い方をすれば、〝はぐれた〟。上の許可なく独断で潜入したということだ」しばらく自分の手をじっと見る。「われわれはその捜査官と連絡をとり、なによりもまず、その生存を確認したい。そして無事に引きあげさせたい」

「潜入ね」ボウエンはうなじがぴりぴりするのを感じた。「だれを捜査しているんだって？」

「おまえが協力するという同意書に署名する前に名前を明かすと思うか？」

ボウエンは答えなかった。〝協力〟という言葉が、まるで悪臭を放つ生ごみのように宙に浮かんでいる。

「捜査官はある証拠を探している」ニューソムは続けた。「率直に言えば、それはわたし――われわれにとって必要な証拠だ。こんなやり方で入手するのは不本意だが、捜査官はすでに潜入している」

「なんの証拠だ？」

「不正行為。おまえにはおなじみだろう」ニューソムは両手の指先を合わせて山をつくった。「そこでおまえの第二の仕事だ。もし捜査官が生きていたら、その目的を果たすために時間の猶予を与えて見守る。捜査官が首尾よくわれわれの求める証拠を手に入れたら、おまえがその証拠をわたしにもってくるんだ。捜査官がだれかにそれを奪われたり殺されたりする前に」彼は首を振った。「新米警官だよ。こんな捜査に深入りしていいようなやつではない」

「ますますそそられるよ」ボウエンは制服警官ふたりに鋭い視線を向けた。「機嫌がいい日でもおまわりは好みじゃないんだ。経験の浅い新人が自殺したがってるって？それでどうしておれが協力すると思うんだ？」

「なぜなら、ドリスコル、協力しなかったら、われわれはおまえの生活を非常に困難なものにできるからだ。おまえの親父が逮捕されたときの状況はよくわかっている」ニューソムはそこで言葉を切った。まるでその言葉の意味をじゅうぶんに理解する間を与えるかのように。ボウエンは注意深くそしらぬ顔を保ち、衝撃が全身を駆けめぐっているのを表さないようにした。これは不意討ちだった。まったく予想していなかった。「おまえは親父が逮捕されるという情報をつかんでいたのに、それを親父に伝えなかった。もし教えたら、おまえにとって大事な人間を危険にさらすことになったからだ。組織の幹部のなかには、おまえの妹が警察の非公式な情報提供者だったという事実に興味をもつやつもいるんじゃないか？」

ボウエンは立ちあがって靴底で煙草の火をもみ消し、吐き気に襲われた。罪悪感と恐怖も。「そんなの証明できないだろ」

ニューソムは冷ややかな笑みを浮かべた。「証明する必要はない。それとなく教えてやるだけで、おまえの背中に的が張りつくことになる。妹の背中にも」委員長はそこで言葉を切り、その意味をじゅうぶんわからせた。「これまでのところ警察は、おまえが継承した組織を叩きつぶすために本気を出してはいない。だがそれはいつでも変わる。協力するんだな、ドリスコル。親父のようにムショ暮らしをしたくなければ」

その言葉にショックを受けて椅子に坐りこんだが、ぎりぎりのところで、それがなんでもないことのようなふりをした。〝親父のように〟いまはそのことを考えられない。このポリ公どもが科学実験中のような目でおれを観察しているいまは。ボウエンと妹は子供のころから助けあってきた。ルビーが彼に不利な情報を警察に渡すはずがない。あいつがだれかに洩らすなんてありえない。ただ……。

「あてててやろうか」ボウエンは手で髪を梳かした。「トロイ・ベネットがマジックミラーの向こうに控えているんだろう。おれの警護サービスをよろこんで提供すると申しでてたのはあいつだな」

ニューソムの唇がぴくっと震えた。「察しがいいな。警官になろうと思ったことはないのか？」

うしろにいる警官たちは笑った。彼が犯罪者以外のなにかになるところを想像するだけでおもしろいんだろう。それもそうだな、とボウエンは思った。彼はマジックミラーのほうを向いて、中指を突きたてた。妹ルビーの恋人であり、賭けビリヤードの詐欺師だった妹に足を洗わせた男は、初めて会った日からボウエンの目の上のこぶだった。ルビーが警官とつきあいはじめたときに、いずれこんなことになると予想しておくべきだった。

数秒後、尋問室のドアが開き、コーヒーカップを手にしたトロイが入ってきた。

「やあ、ボウエン」

ボウエンは挨拶を返さず、ニューソムのほうにあごをしゃくった。「もともと答えは『断る』だったが、いまは『そんなの引きうけるか、ばか』だ」

トロイは口元を引き締めた。「ふたりにしてもらえますか、委員長？」

ニューソムはうなずき、制服警官ふたりを引きつれて出ていった。ボウエンは二本目の煙草に火を点け、テーブルの上にライターを投げた。「時間の無駄だ」

「どうして妹からの電話を無視してるんだ？」

その質問はボウエンを当惑させ、そのあとでいらだたせた。「いったいなんだよ？これは家族カウンセリングかなにかか？」彼は立ちあがってうろうろと歩きまわった。

「以前のおまえは、妹の百メートル以内におれが近づくのをいやがっていた」

「ルビーがおまえを恋しがっているんだ」トロイは肩をすくめた。「彼女が幸せでなければ、おれも幸せじゃない」

ボウエンは胸を刺すような痛みを無視した。「へえ？　変わった恋しがり方だな。自分の彼氏の警官に、兄を破滅させるようなネタを教えるなんて」

「破滅なんかしない。おまえは協力するんだから」

「しないって、言ってるだろ」

トロイはスチール製のテーブルに近づくと、ファイルを開いた。ボウエンが見ていると、書類をぱらぱらめくり、一枚の写真をとりだした。「これはおまえが協力すると言ってから見せることになっているんだが、いま見せてやる。なぜだかわかるか？」

「どうでもいい」

「おまえを信じているからだ」トロイははっきりと言った。「だからこそ、おまえにはまだ更生の可能性があり、この事件に役に立つはずだとニューソム委員長を説得した。おれの立場もこれにかかっている」

おまえを信じている。ボウエンはそんな言葉は聞きたくなかった。その言葉で呼びさまされる感情はいらなかった。彼は信じるべき人間じゃない。やむをえないとはいえ、これまでさんざんひどいことをしてきた。自分の父親を刑務所送りにしたことも。

妹をあやうく死なせるところだったことも。「がっかりさせて悪いが、おれは背中に的を背負うことにするよ」

「そんな選択肢はないぞ。おまえもこの世界の一員であり、ニューソムにルビーのことを組織の幹部に密告され――おまえはなにか理由をつけてムショに放りこまれる――のがいやだったら、協力するしかない」トロイは首を振った。「おれがおまえの妹を守るのはわかってるだろう。たとえそのために、この街を出て二度と帰れなくなっても。そのときは彼女が努力で築きあげてきたものすべてを残していく。だがおまえは妹をそんな目に遭わせたいとは思わないはずだ」トロイは悪態をつき、写真をテーブルの上に投げた。ボウエンは目をあげたまま、断固として見るのを拒否した。トロイは写真を指さした。「これはおまえがやってきたことを帳消しにするチャンスだ。いいことをするチャンス。ルビーはおまえにはいいところがあると思っている。それが間違いだと証明する気なのか？」

「ファッキュー」ボウエンは歯を食いしばりながら言った。からだじゅうのすべての細胞で、彼の弱みを利用するトロイを憎悪した。彼はこの世界で大事にしているものは多くないが、妹のことは大事だった。だからこそ妹を自分の人生から完全に追いだしたのだ。「妹の話が出たからついでに言っておく。あいつをおれに近づけるな。地

「いまでもそうやってあいつを守ろうとしているのか？」

トロイは静かな声で訊いた。

「それはもうおれの役目だと、わかってるだろう」

「それならちゃんとやれよ。あいつをブルックリンに近づけるな」

トロイは考えこむようにうなずき、ボウエンのことをじっと見つめた。ボウエンはその視線から逃れるために目をそらし、その拍子に写真が目に留まった。

彼のなかのすべてがとまった。頭で考える前に、よく見るために写真を手にとっていた。「これはだれだ？」

「連絡を絶った捜査官だ。もう一週間になる」トロイは声をひそめ、マジックミラーに背を向けた。「彼女はトレヴァー・ホーガンを捜査している」

ボウエンは驚きを隠しきれなかった。「この娘が？　顔にまだそばかすが残っていて、首にロザリオをかけているこの娘が？　ホーガンの一味に潜入しているって？」

トロイがうなずくと、ボウエンは小声で罵った。この写真にたいする自分の反応が理解できなかったが、守ってやりたいという気持ちが猛然と湧きあがってきた。彼にほほえみかけている濃茶色の髪の美人は、日のまぶしさに眉をひそめ、片手で胸の十字架を握りしめている。この娘は人でなしのホーガンのそばに近寄るべきじゃない。

ホーガンは最近ブルックリン北半分の縄張りを手に入れた男だ。少しでもこの娘をあやしいと思ったら、躊躇なく始末するだろう。

だがボウエンは、トロイが知らないことを知っていた。彼とホーガンは五月九日にある取引をすることになっている。いまから一週間と少しあとだ。ブルックリンから海外に窃盗活動を移転させたやつからの船荷——盗品のコンピュータ機器——が、中立地の港に荷揚げされる。荷主からのリクエストで、ボウエンとホーガンは、南北ブルックリンのマフィアの友好のしるしとして、積み荷をきっちり半分ずつ引き受けることになっている。積み荷をめぐってマフィアどうしでいがみあったら、警察の注意を引き、荷主が逮捕される可能性が高まるからだ。もし警察に協力するのなら、その取引がホーガンに近づく格好の口実になる。

待てよ。もし警察に協力するのならだって？　嘘だろ、ほんとにおれはその気になっているのか？　彼はぼんやりと指で写真をなでた。「こいつの名前は？」

「セラフィナ」トロイが咳払いをした。「ホーガンは彼女の兄を殺したのに、おとがめなしになった。兄妹《きょうだい》ならなんでもしてやりたいと思う気持ちはわかるだろう。だが彼女にはそのチャンスもなかった」

ボウエンは胸が詰まるように感じた。おれにできるのか？　情報提供者になる？

ひそかにこの娘——セラフィナ——を危険から守ることで、おれは刑務所送りをまぬがれ、妹の新しい人生も守ってやれる。それになんといっても、だれかが行って、この無鉄砲な新人警官を連れもどしてやらなきゃだめだろ。この写真は以前のものかもしれないが、この純真さのかけらでもまだ残っていたら、あっという間にホーガンにあやしまれて殺されるのがオチだ。

おれはなにをぐだぐだ言ってるんだ？　選択の余地はない。

「いつまでにこいつを引きあげさせればいいんだ？」

「早ければ早いほうがいい。一週間以内に」

タイミングはばっちりだ。「こいつがなにを探しているのか教えてくれ。なにも知らないで飛びこんでいくことはできない」

トロイは声をひそめた。「財務記録。つまり帳簿だ」腕を組む。「ホーガンの組織には男性警官が潜入したこともある。だが……長続きしなかった。それでも、あがってきた報告によればやつが手書きの取引記録をつけているのは確かなんだ」

まさにそれを見たことがあるということは、言わないほうがいいだろう。ボウエンは煙草をとるためジーンズのポケットに手をつっこんだ。「じゃあさっさと済ませよう。書類書きは嫌いなんだ」

3

セラはひと目でその男に嫌悪を覚えた。

でもだれかを嫌悪するなんて罪深いことだから、とても嫌いということにしておいた。五分前にホーガンのナイトクラブ〈ラッシュ〉に入ってきてから、ずっとこちらを見ている。バーカウンターの前でウイスキーのグラスを手にしているその男は、場にとけこむと同時に目立っていた。片目のまわりが青あざになっているのに、殴られるほうではなく殴るほうの人間のような自信を漂わせて店に入ってきた。長身で肩幅が広く、肉体労働者のようなすばらしい筋肉を見せつけ、男女を問わずみんなの注目を浴び、称賛の、また警戒のまなざしを向けられていた。その身のこなしは、大声で叫ぶよりもはっきりと、〝おれを甘く見るな〟と告げている。ダークブロンドの髪はわざとかき乱した感じにくしゃっとなっていた。まるで女性が、さっきまでひしとしがみついていたかのように。

セラは自分が彼を無遠慮ににらみつけていたことに気づいて、ぶるっとからだを震わせた。いつもはこんなことを考えたりしないのに。絶頂にのぼりつめた女性が見知らぬ男の人の髪をつかんでいるところを想像するなんて。

小声で自分を叱ってから、自分のトレーをとってふり向き、あんな男は無視しようと決めた。ホーガンのナイトクラブでウエイトレスをはじめてからもう二週間になるのに、彼の犯罪を証明する証拠はまだ見つからない。銃撃事件後、セラはこの店の二階の部屋を与えられ、ホーガンの従弟の治療を任された。撃たれた従弟の状態はみるみる悪化し、この人は生きたいと思っているのだろうかとセラは心配になった。ホーガンを逮捕するチャンスが失われるのを覚悟で、従弟を病院に連れていくようにと彼に頼んだ。どんなに頼んでも、ホーガンは医療機関に診せるのを拒否した。それでもセラはなんとか患者の容体を安定させた。

患者が一応快復して危機を脱したら、ホーガンは彼女を追いはらうだろうと思っていた。でも代わりにウエイトレスのエプロンを投げてよこした。彼女の看護スキルがいずれまた役に立つと思ったのか、それとも彼女の扱いに困ってのことか、よくわからない。どう考えていいのかわからなくていらいらするし、神経過敏になっている。ここにいたがっていると思われないように、何度か家に帰りたいと言ってみたが、ホーガンは怪我をしている従弟を理由にしてセラを手放さなかった。何度かホーガンにじっと見られているのを感じた。まるで彼女をどうするか考えているような表情を浮かべて。冷たく分析されるようで落ち着かなかったし、あやしまれるのは捜査に差しつかえる。でもきのうの朝早く、ちらっと帳簿を見かけた。ホーガンを逮捕できるかもしれないのに、あきらめるわけにはいかない。

うまくいけば、この潜入捜査はあしたで終わるかもしれない。きのう彼女の受けもちのテーブル席に坐ったホーガンが、携帯電話で、ニュージャージーの海岸に所有しているナイトクラブの経営をチェックしにいくから一週間留守にすると話しているのが聞こえた。ホーガンが彼女も連れていくと言いだしたりしなければ、いつも鍵がかかっている彼の地下のオフィスに侵入するチャンスだ。

彼女の意思に反して、セラの視線はまたバーエリアにいるあの男にとまった。なんとなく知っているような気がするけど、どうしてそう感じるのかわからなかった。さっきは値踏みするような目でこちらを見ていたのに、いまは見るからにいらだっている。わけがわからない。

「ねえちゃん、おれたちは喉がからからなんだよ」

セラは作り笑いを顔に貼りつけて男性客三人のあいたジョッキを片付けた。「おなンのでいい?」

うなるような声が答えだった。セラはうなずき、テーブルのあいだをとおって、彼らのおかわりを調達しにバーに行った。

金曜日の夕方で、〈ラッシュ〉は客が増えはじめていた。働きはじめてからまだ短いけど、この店の常連客は要求がうるさいとわかっている。〈ラッシュ〉は、セラが行ったことのある数少ないナイトクラブとはまったくちがう。余計なサービスも、高い酒も、垢抜けたおしゃれな客もなかった。この店の客は粗野で、彼女をふくめて新顔を信用しない。数回シフトに入って、彼らがセラを受けいれたのは、彼女がホーガンといっしょにいるからだった。

セラが木のバーカウンターの注文ハッチにひじをつくと、目を充血させたバーテンダーがこちらをちらっと見た。「バドワイザー二本と、カールスバーグ一本」

「わかったよ、ハニー」彼が氷のなかで冷やしてあるビールをとるためにバーの反対側に歩いていくと、さっきから彼女を見ている男が近づいてくる気配がした。時間をかけて、のんびりとした足取りで歩いてくる。セラは肌がぴりぴりするのを感じていらいらした。話したくなかったから、かったるそうなバーテンダーに急いでくれと無言で目配せをした。でもそうは問屋が卸さない。あのバーテンダーは、生まれてから一度も急いだことなんてないんだろう。

「なあ、もしおれがチップで稼いでいたら、もっとにこにこするけどな」

首のすぐ近くでささやかれて、うなじのうぶ毛が震え、背中がぞくっとした。下腹部に感じたことがないうずきが生まれて、熱い液体のように血管を駆けめぐる。思わず息をのみ、唇を開いていた。驚いたのは彼のあつかましさに？　この知らない男への自分の反応に？　わからなかった。

しっかりしなさい。ちゃんと役を演じるのよ。唇の端を吊りあげ、軽く切り返そうとふり向いたが、言葉は唇の上でとまった。目をあげたところに、見たことがないほどハンサムな男性の顔があったからだ。灰色の目は見るからに疲れていたが、まじろぎもせず彼女をじっと見つめ、口元に薄い笑みを浮かべている。遠くから見たとき、彼は片目に青あざがあるにもかかわらず魅力的だった。近くで見た彼は……心を騒がせる。すごく。しっかり偽の仮面をかぶっていなければいけないときに、そんな余裕はない。

セラは彼から一歩離れた。「じろじろ見られて、にこやかになんてできないわ」

「ならあんまり笑わないってことか、そんないい女だったらいつもじろじろ見られてるんだろ」

　ちょっと、なに？　下腹部がきゅっとなって、自分でも愕然とした。あんな言葉にそそられたというの？　いままでブルックリン訛りをすてきだと思ったことなんて一度もなかったけど、〝いい女《スタナー》〟を〝スタナ〟と言う発音は、セラのからだの奥に妙な反応を呼びさました。もしかしたら、彼の声に感じられた率直さのせいかもしれない。まるで本気でそう思っているみたいに聞こえた。いまもじっと彼女を見つめるまなざしと合わせて、その効果は強烈だった。皮肉なものね。初めて性的魅力を感じた相手が潜入中にあらわれるなんて。

　とはいえ、いまはなにもできない。かわさなきゃ。

　彼女のビールをカウンターに置いたバーテンダーに、キスしたくなった。「失礼するわ。わたしは働いてるの。お客さんがおかわりを待ってるのよ」

「へえ？」彼はウイスキーを飲んだ。喉の筋肉が動く。「おれもおかわりだ」

「あなたはわたしの担当セクションのお客さんじゃないわ」

　まずいことを言ってしまったと気づいたときは手遅れだった。彼はからのグラスをバーカウンターに置くと、彼女の横を抜けてクラブの奥のテーブル席へと向かった。そして最初にあいていた、さっきの男性客たちのテーブルのすぐそばの、彼女のセクションだということを否定できない席に腰をおろし、期待をこめた目でこちらを見た。

セラはバーテンダーに失礼な男のウイスキーのおかわりを注ぐように言おうとふり向いたけど、彼はすでにそれを用意して注文ハッチに置いていた。どうやら、その気ならすばやく動くこともできるらしい。

内心歯を食いしばりながらさりげない様子を装い、四つの飲み物をトレーに載せ、スマイル・コーチ男の不満げな声を無視して、先に三人の男性客のテーブルにビールを置いた。

「なんでこんなにかかるんだ」ひとりが文句を言った。「だれかがホーガンに言ってやらんとな。その生意気なケツの下に火をつけてやれって」

うしろで、椅子が激しく床をこする音がして、セラは飛びあがった。テーブル席の三人は全員凍りついたようになり、テーブルに拳《こぶし》をついて身を乗りだしているセラの崇拝者に目を瞠《みは》った。「いますぐこの子に謝れ」

三人のうちひとりが立ちあがり、なだめようと手を差しだした。「くそっ、あんたの連れだなんて知らなかったんだ。おれは……その……」

拳がテーブルに打ちつけられ、ビールが一本倒れた。「謝れって言ったんだ。おれが我慢ならないものがひとつあるとすれば、それはなにかを二度頼むことだ」

すぐに謝罪の合唱が起きたが、セラにはうなずくことしかできなかった。この人はだれなの？　三人は彼を怒らせてしまったことにひどく怯《おび》えている。まるで命がかかっているかのように。問題の男はゆっくりとからだを起こし、自分のテーブルに戻っていって、坐った。クラブにいる全員がぴくりともしていないのに、まるで気づいていないのか、気にしていないようだった。セラはほかにどうすればいいかわからなくて、なみなみとウイスキーの入ったグラスを彼の前に置いた。離れようとしたとき、彼の手が伸びてきて手首をつかまれた。

「もう笑顔を見せてもらえるんだろ？」

「もし見せなかったら、どうなるの？」意図したより冷たい口調になった。「怒鳴ってほほえませる？」

彼は親指で彼女の手のひらに円を描き、じっと見つめてきた。「気をつけな、てんとう虫《レディバグ》、星が見えてる」

いったいどういう意味？　セラは手を引きぬいた。「笑顔は恋人にとってあるの」

彼は椅子の背にゆったりもたれてウイスキーを飲んだ。さっきまでの陽気さは消えた。「もし恋人がいるんなら、そいつはひどくがっかりすることになる」

「どうして？」

「おれはだれかと分けあうのは得意じゃないんだ」

セラはびっくりして彼を見つめた。うしろに坐っている男たちの前で彼に反論しないほうがいいのはわかっていた。きっと耳をそばだてている。彼らはなぜかこの人を恐怖している。ちゃんと状況がわかるまで、騒ぎを起こすべきじゃない。セラはトレーを置いて、声をひそめた。あんなことを言われて、そのまま済ますつもりはなかった。分けあう？　まるで缶コーラみたいに？「あなた、自分を何様だと思っているの？」

彼の視線が、唇に落ちた。「今夜おまえにキスする男だ」

「たとえ地獄に落ちてもないわ」セラは吐き捨て、考える前に十字を切っていた。

「あなたの名前も知らないのに」

片方の眉が吊りあがった。「いま十字を切ったのか？」

セラはそわそわした。「あなたにもお勧めするけど、どうやら宗教はあなたには手遅れのようね」

「その点は異議なしだよ」彼は身を乗りだし、脚のあいだで手を握った。頭をかしげるそのしぐさは、きっと女の子たちをキャーキャー言わせるだろう。でも、彼はまだ名前を明かしていない。「取引しよう——」

「いいえ」セラは首を振った。「ＮＢＣの『デイトライン』で紹介される犯罪はみんなそれから始まるのよ」

「ああ、まったく」かろうじて聞こえるほど小さな声だった。「どうしてこんなところにいるんだ？」

セラはその謎めいた質問をどう考えていいかわからなかった。だからトレーをもちあげ、バーに向かったが、彼に声をかけられて足をとめた。

「もしおれがおまえを笑顔にできたら、キスをもらう」立ちあがると、彼女の手からそっとトレーをとった。「それが取引だ。安全だろ？」

「あなたのなにもかも、少しも安全じゃないわ」その言葉はささやき声になった。

「キスさせてくれる子がほかにいないの？」

「いるよ」彼はそちらを見もせずテーブルの上にトレーを投げた。「だがそいつらは、汚い言葉を言ったあとで十字を切ったりしないし、頭がおかしくなりそうなほど、笑顔にしてみたいと思わせたりしない」

「どっちにしてもあなたは頭がおかしいみたい」

彼の唇がぴくっとした。「それならいいだろ？　もしおれの頭がおかしいなら、取引しても害はない。笑顔がなければ、キスもなし」

ほんの一瞬のためらいが間違いだった。セラが反論する前に、彼に手首をつかまれてバーエリアのうしろにひっぱっていかれた。「ちょっと。待って。お客さんがいるのよ」

「気にするな」彼はたこのできた指を彼女の指と組みあわせて、奥の廊下を抜け、化粧室の前を通って、厨房に入った。コックと助手が目をあげたが、彼女がこのいかれた客に厨房のなかをひっぱられていることを、なんとも思っていないようだった。セラが助けを求めようと口を開いたとき、彼女の拉致犯がふたりに挨拶した。名前を呼んで。そういうこと。

「どこに連れていくの?」自分の身は自分で守れるけど、なにも知らないこの人とふたりきりになるのは賢明ではない。セラはコックに目で必死に訴えた。「この人をとめて!」

うしろでコックの笑い声が響き、セラはクラブの裏の路地にひっぱりだされて、ドアがばたんとしまった。ここに来たのは初めてだったから、すぐに周囲の様子を観察した。ドアの上に設置された換気扇が大きな音をたてて回っている。遠くから通りの喧噪も聞こえる。きょうは雨が降っていたから、アスファルトは濡れていて、路地の向かいに立つアパートメントの雨樋からしずくがしたたっている。涼しい風が路地を吹きぬけ、セラはむきだしになった肌をつつむように両腕を回した。

彼女の拉致犯はまだ手を固くつないだまま、しゃがんで地面の小石を拾いあげた。セラが黙って見ていると、彼は小石を、路地の向かいの建物のいちばん近い窓にぶつけた。

「なにをしているの？」

彼は指を一本立て、窓に明かりが灯るとにっこり笑った。「待っててみな」のんびりそう言って。

大声の悪態とともに勢いよく窓があいたとき、彼はセラの手をぎゅっと握りなおして、自分のほうに引きよせた。つんのめって彼の脇にすっぽりはまると、ウイスキーと煙草の匂いが霧のようにセラをつつんだ。ふたりの頭上の窓にあらわれたのは、部屋着をまとった白髪の女性だった。じゃまされたことに腹を立てて闇をにらみつけている。

「ミセス・ペトリセッツリ、今夜はとくにお美しい」セラの拉致犯は呼びかけた。「おれたちに歌ってくれるかい？」

「おまえたちに？」彼女は腰に手をあてた。「わたしのショウはただじゃないのよ」

彼はあいた手で自分の胸を打った。「おれの永遠の愛では足りないと？」

女性が急にそわそわして髪をなでつけはじめ、セラはびっくりして目をしばたたいた。拉致されたことへのいらだちが、興味に変わる。思わず彼を見あげて、この陽気な人が、どうして倍も年嵩《としかさ》の男たち三人をびびらせることができたんだろうと考えた。バーで最初に見たときは、疲れた目のせいでもっと年上だと思っていた。でもいま、口元にいたずらっぽい笑みを浮かべ、目に疲れではなく輝きを宿らせている彼を見て、セラは考えを改めた。まだ三十歳にはなってないはず。

そのとき、いままで聞いたこともないほど美しい声が路地裏に響きわたり、セラの考えは中断され、彼女は立ちすくんだ。ミセス・ペトリセッリが窓から少し身を乗りだし、オペラのアリアを歌っていた。たしかプッチーニ。それになんて堂々とした歌いっぷり。細い両腕を夜空に伸ばし、その声は完璧な美しさで起伏に富んだ旋律を歌い、セラはつかの間、息をするのを忘れた。建物の窓がひとつ、またひとつ開かれ、近所の人々がうれしそうな顔をのぞかせ、耳を傾けている。ここに住んだ短いあいだに、このあたりでは静かな尊敬なんて貴重だということをセラは知っていた。だから人々の沈黙がミセス・ペトリセッリの歌声とおなじくらい、心に響いた。

この時間が終わってほしくなかった。いままで生きてきて、こんなに成り行きまかせでこんなにすばらしい経験は初めてだった。教会の礼拝で数えきれないほどの讃美歌を聴いたけど、くらべものにならない。それが生ごみの臭いのするブルックリンの路地裏で、会ったばかりで彼女をいらだたせ、同時に惹きつける男といっしょにいるときに起きるなんて、人生は皮肉だ。

セラは彼を見あげた。彼はミセス・ペトリセッリではなく、彼女を見つめていた。まるで彼女がショウのメイン・アトラクションであるかのように。「笑ってる」セラは指で自分の唇をなぞった。ほんとだ、笑っている。「どうしよう」

「ああ、〝どうしよう〟」彼の親指がほおをかすめた。「よくそう言われる」

その両腕に抱きしめられ、彼のからだにつつまれ、動けなかった。そのときセラは仕事を忘れた。潜入捜査のことも、相手は名前もわからない謎だということも。オペラがふたりのまわりのひんやりした空気を輝かせ、さがってくる男の唇がセラの全世界になった。キスしてほしかった。すごく。きっとこれは、いままで何度も夢に見たのにだれもしてくれなかったキスになるだろうと思った。

ふいに歌が終わり、魔法が解けた。セラは彼からさっと離れた。いったいなにをしてるの？　この人にキスされたらいけない。それは確かだ。

「ありがとう」セラはミセス・ペトリセッリにお礼を言うと、全速力で厨房のなかに戻った。うしろでドアがしまる音がしなかったのは、彼が追ってきてるということだろう。廊下に入ったときには息があがっていた。もう少しで逃げきれる。

ホールの手前で、ひじをつかまれた。「このあたりで取引を反故にするとトラブルになるぞ、レディバグ」彼はセラをくるっと回し、引き締まった筋肉の胸板に引きあげた。「憶えておいたほうがいい」

どうしようもなかった。セラは彼の唇を見つめた。「あなたとキスするほうがよっぽどトラブルよ」

「ああ、だが愉しいトラブルだ」彼は片手をセラのうなじにあげ、髪の毛をつかんだ。自分のもののようなしぐさに、セラの思考は停止し、かきたてられた欲望がどっと全身を駆けめぐる。その顔に浮かんだものを見て彼の目は燃えあがり、躊躇なくチャンスにつけこんだ。小声で悪態をつき、セラのからだを引きあげ、唇を合わせた。

ああ。こんな。セラのからだは、ためらいとともに溶けた。もっと近づきたくて、からだの曲線を彼の硬い平面にぴたりと沿わせる。身長差のせいで、貪るようなキスを受けるのには頭をそらさなくてはならなかった。唇を滑る彼の舌にこじあけられると、彼女はつま先立ちになって、積極的にキスに応えた。その反応に彼はしわがれたうなり声を洩らし、髪をつかむ手に力をこめると、廊下の壁まで彼女をさがらせて押しつけた。

息をしなければいけないのに、彼はそれを許そうとしない。それならそれでいい。

呼吸したら考える時間ができる。ほんの一瞬でも頭がはっきりすると、これをやめなければいけなくなる。こんなに気持ちいいのに。彼の舌で口の奥まで愛撫され、占領され、抵抗する余裕さえ奪われていた。そして、ああ、彼が密着した腰で舌の動きをまねしはじめる。ゆっくりとした抑制された回転は同時に少し切迫した感じもした。脚のあいだがずきずきしはじめて、たまらない。彼女が切ない声を漏らすと、彼はひざを折るようにして、自分のものを彼女の太もものあいだにしっかりと押しつけ、すき間なくからだを密着させた。

頭がくらくらしてきたとき、彼の唇がセラの唇から離れた。「なんだよ」唇のすぐそばでかすれた声がした。「おれはキスって言ったんだ。なのにおまえは抱いてくれと言わんばかりじゃないか」

欲望でぼうっとした頭にようやく彼の言葉が届いた。思わず息をのむと、その音が増幅されて耳に響いた。「わたし……えっ、ほんとに？」

彼は一瞬、セラの目をのぞきこみ、そのまなざしがあまりにも真剣だったので、彼女は下腹部に押しつけられた硬さに気づかないところだった。でもひとたび……それ……に気づいてしまうと、顔がかっと赤くなるのをどうしようもなかった。

赤くなったほおを見おろした彼は苦しげな笑い声をあげた。「ああ、スイートハート、おれはヴァージンと遊びのファックはしないんだ」頭をさげ、セラの耳たぶを軽く嚙んでひっぱる。「だがひざまずいて、だれもふれたことのないあそこを思いっきり味わってやるよ」

「おいおい、ドリスコル、うちの新しいウエイトレスにはもう会ったみたいだな」

ホーガンの声が一瞬にしてセラを現実に引きもどした。彼女を壁に押しつけていた硬いからだを押しのけ、抜けだした。からだごと羞恥にのみこまれてしまう前にホールに戻らないと。でもホーガンの言葉に、足がとまった。

〝ドリスコル〟その名前は聞いたことがある。何度も。

たったいま自分がこの世の終わりのようなキスをした相手がだれだったのかに気づき、その場で倒れなかったのは、ひとえに意思の力のおかげだった。

セラが公然とディープキスしていた相手は、ボウエン・ドリスコル――ブルックリン南部最凶マフィアの新しい首領だ。

4

まずい。計画が狂った。それも二度。

ホーガンの突然の登場にも平気なふりをしながら、ボウエンはセラの顔を観察していた。彼女がボスの言葉を頭のなかで処理し——彼の名前とそれにまつわるすべてを思いだすのを。だが彼女は身をすくめなかった。なぜそれだけで、これほど誇らしく思えるんだ？　これも〈ラッシュ〉に足を踏みいれてからずっと続いている、彼女にたいする常軌を逸した反応の山に積み上げとけ。理由なんてまったくわからない。ほぼ初対面の人間になぜここまで保護欲をかきたてられるのか、それはわからなくても、ひとつだけはっきりしたことがある。彼女をひとりでここに置いておくわけにはいかない。ぜったいに。

警察本部で説明されたとき、彼のやり方で自由にやるか、断るかのどちらかだと告げた。警察の指示に従うなんてありえない。つまりやつらは彼がなんとかすると信用するしかない。その条件にニューソムはためらったが、警官が近づけば、それだけセラが危険になると説得した。それは本当だった。このあたりの人間はみんな顔見知りだ。人々はよそ者を警戒する。

そのことも、ボウエンが、セラの時間が限られていると考える理由のひとつだった。

彼女に危害が加えられるかもしれないと考えるだけで胸が苦しくなる。この店に入った瞬間に、もうだめだった。あの写真を見ていたから、てっきりおどおどしたガールスカウトタイプで、店では浮きまくっててすぐに殺されそうなんだろうと思っていた。その予想は半分しか当たっていなかった。たしかに、なんの汚《けが》れも知らない純真さはあるが、肌に貼りつくようなスキニージーンズとチビTシャツの下にそれをうまく隠している。蜂蜜色の交じった濃い茶色の髪は、シャツをめくったら乳首につくくらいの長さだ。メークは〈ラッシュ〉に出入りする女の子たちとおなじ、不自然に見えない程度の厚化粧で、周囲にとけこんでいる。スプレー缶のタンはなし、ラメ入りのアイシャドウもなし。ほおに薔薇色が差しているだけだが、ボウエンの手はその肌にふれたくてうずうずしていた。最初に彼女を見た瞬間にあまりにも強烈な感情が呼びさまされ、見るだけで胸が痛いほどだったが、見ないようにするのはもっと苦しかった。そしてあの唇からハスキーな声が洩れたとき、ボウエンは全身をなでまわされたように感じた。

その瞬間、まずは顔見知りになるという彼の作戦は、彼女の三メートル以内にだれも近づけないというものに変わった。そしてボウエンの考えでは、セラの安全を確保するのにいちばん手っ取り早い方法は、彼女に所有印を押してしまうことだった。〈ラッシュ〉のど真ん中で。

そこで彼の作戦に狂いが生じた。知り合いはだれでも、ボウエンの女関係は始まると同時に――たいていはひと晩限りで――終わると知っている。ひと言ふた言ささやいて、ドアのほうにあごをしゃくれば、女は離れていく。いつもの彼なら、ホールから丸見えのところで女に腰をこすりつけ、唇をむさぼり、脳みそが息をしろと命じるまで続けるなんてことはしない。だがセラにそうしているのを地元のごろつきどもに見られた。これでやつらの彼女への関心は、ボウエンが店に入ってくる前より高まってしまった。つまりこういうことだ。セラは〝ボウエンの遊び相手〟から、〝彼の弱点〟として狙われる対象になった。

だがちくしょう。あのキスはすごかった。完璧なからだを密着させ、舌を絡ませてきた彼女に、コントロールがぶっとんだ。あのキスがすべてをややこしくした。
ヴァージン。口に出して言わなくてもわかる。目のなかに答えがあった。その脚のあいだを彼が突きあげたとき、驚いて洩らした声にも。

だがいまそれを考えている時間はない。彼女と殺される危険のあいだに立ちはだかれるのはおれだけだ。ダメージは最小限に抑えろ。ボウエンはうぬぼれきった表情を浮かべてホーガンのほうを向いた。案の定、疑り深い顔をしている。「あんたの留守中に、だれかがウエイトレスに行儀を教えてやらないとな、だろ?」そう言って手を差しだすと、ホーガンは一瞬ためらってから、その手をとった。「話をしにきたんだ。ちょっと気が散ったけどな」

ホーガンはまだ怪訝そうな様子だったが、うなずいた。「無理もない。ちょっとそそられる女だろ?」

ホーガンが好色な目でセラの全身を眺めまわしたとき、ボウエンはその襟首をつかんで締めあげたいのをこらえるのに必死だった。「もう仕事に戻らせろよ」ボウエンのあからさまな指図にホーガンが顔をこわばらせるのを見て、セラへの関心をあまり見せないほうがいいと気づいた。「話は酒でも飲みながらだ」

ホーガンはわざとらしくあごをなでた。「いいだろう、ドリスコル」そしてセラに目を向けた。「いつまでつっ立ってるんだ。働け」

ボウエンは骨が砕けるかと思うほど拳をきつく握りしめ、ホーガンについてバーカウンターへと向かった。ふり向いてセラの表情を見たかった。ホーガンはおれがなんとかするからと安心させてやりたかった。だがそんなことを言っても彼女が聞くわけがない。彼が自分の味方だとは知らないのだから。

それに知られたらいけない。ボウエンは自分が捜査に関与していることを彼女には言わないと約束した。ニューソムは、もし警察が自分の動きを監視していると知ったら、頑固な姪がいっきに勝負に出て、この衝動的な任務をおしまいにするはずだと懸念していた。「あの子は失うものがなにもない」と彼は言った。「自分の身の安全はどうでもいいのだ」と。あんな約束なんてしなければよかった。そうすれば、もっと慎重になるように彼女に言い聞かせることもできた。

さっきの席に戻り——ここに坐っていたのが何時間も前のことに感じられる——スツールに腰掛け、バーテンにウイスキーを注文した。彼がどれだけ酒を必要としてるか、神のみぞ知る、だ。

ホーガンは考えこむような顔をして、隣の席に坐った。「ところで、わたしはまだ、あの子を自分のものにしないとは決めてなかったんだが」ポキポキと指の関節を鳴らす。「どうだった?」

落ち着け。落ち着くんだ。「さあな。いいところにいく前に、あんたにじゃまされたからな」

ホーガンはこわばった笑みを浮かべた。「謝罪しろと？」彼はバーテンダーが置いた高級テキーラのショットグラスをもちあげた。「あんたがわたしのクラブにやってきて、わたしのウエイトレスをさわることについて、どう考えたものかな。あんたの組織と手を組むかもしれないが、だからといって門戸開放策をとる気はない」

謝罪するより爪を嚙むほうがましだったから、ボウエンはなにも言わなかった。とうとうホーガンが笑って、ボウエンは背中をひっぱたかれ、からだをこわばらせた。「じゃあ話に入ろう」ホーガンは身を乗りだした。「来週の積み荷にかんしてはなにもかも順調か？」

ボウエンはうなずいた。商売の話をするときにはいつもそうだが、胸に穴があくように感じる。「準備万端だ。あんたがどれくらい人員を連れてくるか知りたい。おれも同じ人数にする。あの積み荷の量を考えたら、かなりの人数が必要だが、全員信頼できる人間でないとまずい。直前で増やすのもなしだ」

ホーガンは迫る大きな取引の話に興奮し、手をこすり合わせた。「問題ない。わたしがひとりひとり、自分で選んだ。全員、もししゃべったらどうなるかは承知している」

彼は片手でバーカウンターをコツコツ叩きながら、ホールのほうをふり向いた。「この取引には万全を期している。失敗はできない。だからあんたも、うちのウエイトレスのことは忘れろ」

ボウエンはひやりとした。「というと？」

ホーガンは声をひそめた。「わたしがあの女をそばに置いているのは、二週間前うちの部下のひとりが撃たれたからだ。看護の心得があるらしい。わたし自身は怪我人の世話に割く時間はない。だからここに連れてきた」肩をすくめる。「そいつはもう元気になった。あの女はウエイトレスとしてはいまいちだ。それに、ちょっと気になることもあって……」

「あの脚のほかに？」ボウエンは、疑いからホーガンの気をそらすために口をはさんだ。

ボウエンの言葉に、ホーガンはにやりと笑った。「少々そばに長く置きすぎた。そのあいだになにを見聞きしたか、わからない」その口調には懸念がにじんでいた。「とにかく、積み荷の到着までは安全第一だから、用済みのよそ者は片付けるつもりだ」

ボウエンはまた喉が締めつけられるように感じた。「それは気が早いんじゃないか？」

ホーガンが肩を叩いてきた。こいつはごく平然とセラを始末する話をしたあとで、おもしろそうな顔をしている。「まだうちのウエイトレスのことを忘れられないということなのか？」

言いたくもない台詞を言うのに、ボウエンはわれ関せずの態度を装った。「やりかけたことを終わらせたいだけだ」胸がむかむかした。「そのあとは、あんたが好きにすればいい」

ホーガンはスツールに腰掛けたまま背をそらし、ボウエンを鋭く見つめた。「じゃあこうしよう。わたしは一週間、ちょっとした話し合いのためにニュージャージーのクラブに行くことになっている。戻るまで、あの女はあんたに任せよう」くい、と肩をもちあげた。「愉しんだらいい」

ボウエンはなにかを壊したい気分だった。「おれに異存はないよ」

「そうだろう」ホーガンはふり向くと、指をくいと曲げてセラを呼んだ。「だが念のために、従弟のコナーにあとを頼んでいくことにする」

「おれを監視するということか」ボウエンは険しい口調をやわらげることはできなかった。「ベビーシッターはいらない」

「保険だと思っておけ。何事もこの仕事の妨げにはするな、ドリスコル。かわいらしい女もだ。一週間やる」

まったく、いったい何度、同じ警告を聞かされなきゃいけないんだ。一週間。きっと一週間したら世界は終わるんだろう。

セラがやってきて、彼とホーガンを代わる代わる見た。もう少し彼女が来るのが遅かったら、ホーガンのにやけた面に拳をめりこませて、間違いなくすべてを台無しにしていた。

「なんですか？」

ホーガンはショットグラスのテキーラを飲みほした。「セラ、ボウエンにはもう会ったかな？」自分のジョークに吹きだしている。「わたしの留守中はこの人のところに泊まれ。看護婦役を演じてやってもいい」

「この人の夢のなかで？」彼女はボウエンが身をこわばらせるのを、目で見るのではなく、感じた。かまわない。彼は計画の大きなじゃまになる。「わたしはどこにも行かないわ、自分で決めたのでなければ。この人とも、だれとも」

「本気で言ってるのか？」ホーガンのまなざしが険しくなった。「いまこの瞬間、ドリスコルのほうがわたしより安全かもしれないぞ」

考えなければならないことがいくつかある。

第一に、まずいことに、彼女はもう用済みだ。コナーの傷はすでに、ときどき包帯を交換するだけでいいほどよくなり、ほとんど看護の必要がなくなった。看護師としての利用価値がなくなったら、ホーガンは留守中に見張りなしで彼女を置いていくのをいやがるはずだ。彼女のことを信用していないから。信用はホーガンの世界ではもっとも重要なものであり、セラには彼に信用されるほどの時間が与えられなかった。信用がなくてもそばに置かれるのは、ホーガンがなにかしら相手の弱味を握っているときだけで、セラはそれも与えていない。

ボウエンがホーガンに、彼女をまだ生かしておくように説得したのだろうか？　自分の……おもちゃとして？　セラはその考えに本能的に反応しないようにした。難しかったけど。セラがセックス相手として取引されていると知ったら、ホーリー・エンジェルズ学園のシスターたちがなんて言うだろうと考えるだけで身がすくんだ。もう昔のことなのに。

この新たな展開によって、パズルの重要なピースがセラの手の届くところにきた。兄が殺された夜の主要な犯罪者たちの居場所についてセラがいくら調査しても、ボウエンについてはさっぱりわからなかった。ボウエンも現場にいたのだろうか？　彼はわたしが求める答えをもっているの？

あと数日で、コリンが生きていれば二十九歳だった誕生日が来る。兄のためにどうしても答えを見つけなければ。

ああでも、さっき自分は札付きの犯罪者によって女性ホルモンの塊にされてしまった。彼の名前さえ知らなかったのに。どうして警戒をゆるめてしまったのだろう？　何カ月もこのために必死で頑張ってきたのに。ホーガンが冷酷に兄を殺してから数えたら三年がかりだ。

セラの頭のなかに、路地裏でのできごとが浮かんだ。あのときはまだ、彼はブルックリンの南半分の大部分と犯罪を受け継いだ男ではなく、ただの見知らぬ人だった。その温かいからだにつつまれて、華やかですばらしいオペラの旋律が涼しい空気を分けるのを聴いた。そして彼女を見おろしたまなざし。まるで二階の窓からプッチーニを歌う女性よりも、彼女のほほえみが世界でいちばんすばらしいものだと思っているように見つめていた。あの瞬間はまるで魔法のようだった。でもただの幻だった。ボウエンの女性にたいするひどい扱いは警察のファイルにも記録されている。自分までその犠牲者のひとりになってしまった。

でも……。

逆にこれを利用することも可能だ。警察に届けた一週間の休暇はもう終わってしまった。つまりもうすぐ叔父が彼女を探しはじめる——もう探しているかもしれない。この展開を、捜査に利用しないと。それに応じるかどうかは別にして、ボウエンの興味はセラにとって、ホーガンの捜査を継続するための貴重な時間稼ぎになる。同時に別の角度、すなわちボウエンの捜査も進められる。それには目的のために自分のからだを利用することになるけど。その覚悟はある？　生き方を曲げ、おのれの大切な一部を与える価値があることなの？

兄の顔が脳裡に浮かんだ。イエス、その価値はある。コリンは警察の仕事のためになにもかも捧げたのに、ここでわたしが迷うわけにはいかない。

決意に、かすかな昂りが忍びこみそうになって、セラはそれを追いはらった。

正体がばれないように、うまくやらないと。強気な姿勢を崩してはだめ。

「あなたはどこに行くの？」セラはホーガンに訊いた。ニュージャージーに出かけるということを、彼女は知らないはずだから。ホーガンの手下たちは彼に質問することはない。あいにく、セラは初対面の夜に彼に言い返したから、ホーガンはもう、彼女に根性があるのはわかっている。言葉には気をつける必要があるけど、いまさらおとなしいふりはできない。

彼は口元をほころばせた。「ああ、どうした？　わたしがいないとさみしいのか？」

びっくりしたことに、ホーガンはセラのほおに手を伸ばしてきた。この二週間、彼女に手を出そうとしたり、口説こうとしたりしたことなんて一度もなかったのに。なぜいま？　その答えは、ホーガンが彼女にふれる前に、ボウエンがすばやくその手首をつかんだことでわかった。

ホーガンは手をひっこめ、頭をそらして笑った。「どうやら惚れられたみたいだぞ。だれかがおまえとおなじ空気を吸う間違いをおかす前に、彼を二階に連れていったほうがいい」

セラはボウエンをちらっと見た。顔は平然としていたが、握りしめた拳に怒りがあらわれている。「この人には看護師はいらないでしょ。でも、もしわたしがいっしょに行くと思ってるなら、精神科の医者にかかったほうがいいわ」

これにホーガンはまた大笑いしたが、セラはボウエンから目を離さなかった。どういうわけか、彼女の失礼な言葉で冷静になったらしい。いったいどういうこと？

「おれのことを分析できる精神科医は世界じゅうを探してもいないよ、スイートハート」

「そんなのやってみないとわからないわよ、スイ、ー、ト、ハ、ー、ト、」

ホーガンはスツールを引いて立ちあがった。「幸運を祈る、ドリスコル。あんたにはそれが必要のようだ」ふたりをよけて出口に向かう前に、ボウエンに片眉をあげて、ささやきかけた。「言っただろう……あいつには気になることがある。頭をつかうんだな」

セラは聞こえなかったふりをして、手でエプロンのしわを伸ばした。「仕事に戻らなきゃ」ボウエンに言った。「シフトが終わるとき、あなたがいなくなってるといいんだけど」

「残念だな、やっと落ち着いたところだよ」

彼女は目を細くした。「ねえ、ホーガンとなにを決めたか知らないけど。わたしがなにをするかはわたしが決めるの」

彼はウイスキーを口に含み、味わってから、飲んだ。「廊下の壁に押しつけてやったときは、おれといっしょにいるのをいやがらなかった」

彼にくすくす笑われて、セラは自分の顔が赤くなるのがわかった。「あのときは一時的に狂ってたのよ」

「狂おしいほどよかったって、言ってるんだ?」彼がウインクした。「褒め言葉だと受けとっておく」

「やめて」

「おれはここにいるから、いってもいいよ」その声にこめられた二重の意味が明々白々だったから、思わず笑ってしまいそうになった。笑わなかったけど。彼女の同僚は警察官だ。性的なほのめかしには慣れている。自分から参加したことはないけど。

シフトの残り三時間のあいだに、何度かトイレ休憩をとって、水で濡らしたペーパータオルを顔にあててほてりを冷まさなければならなかった。何度かは、誘惑に負けてボウエンのほうを見た。彼は、セラの脈を速めるようなまなざしで、こちらを見ていた。彼女は汗ばみ、変なところがほてるのを感じた。気が散るのには困ったけど、しばらくするとセラは彼の視線を意識しながらポーズをとりはじめた。彼のほうに腰をつきだしてみたり、必要もないのに背中をそらしたり。ばかみたいに、髪を肩から払ったり。

ボウエンの思いがけない出現で彼女の計画は変更を余儀なくされた。セラは彼の関心を捜査に利用することに決めたけど、また彼にふれられることを想像するだけで興奮する自分にとまどっていた。これをやりきる唯一の方法は、役になりきることだ。警察官のセラフィナのように考えるのはやめて、ウエイトレスのセラになる。ボウエンは彼女を欲しがっているし、認めるのはしゃくだけど、自分も彼に惹かれている。それでも、彼が兄の殺害にかかわっていないという保証はない。それだけでも、彼への不都合な思いを潰すのにはじゅうぶんなはず。どうしてそうならないの？

時計の針が十時を回り、セラはエプロンの紐をほどき、ウエイトレスの控室に置かれたキャビネットのなかに放りこんだ。やっぱり非常階段をつかって二階にあがろうと決め、深く息を吸い、ふり向いた。ところが、ボウエンが壁にもたれて彼女を待っていた。

覚悟を決めなさい、セラ。尻込みしないで。

彼は階段室のドアをあけた。「お先にどうぞ」

向こうが動くまでは無視しようと決めて、セラは暗い階段をのぼった。うしろにいるボウエンを意識しすぎて、うなじの肌がぴりぴりしてほてり、震えてしまう。背中の肌が露出しているところが、視線に焼かれて焦げるように感じる。彼のワークブーツの足音ひとつひとつが、閉鎖的な空間に反響し、彼女の心臓の音にこだまするようだ。部屋に入ってくるつもり？　あと数分後には、ブルックリンでも札つきの犯罪者に裸にされてしまうのだろうか。

自室のドアまでやってきて、セラはポケットから鍵をとりだし、錠に挿しこんだ。

ドアをあけると、窓のない狭い部屋があらわれた。面積の半分はシングルベッドが占めている。隅の椅子の上に、〈ラッシュ〉のウエイトレスのひとりが貸してくれた服をきれいにたたんで置いてあった。

ボウエンは驚いていた。「ぜいたくな部屋とは言えないな」

「宿泊者用のアンケートに記入しろって言われたら困るけど」セラはつぶやき、部屋のなかに入った。「でもコナーが元気になるまでのことだから」

彼は喉の奥でうなるような声を出して、ドアノブを握ってガチャガチャいわせた。

「夜は鍵をかけて寝てるのか？」

セラは顔をしかめた。「ええ」

「まあいい」彼は両手をポケットにつっこんで、彼女をじっと見つめた。「おれが出たら鍵をかけて、だれが来てもあけるな」

出ていくの？　さっきまでは、彼女と寝たいと思っているようだったのに。ちがったの？

「やめろ、スイートハート」

セラははっとしてボウエンの目を見た。「なにを？」

「おれがいなくなるのにがっかりした顔をするのを、だ。たまらない」

セラは冷ややかにほほえみ、ドアを大きくあけてボウエンを通した。「一時的に狂ってるのはどっち?」

「おれの狂気は一時的なんかじゃない」彼がぐっとそばにきた。近すぎるけど、セラは踏んばった。「朝また来るから、荷物をまとめておけ」

「どうしてわたしがそんなことをすると思うの?」

彼は笑ったけど、あまりおもしろがっているような声ではなかった。「こわがらないんだな」

「あなたを?」彼があいだを詰めて、セラははっと息をのんだ。「こわがらなきゃいけないの?」

彼の唇がおりてきて、長く激しくキスされた。唇がとけあい、歯と歯がこすれあい、舌が絡みあう。顔をあげたとき、彼は大きくあえいでいた。「おれがなぜ、ドアに鍵をかけろと言ったと思う?」

セラが返事を考える前に、ボウエンは踵《きびす》を返し、廊下の先に消えた。

5

ボウエンは、階段の最上段から立ちあがった。ここで壁に寄りかかって一夜を過ごした。ホーガンが考え直してさっさとセラを始末する可能性を考えたら、一瞬でもセラから目を離さないほうがいいと思って、ここに泊まり、彼女の部屋のドアを見張りながらうとうとした。ゆうべは、自宅に連れて帰ってもだいじょうぶだという自信がなかった。あんなに抱きたくなっていてはだめだ。彼女の部屋から出るのに、ありったけの意志力をふり絞らなければならなかった。自宅に連れていったら、間違いなく抱いていた。昨夜、ホールで働く彼女を何時間も見守り、ジーンズにつつまれた腰の動きにそそられ、エアコンの冷気で硬くとがった乳首が透けているのに気づき、シフトが終わるころにはあまりにも興奮して、視界までぼやけはじめていた。危険な領域だ。彼女が言葉では拒否しながら、あきらかに彼といっしょにいたがっているからなおさらだ。

金属製の階段でぐっすり眠れたわけじゃないから、考える時間はたくさんあった。たしかに彼は人に言えない商売で食っている。だがこの捜査における自分の役割を知らせないままセラと寝る？　いくら彼でも、そこまで人間が腐ってはいない。

それに、セラがあんなに簡単に部屋に通したのは、彼を誘惑して情報を手に入れようとしているのではないかと、ボウエンは疑っていた。それか、セックスで彼の気をそらしておいて、ホーガンの捜査を続けるつもりか。あのキスで感じたからだのつながりは偽物ではありえない。だがセラがそれを利用しようとしているのかと思うと、なぜか腹が立った。

みだらなヴァージンか。まったく、おれはついてるよ。

処女の扱い方なんて、なにも知らなかった。激しく速く、がボウエンの女の抱き方だ。先にいかせてやったら、自分の快感に集中する。心のなかでは、すでにその女とは終わっている。

手で無精ひげをなでながら、彼女の部屋へと向かった。部屋というより、独房だ。彼の家に連れ帰ったら、呼吸できる部屋を与えてやる。窓のある部屋。彼の部屋とはアパートメントの端と端で、いちばん離れている。そこまで考えて、ボウエンはおのれを笑った。そのことになにか意味があるとでも思っているのか。彼女がそこにいるのがわかっているのに。彼のシーツにつつまれて寝て、彼のシャワーを浴びて。裸で。長い一週間になりそうだ。

ボウエンはドアノブに手を伸ばし、鍵がかかっているのを確かめようとした。ところが軽く押したらドアがあいて、パニックがどっと襲ってきた。ドアを押しあけ、もぬけのからのベッドを見て、心臓がとまった。ゆうべと同じ場所に服が置いてある。ベッドで寝た痕跡はある。いったいどこに行ったんだ？

なんてことだ。彼は手首のつけねで胸をなで、ゆうべ彼女を連れださなかった自分を罵った。いったいなにを考えていたんだ？

「セラ！」

踵を返して部屋から出たが、きれいな笑い声が聞こえてきて足をとめた。愉しそうな声を聞いたのは初めてだったが、すぐにセラだとわかった。彼女が無事だとわかって安堵が押し寄せてきた。そうしたら、だれが彼女を笑わせたのかを知りたくなった。笑い声をたどってあけはなしたドアに近づき、パニックを追いはらった。もうごめんだ。二度と彼女から目を離すことはしない。

パニックは激しい嫉妬に変わった。嫉妬は熱風のように彼の全身を駆けめぐり、分別を吹きとばした。セラがシャツを着ていない男といっしょに、ベッドの上であぐらを組んで坐っていた。ひざの上に包帯が置かれている。唇の端を吊りあげ、ぼんやりとほほえみを浮かべていた。ゆうべおれは、ほんの少しほほえませるのにあんなに苦労したのに。セラはまだ彼に気づいていないが、枕にもたれて坐っている男のほうは、落ち着いたまなざしでボウエンを見た。男に命拾いさせたのは、セラがちゃんと服を着ているという事実だった。こいつが大怪我をしているということも。

「セラ」シャツなし男はつぶやき、こちらにあごをしゃくった。

「え？」彼女がボウエンと目を合わせた。「あら」

あら？

「ベッドからおりろ」

賢明にも口答えすることなく、セラはすぐにベッドからおりた。だが自衛本能は、命令に従ってしまったというらだちにとって代わった。「わたしに指図しないで」

「おまえは一週間、おれのものだ。忘れたのか？」

怒りでほお骨の上が赤くなっている。まずいことを言ったとわかっていたが、ボウエンは冷静になれなかった。いままで感じたことのない独占欲が胸を占め、彼女がシャツなし男から離れるまで、それ以外のことはなにも考えられなかった。

ボウエンはあごで患者を示した。「シャツかなにかあるだろ？　おれが肉体美に魅了されていないってわけじゃないけどな」

シャツなし男は彼を無視した。「セラに紹介してくれと頼もうかと思ったが、その痼癪であんたがだれか、見当がついた」

「たいしたもんだ」ボウエンは腕組みをした。「シャツ」

セラは大きなため息をついて、簞笥のところに行って、抽斗からシャツをとりだした。彼女がどの抽斗にシャツが入っているのか知っているということも、ボウエンのいらだちを募らせた。彼女はベッドに近づいて、男に赤いシャツを手渡し、彼の礼にうなずいた。

「ボウエン、こちらはコナー・バノン。ミスター・ホーガンの従弟よ」ふたりを見比べる。「頭がおかしいと思われるかもしれないけど、友情のはじまりを感じるわ」

ふたりとも鼻を鳴らした。

コナーはシャツに首をくぐらせた。「ずいぶん早いじゃないか」彼は黒い眉を吊りあげた。「ここに泊まったか、どうかしたんだろう」

コナー・バノンを過小評価しないよう、ボウエンは肝に銘じた。「どうかしたよ」セラのほうを見た。「荷物をもってこい。うちに連れていく」

「それはどうかな」コナーが言った。

「なんだって？」

「『それはどうかな』って言ったんだ」コナーはベッドから足をおろして腰掛け、顔をしかめた。「ホーガンから、おれたちの取り決めについて聞いているだろう」

「もしこいつを連れていくのがまずかったら、ホーガンがおれにそう言えばいい」ボウエンはセラのそばに行って、彼女の腰のあたりに手を滑らせた。こんな自分の女にするようなしぐさをするべきじゃないとわかっているのに、どうしようもなかった。

「自分の看病をしてくれている子が、掃除用具入れで寝ていてもおまえは気にならないのか？」

コナーのほおの筋肉がぴくっと引きつった。「決めるのはおれじゃない」

「そうか？　おれがしているのは決めることだけだ」セラが自分をじっと見ているのを感じて目をおろし、初めて日の光のなかで彼女の顔を見て、一瞬ふらついた。茶色のきれいな大きな目がまるでアッパーカットのようにボウエンを打った。顔に散ったそばかすのせいですごく若く見えた。きれいだ。この世界にはあまりにも場違いなほどに。こんなに見つめたらまずいのに、彼女の顔の隅々まで記憶しないことは最悪の犯罪に思えた。「よう、レディバグ」

「『よう、レディバグ』なんてやめてよ」

ボウエンは思わずにやりと笑った。くそっ、まいった。セラを見つめたまま、コナーに言った。「こいつは連れていく。おれたちの様子を見にきたかったら、好きにしろ」

長い沈黙。「ああ、そうするよ」

「よし」ボウエンはセラと手をつなぎ、ドアへと向かった。「そのときには服を着てこいよ」

セラはボウエンのあとについて、彼のアパートメントへとあがる階段をのぼった。ここに来るまで彼はずっと、あまりにも静かだった。ボウエンは通路で、セラがレジ袋ふたつに自分の荷物を詰めるのを待っていた。そして十五分後、ふたりはボウエンの住む、労働者の地区ベンソンハーストにやってきた。もうすぐわたしは、重罪犯ボウエン・ドリスコルの家にあがる。いままでもじゅうぶん危険だったけど、これは酸素マスクなしで海底に沈むようなものだ。

彼の家は〈ブオン・ガスト〉という名前のイタリアン・レストランの二階だった。店の前を通って店とは別の入口に向かうとき、煙草休憩中のウエイターがふたり、まるで戦いに勝利してオリュンポス山に戻ってきた軍神を迎えるかのように、かしこまってボウエンに挨拶した。ふたりは好奇心をあらわにしてじろじろとセラを見たが、ボウエンが不機嫌そうな顔をして彼女の肩を抱くとやめた。ふたりはあわてて煙草を靴で揉み消し、レストランのドアをばたんとしめて、店内に戻っていった。セラはボウエンの行動について質問したかったが、彼のこわばった姿勢を見ると話しかけるのがためらわれた。

ボウエンが自分をどうするつもりなのかはっきりしないことに、セラはいらだっていた。彼女に近づく男をかたっぱしから怒鳴りつけているかと思えば、彼女にふれないように自分を抑えているようにも見える。ゆうべ、彼のことはすっかり見極めたと思ったのに。ホーガンが戻るまで、彼女を〝自分のもの〟にする権利があると思っている女たらし。セラにとっては、ホーガンもボウエンも同類だ。でもボウエンは昨夜、彼女をひとりにしていった。自分が出ていったらドアに鍵をかけろと注意までして。ひょっとしたら、彼の誘惑の手口は、獲物を混乱させて、抵抗できなくなるほど頭をくらくらにさせることなの？

どうやらボウエンは、ホーガンが戻るまでセラの監視を引き受けたらしい。でもセラの知っているホーガンは、だれかをあやしいと思ったら、始末するのに次の日まで待つことはけっしてない。つまりボウエンは、彼女のために介入した。でもなぜ？

彼女と愉しむつもりがないなら、いったいなにが目的なの？

ボウエンが鍵を錠に挿しこんだ音で、セラは物思いから覚めた。彼は片手で太ももを叩き、そのしぐさはまるで緊張しているように見えた。「明るいうちに女をここに連れてきたことはない。夜はいつも照明を消している」

セラはとまどいを隠そうともしなかった。「それはわたしを安心させようとして言ってるの？」

彼が荒い息を吐く。「わからない。安心したか？」

「いいえ」

「いや、まあ」彼はドアをあけた。「たぶんそのほうがいい」

セラはレジ袋を腕にもち直して、彼に続いてなかに入った。敷居をまたいだ瞬間、彼女はその場に凍りついた。

壁画。どこを見ても。アパートメントの壁面のあいているところすべてに、目の覚めるように鮮やかで、渦を巻き、混沌とした色で描かれた壁画が、彼女の目に飛びこんできた。さまざまな明暗の色が、まるで千変万化する夢のように空間を横切っている。セラはゆっくりと回転しながら、混沌のなかにパターンを探した。多くの場面が描かれていて、どちらを向いても絵、絵、絵だった。

一部は力強い筆遣いで塗られた抽象的な形で、ブルックリン橋、ヤンキー・スタジアムといったニューヨークの建造物をこれでもかというほど緻密に描きこんだ絵のあいだを埋めている。地下鉄の列車も。どの絵でも、建造物の半分は完全なままで、もう半分は火炎につつまれて見えなくなっている。あちこちの絵を見ていくうちに、テーマがくっきりと浮かびあがってきた。ふたつの矛盾した結末。この壁画には多重な人格が存在する。彼が描いたのかと訊くまでもない。絵を見ればすぐにわかる。

「照明を消すのはこの絵のせいなの？」セラは答えを探してボウエンの顔をじっと見つめた。

「それも理由のひとつだ」

もっと訊きたいという衝動をこらえ、セラはオープンキッチンと廊下にはさまれた居間に足を踏みいれた。廊下は寝室へと続いているのだろう。レジ袋を床に落とし、彼女の手はひとりでに伸びて女性の輪郭をなぞっていた。眉をひそめて部屋のなかを見回し、おなじ輪郭がおよそ一メートルごとにあらわれていることに気づいた。顔の造作はなく、茶色の髪を伸ばした頭部だけ。髪に一部、鮮やかなピンク色のメッシュが入っている。

「これはだれ――」

「おまえの部屋はキッチンの向こうだ」ボウエンがセラのウエストをつねった。「来いよ。大口をあけて眺めていないで」

セラはひりひりするところをなでた。「大口なんてあけてないもん」

「車を運転していて、ほかのやつが速度違反の反則切符を切られているのが見えたら、スピードをゆるめて見物するタイプなんだろ？」彼はキッチンのすぐ横にある、セラがいま初めて気がついたドアの向こうに消えた。「野次馬め」

「話をそらそうとしているんでしょ」

セラが部屋に入っていくと、ボウエンはため息をついた。「ウエイトレスは普通、そんなに鋭くないもんだよ、レディバグ」

「あなたのような男の人は、普通、壁画アーティストじゃないものよ」

まばたきする間もなく、飛びかかってきたボウエンに壁に押しつけられた。「おれのような男だって？」セラの頭の上に両手をついて背をかがめ、その息が彼女の唇をかすめる。「いったい、おれのなにを知ってるって？」

セラは大きな間違いに気づいた。ボウエンの陽気な一面のおかげでくつろいでいたけど、自分が相手にしているのがどういう人間か、けっして忘れてはいけない。すでに彼の悪名高い癇癪を垣間見ていたのに。「なにも知らないわ」ささやき声に、本物の恐怖があらわれてしまった。「びっくりしただけ」

「『びっくりした』」彼はゆっくりとくり返した。「ここにいるあいだは、なにを、だれに言うか、もっと気をつけるようにしろ。そういう言葉で、痛い目に遭うこともある。そうしたら、おれがお返しに、そいつを痛い目に遭わせなければならなくなる。かなり痛い目にだ、セラ。わかるか？」

うなずいたセラは、彼に腰を押しつけられて、息をのんだ。鋼のように固くなったものが、柔らかいお腹に食いこむ。ボウエンは下唇を嚙んで目をつぶった。苦痛をこらえているような表情で。動いて。セラは心のなかで命じた。こすって。でも彼はその摩擦を与えてくれなかった。彼女は手をあげて、豊かな、無造作に乱れた輝く金髪のなかに入れた。ボウエンはうなり声をあげ、彼女の両手首をつかんで頭上の壁に固定した。自由を失って、ぴりぴりと肌に刺激が走る。どきどきしたらいけない。警察官として、自分の身を守ることがつねに最重要だ。でもこんなふうに吊るされるのは、ものすごく興奮する。うっとりするほどに。

　ボウエンの視線がセラの全身をなめまわし、大きく上下する胸にとまった。Tシャツの薄い布地はなにも隠さず、無言で彼に告げていた。彼女が欲情していることを。彼にたいして。彼によって。

「お願いするのはやめろ」彼の声が震える。「おれはぎりぎりで踏みとどまっているんだ」セラはわけがわからなかった。ボウエンは明らかに彼女を求めていて、彼女もいやがっていない。なぜ踏みとどまるの？「ひとつ訊いてもいい？」

「だめだと言ったら」あきらめて少し降参したように、彼は舌でセラの下唇をなめ、うめいた。「やめるのか？」

「たぶんやめない」

「キスして黙らせてやろうか。きっと気に入る。そうだろ？」

それは質問ではなく、事実を述べただけだった。セラは本能に従って、ゆっくりと腰を回すようにした。「やってみれば」

ボウエンは鋭く罵った。「訊いてみろ」彼女の耳元であえぐように言う。

「どうしてわたしをここに連れてきたの？ これのためでなければ」セラは頭をそらし、彼がヒントに気づいてくれるよう願った。ボウエンが期待に応えたとき、彼女は喉の奥で切ない声をあげた。彼の湿った唇はなめらかだった。ほかは固くてざらざらしているのに。寸分たがわぬ正確さでセラの耳の下の肌をたどり、彼女がまったく知らなかった性感帯に向かった。「ゆうべはわたしの部屋に鍵をかけさせて……いまは……別々の部屋で寝ろという。意味がわからない」耳たぶを軽く噛まれて、セラは思わず声を洩らした。「ホーガンからわたしに手を出すなと言われているの？　もしそうなら――」

「なんだって？」ボウエンがいきなり顔をあげ、彼女の手首をつかまえている手に力をこめた。「よく聞いておけ、もしおれがおまえをファックしたくなったら、じゃまをするものはなにもない。なにもおれをとめることはできない。鍵のかかったドアも。どこかの犯罪者も。なにもだ」

「もし？」セラは訊いた。

荒々しい笑い声。「抱きたい？　抱きたいかって？」彼は片手をゆるめて、ジーンズの膨らみをつかんだ。「ここまで痛むなんて知らなかった。息をするだけでつらい」

欲望がいっきに戻ってきた。「じゃあどうして」

「できない。だめだ」ボウエンはセラの額に額をくっつけた。「ほら、おまえに手を出さなければ、地獄行きをまぬがれるかもしれないだろう。これからおれが経験するのは最悪の地獄だと、神さまだってわかってくれる。二度も地獄に落ちろとは言わないと思うだろ？」

彼の声にあふれる苦痛に、セラは心をかきむしられるように感じた。満たされない欲望以外のなにかがあった。もちろん欲望も、かなりあるけど。彼はからだの関係になったらまずいと思っているようだ。でもそんなのおかしい。恐怖で縄張りを牛耳っている男は、そんなこと気にしないものじゃないの？　欲しいものは奪い、結果なんて気にしない。そうでしょ？

セラは無意識に、彼が放した手をあげて、その額にかかった髪を払った。彼のからだから力が抜け、セラのからだにぐったりともたれて動かず、セラはずっと息をとめていた。「地獄行きをまぬがれるほかの方法はないの？」

「おれにはない」

彼がそう言った瞬間、ドアが激しくノックされる音が聞こえた。

6

守れ。彼女を守るんだ。

ボウエンはセラからからだを離し、完全な警戒態勢になった。彼のアパートメントにアポなしでやってきて、ドアをノックする人間はいない。ひとりの男をのぞいては。ぜったいにセラに近づけてはいけない人間だ。一瞬、クローゼットの服の山のなかに彼女を隠したいという衝動に駆られて、ボウエンはあごをこわばらせた。そうすれば安心だが、彼女に疑いをいだかせる。それはできないし、したくもない。どういうわけか、セラが彼のそばで安心していられることが重要だった。どうしても。

セラにじっと見られているのに気づき、なにげなく髪をかきあげた。「仕事の話だ。ここで適当にしててくれ」

彼女は慎重にうなずき、ベッドの端に腰掛けた。くそっ、そのまま押し倒して、その脚のあいだに割りこみ、ふたりで汗だくになれたらどんなにいいだろう。彼女への欲望は少しも萎《な》えてなかった。じっさい、脅威が迫り、いっそう強く燃えあがっていた。何者も彼女に近づけるわけにはいかない。彼自身もだ。

炎と破壊が荒れ狂う壁画を背にしたセラは、ひどく場違いに見えた。この壁画を描いたとき、いつか警察官がここに坐るなんて想像もしなかった。そんなこと思ったとしても、一笑に付していただろう。だがいま、ここに彼女がいる。まるで生贄にされる前の子羊のように静かに坐っている。その頭のうしろには、炎ではなく光輪がふさわしい。彼女が天井を見あげて、その視線の先をたどったとき、ボウエンはもう少しで笑ってしまいそうになった。ある夜、ベンソンハーストで麻薬を密売――ぜったいに許せない――していたグループとひどくもめたあとで、彼は正義の秤を描いた。潜入捜査中の警察官が、その下で眠ることになるとは。こんな皮肉なことはない。

さすがにセラは、眉を吊りあげただけでなにも言わなかった。「出なくてもいいの？」

やばい。セラを見つめていたせいで、そとで待っている男のことが頭から消えていた。「出るよ」彼はぶっきらぼうに言った。「すぐ戻る」

「ボウエン？」

「なんだ」肩越しにふり向く。

「あなたの壁画」

「すごくいいと思う」彼女は髪を耳にかけながら言った。

　彼のなかで重いものが劇的に動き、セラがなにも反応しないのが驚きだった。ボウエンが余暇にやっていることを見たことがある人間はごくわずかだ。彼が自分の商売のことを考えずにいるために選んだ趣味を知っている人間も。だれにも見せるつもりはなかった。まして褒められるなんて。それに彼女は本気で言っているようだ。

　それ以上セラを見つめていたら、誇りと感謝の妙なないまぜで自分がなにをするかわからなかったから、深呼吸して気を落ち着け、居間に戻り、新たな目で壁画を眺めた。これを見てセラはなにを思ったのだろう。おれのことをどう思ったのだろうか。

ボウエンはそういう思いを脇にどけて、玄関ドアをあけた。

　親父のもっとも古い仕事仲間であるウェイン・ギブスが通路に立っていた。前ポケットからきょうの競馬新聞がはみ出ている。

「やあウェイン」

「入っていいか？　風邪を引いちまいそうだ」

　ウェインが脇をすり抜けようとするのをはばんだ。「下で話そう」

「名付け親を家にあげられないっていうのか？」舌打ち。「レニーはおまえにそれよりましな礼儀を教えたはずだろう」

口調は冗談めかしていたが、その下には強い非難が感じられた。くそっ、古いタイプの人間は無礼を軽く受けとめない。家に招きいれてコーヒーひとつ出さなければ、死刑宣告に署名したも同然だ。それにウェインは、会えばふた言目には親父の話をもちだす。親父が逮捕されたいきさつについて疑いをいだいているが、ボウエンの関与について確かな証拠がないから、ちくちくと言葉で責めることにした、というところだろう。

ウェインをなかに通したくなかったが、そうしなければ疑われる。セラを守らなければならないときに、余計な疑いを招くのは避けたい。セラに奥の寝室から出てこない分別があるのを祈るだけだ。

ボウエンはこわばった笑みを浮かべて、道をあけた。「コーヒーは?」

「いや、いらない。すぐに戻らなくてはならん」

ボウエンは両手をポケットに突っこみ、いつものように壁画をおもしろそうに眺めるウェインを無視しようとした。「それで?」

「二週間前に始末をつけたセントラル・ブルックリンのやつらが戻ってきた」ウェインは絵筆をとりあげ、元に戻した。「うちのやつの報告によれば、キングズ・ハイウェイでヤクを売っているそうだ。鋼鉄製のたまをもっているか、地図が読めないかのどっちかだろう。てめえの縄張り内にとどめておけと言ったのに、聞いちゃいない」

ボウエンは内心ぎくりとした。奥の部屋でセラがすべて聞いているはずだ。彼は警察に協力するかぎり訴追を免除されることになっているが、もちろんセラは知らない。それに訴追を免除されても、罪をおかさなかったということにはならない。罪を償わなくてもいいというだけだ。セラがこの仇討ちから元の世界に戻ったら、彼はふたたびニューヨーク市警に追われる身となる。元どおりに。

それなら彼が犯罪者だということを、セラが忘れないほうがいい。できるだけひんぱんに、おれとは距離を置くべきだと思いださせる。これがおれだ。絵描きでもなければ、彼女が喉にキスを許していい相手でもない。

ボウエンはキッチンのカウンターに寄りかかった。「今夜やつらを訪問して思いださせてやろう。だがこの前のことを思うと、いったいなにをすれば話が通じるのかわからないな」彼はウェインの顔に浮かんだ期待がいやだった。「ほかには？」

「ああ」ウェインはくすくす笑った。「うちのお得意のトニーが、先週のジェッツの試合に賭けた負けをまだ支払ってこない。おれを避けている」

ボウエンは手首のつけねで目をマッサージした。「ったく。あいつは学ぶってことがないのか」

「それでいいんだよ。おれたちの金づるなんだから」

ボウエンの口のなかにいやな味が広がった。「おれがパンチングバッグを欲しいと思ったら、ジムに行ってる。あいつは期日を守った例《ため》しがないじゃないか。なんで賭けさせるんだ？」

ウェインは両手を広げた。「いずれ金は回収できるだろ？」

どっと疲労を覚えた。「会いにいく前に、二日間の猶予を与えよう」

「それじゃ手ぬるい」ウェインは注意した。「手ぬるいことをすれば、弱腰だと噂になる」

「おれは弱腰じゃない」ボウエンは声を落とした。「あんたが殴るわけじゃないだろう」

ウェインがなにかに気をとられたようにかがみ、セラが居間に置いていったレジ袋のなかからレースのパンティーをひっぱり出した。「これはなんだ？」ボウエンは反応しないようにつとめた。「最近は女物の下着をつけるようになったのか？」

「本気でそう言ってるのか？」

ウェインはそわそわと、落ち着かない様子になった。「女がいるのか？」

またしても彼女をクローゼットに隠したいという衝動が湧きおこったが、ぜったいに表に出さないようにした。「あんたには関係ないだろう」

「おれには関係ない？」ウェインの低い声が震えた。「おれたちは商売の話をしていたのに、おまえのおもちゃに筒抜けだったんだぞ？　当然おれにも関係がある」

セラがおもちゃ呼ばわりされたことで怒りがからだを駆けめぐったが、なんとか冷静を保った。「眠っているよ」ボウエンは歯を食いしばりながらそう言い、セラがこれを聞いて寝たふりをするように祈った。「今朝、あいつがへばるまで抱いてやった。あんたが前に女にそんなことをしたのはいつだった？」

「なにをいらだってるんだ？」

ボウエンは質問を無視した。「話は終わりか？」

「女がなにも聞いていないと確かめないとな。聞きすぎた人間がどうなるかは、よくわかってるだろう」

ボウエンは一歩前に出た。それにたいしてウェインは眉を吊りあげた。厳密にいえば首領を務めているボウエンのほうがランクが上だが、これまでウェインに逆らったことはほとんどない。子供のころから知っているし、かつては父親のように思っていた相手だ。だがセラの安全のためなら、ランクを利用するのにためらいはなかった。

「おれの言葉を疑うのか？　やめておいたほうがいい」

ウェインはあごをあげた。「初めておまえが親父に似ていると思ったよ。涙が出てきそうだ」

ボウエンは吐き気がこみあげてきた。これから言うのは口先だけの言葉だったが、それでも彼をむかつかせるのにじゅうぶんだった。「そう言うなら、レニーが自分を疑ったやつをどうするかも、よく知っているだろう」

ウェインは大げさにうなずいた。「わかったよ、坊主《キッド》。そういうことか」

昔のあだ名で呼ばれて、ボウエンは両手を固く握りしめた。「もう帰ってくれ」

ウェインは頭をそらして高笑いしながらドアへと向かった。「よりによって、おまえが女で身を滅ぼすとは思わなかったよ、ボウエン。少なくとも今夜は来られるのか、それとも彼女をブロードウェーの観劇に連れていくのか？」

彼はボウエンの返事を待たずに、静かにドアを閉めて出ていった。そのドアに三つのデッドボルトをかけ、ボウエンはとめていた息を吐きだし、客用の寝室に行った。そこで目にしたものに、胸が締めつけられるように感じた。セラは明らかに彼の話を聞いていたらしく、ベッドに入って、眠ったふりをしていた。セックスのあとのようにシーツを乱す工作までしていた。上体を起こした彼女は、壁画の話をしていたときのよろこびとはちがう慎重な目つきでこちらを見つめた。彼の胃のむかつきが増す。

ボウエンは咳払いをした。「今夜は何時から仕事だ？」

「五時よ」

彼はうなずいた。「四時半に出られるようにしておけ」

「わかったわ」

ボウエンはもどかしさに胸が苦しくなった。おまえの手に負える状況じゃないと、セラを怒鳴りつけてやりたかった。家に戻ってくれと言いたかった。その影響は彼が引き受けるから。ベッドに入って、その脚のあいだに割りこみ、彼女がまだホーガンを逮捕するためにからだをつかって彼を利用しようとするのか、確かめたかった。したくてもできないことがごまんとあった。結局、ボウエンにできるのは、誘惑を絵に描いたような彼女をそこに残して立ち去ることだけだった。


セラはテーブルの真ん中にホットウイングの皿を置き、口々に礼を言う男性客らに、にっこりとほほえんだ。きのうボウエンが介入して以来、彼女は底辺の労働者から一目置かれる従業員に昇格したらしい。ウエイトレスの仕事が楽になったのは確かだけど、ボウエンの脅しがなければ基本的な人としての敬意も払われなかったのかと思うと、おもしろくなかった。脅しだけじゃない――セラはバーエリアでウイスキーを飲んでいる彼のほうをちらっと見て訂正した。だれも彼女にちょっかいを出さないように見張っている。ずっと。

人々はふたりがつきあっていると思って、彼女に興味を向けた。そんなものいらないし、ボウエンの保護もありがた迷惑だった。セラの仕事はなるべく目立たないようにして情報を集めることだ。彼に監視されていては偵察なんてできない。もう残された時間は少ないのに。

ボウエンは居間での会話をすべて彼女に聞かせた。すべてだ。ノミ賭博の賭け金を回収することや、麻薬密売業者を脅すことなどを話すのに、声をひそめようともしなかった。その意味はただひとつ。つまり彼は、セラが聞いたことをだれかに洩らすほど長くは、そばに置いておく気はない。だから捜査を急がないと。

きょうの午後、ベッドのなかで、もう自分は終わりだと覚悟した。いままであんなに自分はばかだと感じたことはないし、もう二度と感じるつもりもない。ボウエンが彼女のことをあんなふうに話したことにも、犯罪を示す会話を平気で聞かせたことにも、セラは驚いてしまった。ばかよ。ばかだった。それに叔父がいつも言っていたように、甘い。ボウエンのなかに垣間見えたいいところはすべて見せかけで、それを忘れないことが、生き延びる鍵になるかもしれない。

それに、セラはコナーとのあいだに芽生えはじめた友情のせいで油断していた。この世界でも安全だと思ってしまっていた。コナーは病気の母親のこと、ブルックリンに来る前のことを話してくれたけど、重大な選択を迫られたときに彼女を助けてくれるかどうかはわからない。こんなふうに警戒をゆるめてしまうなんて、自分らしくなかった。ストックホルム症候群になっていたのだろうか？　コナーを看病して快復させたのは事実だけど、この世界で大事なのは最終結果だ。金を儲けて、生きのこる。自分の利益を守る。セラは早いうちに頼れるのはおのれしかいないと学んだ。判断ミスは死を意味する。

なぜボウエンが彼女を自分のアパートメントに連れていったのかはわからない。でもそれを考えると気が散る。ウェインとの会話によれば、ボウエンは、不敵にも彼の縄張りを荒しているというよそ者に会いにいくはずだ。そのときこそ、ホーガンの事務所に忍びこむチャンスだ。なんとしてもものにしないと。どんどん周囲の壁が迫ってくるように感じる。きょうまでは、偽の身元で比較的安心していた。でもそれががらがらと崩れはじめている。

叔父は一度も彼女を信じてくれたことはなかった。いつも兄だけに目をかけていた。

ずっと昔、父が殉職したとき、セラはまだ子供だった。承認と励ましを心から求めていた。母が悲しみを紛らわすために酒を飲んで運転し、事故死したあのひどい夜以来、セラは承認も励ましもほとんど受けられなかった。叔父は彼女に安心というしっかりした基盤を与える代わりに、彼女を寄宿学校に入れた。大人になって、多忙な男性が子供ふたりを育てられなかったという事情は理解できたが、その拒絶はセラに、叔父に――だれかに――認められたいという欲求を植えつけた。

現在に集中しなさい。自分が変えられないことをくよくよ思うのはやめて。証拠を見つけて、ホーガンの罪を暴き、ふたたびだれにも見えない存在になる。いままでずっとそうしてきたように。

テーブルの注文をすべて出しおわり、背を伸ばして、バーエリアに戻ろうとした。ボウエンの固いからだに正面からぶつかって、びっくりした声をあげてしまった。彼は両ひじをつかんで彼女を支え、いぶかしげに目を細めて見つめた。「だいじょうぶか？」

「ええ。ただ、あなたがそこに立っていると思ってなかっただけ」

「そうか」彼はゆっくりとした口調で言った。「少し出てくるが、また戻る」

セラはからだを引いて、上辺だけのほほえみを浮かべた。「あなたがいないあいだ、だれがバーからわたしをにらんでくれるの？」

「だれもそんなことをしないほうが身のためだ。もしそんなやつがいたら、おれに言え」少しためらってから、ボウエンは彼女のウエストに手を滑らせ、また引きよせた。まるでセラが離れるのが許しがたいことであるかのように。「山猫のように燃えあがらずに、キスできるか？」

ふたりの唇は息がかかるほど近かった。「前は文句言わなかったのに」

「ベイビー、これから店を出るっていうのに、おまえはおれをカチカチにしてる。すごく具合が悪いだろ」彼は濡れた唇を横に引き、セラを味わった。「そのまま続けろ」

あたかもこれ以上自然なことはないみたいに、セラの両手はボウエンの胸を滑るようにあがり、彼の髪のなかに消えた。彼の腕が腰に回され、引きよせられる。唇がぶつかった瞬間、うめき声が洩れた。圧倒的な快感がつま先に達し、のぼってきて脚のあいだにたまる。どうして彼にこんなふうにされてしまうの？　ある瞬間には敵だったのに、次の瞬間には彼女のからだを燃えあがらせ、頭をくらくらさせる。自分について知っていることすべてを疑わせる。

ボウエンは罵り言葉を吐いて、セラから唇を離した。「働いてるところを見てると硬くなる。おまえがテーブルにかがんでほほえむたびに、おれがどう思ってるかわかるか？　そのスカートをめくりあげて、思いっきり声をあげさせてやりたくなる」

彼の言葉に、背筋が震える。「女の子にはだれでもそんなふうに話すの？」

「おれはほかの女には照明もつけないんだぞ」

どうしてその言葉によろこびを感じてしまうの？　これも口説き文句のひとつにすぎない。わかっているのに、でも、その言葉と彼のまなざしで、自分が部屋にただひとりの人間になったように感じる。「それはマナーが悪いだけでしょ」

灰色の目がきらめく。「おれにはそういうマナーしかない」

「あなたってよくわからないわ、ボウエン」セラは深く息を吸った。「仕事に戻らないと」

抱擁から抜けだそうとしたけど、ボウエンは力をゆるめなかった。「初めておれの名前を呼んだな」唇と唇をこすり合わせる。「おれの耳元でもう一度言ってくれ、そうしたらもう行くから」

「頭がおかしいわ」彼はただ眉を吊りあげ、セラは自分の口元がほころびかけているのにいらだちながら、ため息をついた。彼の肩に両手を置いてつま先立ちになり、その耳元に唇を寄せる。一瞬、煙草と革の匂いをかいでから、彼の名前をささやいた。

「ボウエン」

彼のからだが震えた。ウエストに巻かれた腕に力がこもり、セラの肺から息が吐きだされる。そしていきなり、放された。「すぐ戻る」

うなずくしかできなかった。

7

ボウエンはほおの内側を噛んで、頭のなかの叫びと胸のむかつきを静めようとした。拳はずきずきと痛むし、セラに会う前に洗う必要がある。彼女のことを考えると少し楽になったから、客用の寝室のベッドに寝ていた彼女の姿を思い浮かべた。もうすぐ、たったいま叩きのめしてきた相手のことを自慢しているまぬけどもでいっぱいの車をおりて、セラに会える。もしかしたら彼女は、また彼に夢を見させてくれるかもしれない。もしかしたら彼にキスを許し、レディバグと呼ばせて、ふたりはそれほど不釣り合いではないと思わせてくれるかもしれない。もしかしたら。

彼の人生で確かなものなんて、痛みだけだ。痛みを与えることと受けること。暴力を行使しない日なんて一日もない。十代のころ、それどころか二十代前半でも、ストリート・ファイトは好きだった。喧嘩が生きるよろこびだった。だれも彼を出し抜くことができないところが気に入っていた。どんな状況も拳ひとつで切り抜けられた。

そんな時代はとうの昔に過ぎ去り、いまは仕事だ。精神を痛めつけ、なにも感じることができなくなるような仕事。しばらく前から、ボウエンは無感覚におちいるようになった。それで毎回、命令を出すたびに楽になった。相手を呼吸する魂をもった人間ではなく、たんなる金づるだと思えるようになった。

自分は魂をもって生まれたのだろうか？　ボウエンはよく、魂が欠けたままで立ち歩き、人と話し、生活するなんて可能なのだろうかと考える。もっと悪いのは、人々は彼の欠落に気づいているのではないか、という疑いだ。だから結局みんな離れていくのか？

頭のなかに、別の——ピンク色のメッシュを入れた髪をした——女のイメージ浮かび、セラにとって代わろうとしたが、ボウエンはセラにしがみついた。現実でもそうしたいと思っているように。あの女のことも、なぜいなくなかったのかも、彼がちがうことをしていたら防げたのかも、考えたくなかった。少なくともいま、彼には目的がある。セラを守る。ルビーが親父の逮捕にかかわっていたのを秘密にしておく。その両方をうまくやりとげられたら、いつかふり返って、こんな自分でもいいことをしたと思えるだろう。そのふたつにくらべれば、ムショ行きを免除されるのはたいしたことではないが、それも理由のひとつだ。ライカーズ・アイランド拘置所のカフェテリアで親父とすれ違い、それみたことかという顔をされるなんて、まっぴらごめんだ。

ようやく、車が〈ラッシュ〉の前の通りの路肩にとまり、ボウエンは車からおりた。ほかのやつらはまだ上機嫌で、さっき自分たちが引きだした悲鳴を再現して、すでに次の殴りこみを期待している。

目の奥に怒りが燃えあがり、ボウエンはかがんで助手席の窓に首をつっこんだ。手下たちはしゃべるのをやめ、彼に注目した。「よく聞け。おまえたちはこれから、酒でも飲んで女でも抱こうと思っているんだろう？　愉しんでこい。だが口は閉じておけ。おまえたちはメイシーズのパレードの出し物に乗ったカップル並みに人目につく。この殴りこみが最初でも最後でもないんだから、浮かれ騒ぐな。おれまで恥ずかしくなってくる」

運転手が片手をあげた。「わかりました、ボス」

ったく、ボスなんてうんざりだ。なんのボスだ？　まぬけどものか。ボウエンは背筋を伸ばして、車の屋根を軽く叩いた。「女に優しくしてやれ」

いくらか元気をとり戻した男たちの乗った車は走り去り、ボウエンは挨拶する用心棒にうなずきかけ、〈ラッシュ〉に入った。バーの人ごみに入っていくと、何度か自分の名前が聞こえた。女の声もあれば、男の声もあった。ぜんぶ無視した。セラの姿が目に入った瞬間、頭のなかの叫びがささやきに変わった。ほおは上気して、ポニーテールからは髪がほつれ、セラはおおわらわのようだった。ボウエンが出ていったときより店は混んできて、土曜日の夜の客たちが騒ぎたがっている。セラはもっている飲み物でいっぱいのトレーをいまにも床に落としそうだ。

まったく、あいつはウエイトレスとしてはぜんぜんだめだ。なぜそれでますます彼女が欲しくなるんだろう？

彼は自分がセラに向かって歩いていることに、コナーが前に立ちふさがるまで、気がつかなかった。「ドリスコル」

ボウエンはすばやくうなずき、セラから目を離さないように首をかしげた。「ちゃんと服を着てるじゃないか。なにかあったのか？」

「べつに」コナーは肩をすくめた。「ただ、きれいな女の子がベッドにいないからな」

ボウエンは逆上した。「おれがおまえだったら、もっと言葉に気をつける。このクラブがおまえの従兄のものでも関係ない。あいつのことを口にするな」

コナーにまじまじと見られて、ボウエンはいささか決まりが悪くなった。こいつはよくいる地元のやつらとはちがう。その目の奥でさまざまなことを考えている。前腕の海軍のタトゥーを見れば、コナーがずっとブルックリンにいたわけではないことがわかる。「おれはただ、推理を確かめておきたかっただけだ」

「おれがおまえのケツを蹴り飛ばすって推理か？」

「いや」コナーはハイネケンのボトルを傾けた。「さんざん噂に聞いていたプレイボーイが、ある娘にメロメロだってな」

ボウエンはあえて否定はせず、バーテンダーからウイスキーを受けとった。すでに一度、独占欲をあらわにして失敗している。「だから？　ネイルを塗りながらじっくりその話をしたいとでも？」

「おもしろいよ。おれがなぜその話をもちだしたかは、わかってるだろう」かかっている音楽が曲の合間になると、コナーは声を落とした。また別の曲がかかると、話しはじめた。「彼女はあることを聞いた。聞いてはいけないことだ」

「なんだって？」ボウエンは血管の血が凍りつくのを感じた。「セラのことか？」

「ちがう。あんたがさっきおれの喉を引き裂きそうになった娘のことだ」

「話せ」ボウエンは歯を噛みしめた。

コナーはビールを飲みほし、ボトルをバーカウンターに置いた。「先週、ホーガンがおれの部屋のそとの廊下で電話していた。彼はあの子がおれの包帯を交換していると知らなかったんだ」彼はふり向いて、オーダーをとっているセラをちらっと見た。

こちらに向きなおったとき、彼は目を伏せた。「入港の日付だった。彼女はそれを聞いていた。場所の話は出なかったが、日付だけでもホーガンを警戒させるのにじゅうぶんだった。だから彼女は目をつけられたんだ」

ホーガンがセラを始末しようとしているのは知っていたが、じっさい耳にするとやはり衝撃だった。ぜったいにそんなことはさせない。「問題は、なぜおまえがそれをおれに教えるのかってことだろ？」

「もし彼女がいなかったら、おれは死んでいた。借りは返す」

信じがたいことだが、ほんとうのことを言っていると感じた。ボウエンはさんざん嘘吐きを相手にしてきたが、こいつはちがう。それに、セラが人の心をつかみ、彼女のためになにかしてやりたいと思わせるのは、実地で経験済みだ。セラがバーテンダーに注文をくり返しているのを見て、ボウエンは喉が締めつけられるように感じた。少し気をそらさないと、彼女を肩に担いで店を出ることになる。「なぜこんなところにいるんだ？」

コナーが問い返すように眉を吊りあげた。

「海軍からブルックリンのちんぴらに転身？」ボウエンは肩をすくめた。「かなり落ちぶれたな」

「それはどうも」コナーはポケットから財布をとりだした。「ネイルでも塗りながら、その話をするか？」

「おあいこか」ボウエンが見ていると、コナーはバーカウンターに二十ドル札のチップを置いた。「いいか」礼を言うのは苦手だった。「ひとつ借りだ。おれも借りは返す」

コナーは立ち去ろうとして、ふと立ちどまった。「彼女に会う前に拳を洗ったほうがいい」

ボウエンはなんの反応もせず、ウイスキーを飲んだ。グラスの縁越しにセラを探しながら、頭のなかでコナーの捨て台詞がこだましていた。恋人に会う前に拳を洗わなきゃいけないなんて、どんな男だ？　彼女にふれるにはよごれすぎた男だ。ホールに彼女の姿が見あたらず、ボウエンのグラスは唇のところでとまった。すばやくバーエリアを見渡す。パニックが焼けた火箸のように胃を刺す。落ち着け、たぶん手洗いに行っただけだ。だが数分たっても彼女が戻らず、パニックが恐怖に代わった。彼の横をすり抜けてバーから出ていくのはありえない。彼女がそばを通ったら感じたはずだ。見たはずだ。つまり店の奥のどこかにいる。

ボウエンは厨房に目をとめ、頭で判断する前に足が動いていた。金曜日の夜、路地に出たとき、厨房内に地下へとおりるドアを見かけた。もしセラがおりていったのなら、ひとりでおりていってくれたら。だれかに無理やり連れていかれたのではなく。くそっ、なぜおれはコナーに気をとられたりしたんだ？　あれは故意だったのか？

厨房に入るとコックに名前を呼ばれたが、ボウエンは応えず、地下に続く階段を一段抜かしで駆けおりた。喉の奥で彼女の名前が焼けるようだったが、状況がはっきりするまで余計な注意を引きたくなかった。階段のいちばん下までおりると、あるドアから光が洩れているのが見えた。事務所か？　ボウエンは近づいていったが、セラが懐中電灯を口にくわえて、抽斗をかき回しているのを見て、立ちどまった。

ホーガンの事務所。帳簿を探しているんだ。

おれがセラからとりあげてニューサムに渡すことになっている帳簿。おれの名前も書かれている。たぶん何カ所も。

ボウエンがまず思ったのは、セラを事務所から引きずりだして、見たことは全部忘れろと言うことだった。知れば知るほど命が危なくなる。階段をおりてきたのが、彼ではないだれかだったら？　上には何百人もの客がいる。ホーガンに忠実なやつなら、セラを突きだして得点を稼ぐチャンスに飛びつくはずだ。どうしてセラは、こんなばかなリスクを冒しているんだ？

そのとき、理性が戻ってきた。これが彼女の仕事だから。そもそも彼女がここにいる理由だからだ。セラがみずから飛びこんだ危険の大きさに、あらためて衝撃を受ける。なんてことだ、もし彼女になにかあったら……。だめだ。そんなことは許さない。セラの目的はホーガンを逮捕して兄の仇を討つことだが、それは〝彼女を守り、生かしておく〟という彼の目的と衝突する。これまでボウエンは、彼女を守るのは、ただ妹を守る手段だと自分に言い訳してきたが、セラに出会った瞬間に、それ以上になっていた。それよりもずっと大事なことに。

彼のすべてに。

固唾をのみ、階段のいちばん上まで引き返し、ばたんとドアを閉めてからふたたびおりた。下までおりたとき、セラがなにかを手にして笑顔で戸口にあらわれた。携帯電話。

「あったわ」彼女は言った。「ホーガンに携帯をとりあげられていたの。彼がいないうちに、返してもらってもいいだろうと思って」

見え透いた言い訳だ。セラにもそれはわかっている。彼にも。ボウエンは彼女の顔に浮かんだものに気づいて胸が悪くなった。恐怖。おれをおそれている。なんとか白を切ろうとしているが、現場を見つかったと思っている。もうおしまいだと、彼が自分を処罰するのだと思っている。大きな茶色の目に、無理して張った肩に、それが見えた。ボウエンはこれまで生きてきて、いまほど自分の評判を、自分の生き方を、恥じたことはなかった。

片手を伸ばして近づいた。「レディバグ——」

「上に戻らないと」彼女は事務所のドアから出て、彼を回りこんで、階段へと向かおうとした。このまま行かせたら、彼女はここから逃げて二度と戻ってこない。それは明らかだった。ボウエンは心のどこかで、行かせてやったほうがいいと思っていた。だがもう二度と彼女に会えなくなることに、彼女が自分をおそれたまま別れることに、残りの心が反発した。身勝手だとわかっていたが、そんなことはできなかった。

つかまえようとするボウエンをよけ、階段に急ぐセラのからだにアドレナリンが駆けめぐる。結果を焦って、無謀なことをした——ただでは済まない。なんとか階段を駆けあがり、厨房から路地に逃げなければ。ボウエンとその生業《なりわい》を考えたら、彼女を生かしておく可能性はほとんどない。彼女が感じたふたりのあいだのつながりも、あのキスも、もうなんの意味もない。どうしてか、そのことがとてもつらかった。こんなに惹かれる相手が、なぜ彼でなければいけなかったのだろう?

コナーと話しこんでいたから、少なくとも五分は時間があると思ったのに。それとも、とっくに五分たっていたのだろうか？　あれを見つけた瞬間、時間がぼやけて、とまった。もしかしたら、信じられない思いでホーガンの黒い帳簿を見つめながら、一時間もあそこに立ちすくんでいたのかもしれない。

ほんとうだとは思いたくなかった。ありえないと思った。でもはっきりと記されていた。

彼女の兄、コリンは、ホーガンから賄賂を受けとっていた。

あとで。あとで考えよう。いまはボウエンから逃げないと。彼を撃退することも考えたけど、自分には銃がないのに、彼は銃をもっているかもしれない。階段の一段目に足をかけたとき、きっと背中に銃弾が撃ちこまれると思った。お願い、撃たないで。心のなかで、聖ミカエルよお守りください、とくり返し祈った。でもそんなの無駄だとわかっていた。ホーガンの事務所を探っていた彼女を、ボウエンが生かしておくわけがない。

そのとき、ウエストに腕が巻かれ、いきなり引き戻された。落ちる、と思ったら、次の瞬間にはボウエンの胸板にぶつかった。セラは迷わず必死に抵抗し、彼の足の甲を踏みつけようとしたが、ボウエンはその動きを予想して足をずらした。ひじ打ちは彼の腹に命中したが、彼は低くうめいただけで、反撃してこなかった。

「暴れるな」彼のつらそうな声に、セラはとまどった。「頼むから、おとなしくしてくれ」

セラはますます激しく抵抗したが、耳元に唇を押しつけられて、動きをとめた。

「放して」

「そうできたらと思うよ」

涙がこみあげてくる。おしまいだ。叔父の言うとおりだった。わたしは警察官には向いていなかった。だからここで死ぬ。それにさっき見つけたことを考えれば、すべて無駄だった。でも兄さん、どうして？

そう思った瞬間、自分に腹がたった。そんなに簡単に兄のことをあきらめていいの？　それに自分のことも。コリンのやってたことにはなにか理由があるはずだ。それ以外は信じない。セラは力を振り絞ってボウエンの腕のなかでからだをひねり、ありったけの力で胸骨にひじ鉄を食らわせた。それで一瞬、彼の腕がゆるみ、セラは階段を駆けあがった。でもいちばん上に届くというところで、足首をつかまれ、とまった。

「ちくしょう、セラ」ボウエンはセラのウエストバンドをつかむと、大きなからだで彼女を覆い、横向きに寝かせた。たこのできた手をうなじに感じて、セラには自分の呼吸の音がまるで暴風のように聞こえた。「おれはおまえを傷つけたりしない」彼は歯を食いしばって言った。「どうしてそんなことをすると思う?」

その言葉の一部が、恐怖の厚い霧をかき分けて届いた。携帯電話の言い訳を信じたはずがない。彼はすぐに嘘を見抜いたんじゃなかったの? 「わたし……あの部屋に入ったらいけないって言われていたの。あなたがホーガンに言いつけるだろうと思って」

「まさか」彼はふたりのからだをずらして、セラを階段に腰掛けさせ、太もものあいだに腰を割りこませた。彼女の背中が固い階段にあたらないように、前腕をはさんで。彼のからだを近くに感じて、セラの恐怖は薄らいだ。同時にボウエンもそれを感じて、息遣いを速めている。「こっちを見ろ。おれをこわがる必要はないんだ。けっして。わかったか?」

その瞬間に偽りはなく、彼の声に激しい情熱があふれていたので、思わずセラも本心を吐きだしていた。「あなたがよくわからない」

彼はゆっくりと首を振った。「ベイビー、おれもだ」

セラが彼の下で動くと、ボウエンがうめいた。その生々しい声がセラのからだの芯を燃えあがらせた。あんなことを知って、いままで信じてきたことがずたずたになり、捕まって殺されるかと思ったあとで、さまざまな激情が心のなかで荒れくるい、はけ口を求めていた。いま。太もものあいだの彼の固いからだも、目の前にある唇も、慰めを約束してくれる。出会って以来ずっと欲しかった慰めだ——正直に言えば。地下のこんな薄暗い明かりのもとでも、彼は野卑で貪欲なセックスアピールを発し、セラを引きずりこむ。彼女のひざがひとりでにあがって彼の腰をはさみ、足首を背中で交叉させた。

「ちくしょう、そんなことをするな」うなじにあった手が滑りおりて、彼女の脚をウエストまで引きあげる。言葉とは裏腹に。がさがさの指が太ももの外側を滑り、彼は一度腰を回して、息をのんだ。「さっき、おまえはおれから逃げた。捕まえるしかなかった。こんなふうに試されて、ノーと言えるかどうかわからない」

「ノーと言わないで」

ボウエンは乱暴に彼女の唇をふさいだ。まるでそんなこと言うなと咎めるように。でもすぐにその唇は柔らかくなって、深く熱いキスをした。太ももの外側にあった手が彼女のお尻をつつみ、もみながら引き寄せる。ふたりは唇を離し、親密な接触にあえぎ、彼の表情が苦しげになる。「おまえの初めてを、ナイトクラブの階段でするわけにはいかない」

「わたしのからだをどうするか、決めるのはあなたじゃない」セラは内心より自信に満ちた声で言った。たしかに、こんなこと初めてだけど、この感触を続けたかった。彼の重みも、その手も、なくなってほしくなかった。そうしたら考える時間ができてしまう。

彼の目のなかに、原始的な独占欲のようなものが燃えあがる。「おれは自分のものをおまえの脚のあいだに押しつけてるんだ。おれの正気のために、決めるのはおれだということにしておけ」

しわがれた声が下腹部を熱く湿らせる。わかってしまうのではないかと思って、腰を引いて脚を閉じようとしたけど、ボウエンはそれを許さなかった。まるで警告のように、すばやく腰を突きあげ、ジーンズの合わせの固い生地を彼女の濡れたシルクのパンティーに食いこませる。

「ああ」まるで稲妻のように快感が走り、彼女のなかを貫いた。おなかの下のほうがたまらなくもどかしい。ずきずきするうずきを解放したくて身をよじるけど、摩擦でますます昇りつめてしまう。彼女の首に顔をつけたボウエンが、その息で肌をくすぐるのもよくない。首の横に歯を立てられ、また大きくなったものを中心にこすりつけられて、セラはこの圧倒的な快感を受けいれようと決めた。続けてほしかった。お願い、やめないで。目をつぶって太ももを開き、もう一度してほしいと彼に懇願した。

彼女の同意でなにかを解き放たれたように、ボウエンは彼女の首をなめながら、腰をつかいはじめた。「最初におれがおまえのなかに沈めるとき、どんな声を出すんだ、セラ？　おれの名前を叫ぶのか、それとも神さまか？」

たまらず、なにかよりどころが欲しくて、セラは首をめぐらして彼の唇を求めたけど、ボウエンは察してくれた。ふたりの唇は音をたてて密着し、喉から満ちたりた声が洩れる。腰のうしろにあった彼の手が離れてベルトのバックルをはずしはじめたとき、セラはちょっと驚いた。さっき階段では抱かないと言ったのに。気が変わったの？　目をあけてみて、彼がジーンズのジッパーをあけて太く長い昂りをとりだすのを見て心臓が早鐘を打つ。

「おまえのなかに入れることはしないよ、ベイビー、ただ……」ボウエンは膨らんだ先をパンティーの縫目に沿ってなぞらせた。「ファック。ああ」

いちばん敏感な芯を刺激されて、セラの目の奥に白い光が爆発した。「も……もう一度して。お願い、ボウエン」懇願し、腰をもたげて彼を焚きつけた。

ボウエンは歯を食いしばり、先をつかって円を描くようにこすった。何度も何度も。

シルクを濡れた肌に貼りつかせて。セラがあげる切ない声や懇願が、ボウエンの険しい悪態と交じりあう。「いったんおれが押し入ったら、おまえはかわいくよがるんだろう、セラ？　清純な目をしてるのに、からだはこんなに熱くて貪欲だ。ああちくしょう、そうしたら何度でも突きたててやる」

ボウエンは彼女の入口を覆うシルクに硬いものをあてて、親指で蕾を押した。布地のせいで侵入はできないけど、彼の先端に突きあげられ、彼女をよろこばせる彼のハンサムな顔が苦悶にゆがんでいるのを見て……セラは絶頂を越えた。喉から切れ切れのすすり泣きをあげ、痙攣して締まり、同時に全身の筋肉も震えた。

「ボウエン」

「そうだ、スイートハート」手であごをつつまれて顔をあげさせられ、セラは彼を見あげた。「おまえはいくとき、おれの名前を呼ぶんだ、そうだろ？　これからもずっと。もう一度呼んでみろ」

「ボウエン」あえぎながら言った。言いおわらないうちに、ボウエンはふたりの位置を入れ替え、自分が階段に坐って太ももにセラをまたがらせた。脚を開いているから下着の濡れているのが見えてしまう。さっきしたことを考えれば、慎みなんてちょっと滑稽だけど、それでもセラはスカートをおろそうとした。

「隠すな。おれがそうしたんだと思うとたまらなく興奮する」ボウエンは両手をセラの胸にあてたかと思うと、かなり荒々しくタンクトップとブラをいっきに引きさげ、目の前に胸を露出させた。セラはいままで男の人に胸を見られたことはなかったけど、どんな感じなのだろうといつも考えていた。彼女の想像はいまボウエンの顔に浮かんでいる欲望とはくらべものにならなかった。重たげにまぶたを半ば閉じ、舌で唇を潤す。「おまえのあそこはだめだが、これはおれのにする。いま」そう言って、自分の昂りを握り、しごきはじめた。「乳首を愛撫するんだ、セラ。おれを焦らしてみろ」

彼を興奮させていると思うと、自分がものすごく魅力的になった気がした。周囲は消え、ボウエンと彼の深くてうっとりさせる声だけになる。セラはゆっくりと手を肋骨に沿ってあげていった。彼が口をあけて、うめき声をあげるのを聞いて、やっぱりすごくうれしくなる。いままでひとりでしたことしかなかったけど、親指と人差し指で乳首をつまみ、軽くひっぱった。ふたりのあいだで、ボウエンの荒い息とともに、しごくペースが増す。

「おれにファックされたいって言ってみろよ」命令。「欲しくてたまらないって」

「わたし……」

「言うんだ、ベイビー」彼が息をのみ、目が欲望に曇る。「おれたちふたりとも、それがほんとうだってわかってる」

彼の言うとおりだ。セラは彼が欲しかった。自分でもびっくりするほどに。でもいったん声に出してしまったら、もう取り消せない。それでも、言葉は喉から飛びだしたがっていた。ボウエンがいくところを見たい。彼がコントロールを失う理由になりたい。言っちゃいなさい、セラ。いまだけ。

彼と目を合わせたまま、セラは乳房をぎゅっと一度もんでから、手を放して弾ませた。「あなたにファックされたい」前かがみになって、口と口を近づける。「たまらないほどに、ボウエン」

「ああ、ちくしょう」彼は背をそらし、腰を突きあげ、喉からうめき声を洩らした。上下する手の動きが激しくなる。その瞬間、セラは喉と胸に温かいほとばしりを感じた。こんなに興奮したり、女としての誇らしさを覚えたりすべきではないのに。自分のからだと声で彼がどうなったかを目の当たりにしたら、自分が魅力的で、セクシーであるように感じた。こんな気持ちになったことは、いままで一度もなかった。ボウエンに会うまで。

からだの震えがおさまると、ボウエンは半ば閉じた目で、セラのからだをめでるように視線をはわせ、ぴたりととまった。体内でスイッチが入ったように、背筋を伸ばすと、自分のTシャツでセラを拭きはじめた。

「ったく。おれがこんなになるのはおまえのせいだよ、セラ。わかってるだろ？」ボウエンはほお骨をまだ紅潮させたまま、半分信じられず、半分おもしろがっているようなまなざしでセラをちらっと見た。「だけど、おまえがほんとに言うとは思ってなかった」

セラの首がほてる。「でも効いたでしょ？」

ボウエンの唇にほほえみが浮かんだ。「ああ、レディバグ。効いた」彼はTシャツから手を放し、顔を近づけてセラの唇にキスした。「おまえをどうしたらいいんだろう？」

「おなじことを訊いてあげるわ」

そのとき、階段の上のドアがぎーっと音をたてて開いた。一瞬でボウエンは両腕でセラをつつみ、守るように抱きよせた。セラは顔を彼の喉に押しつけられ、じゃま者はだれかとボウエンがふり向くのを感じた。聞き覚えのあるコナーの声がして、セラはほっとしてボウエンに寄りかかった。

「なんだよ、ドリスコル、ちょっとは自制しろよ」

ボウエンはセラをもっと抱きよせた。「なんの用だ？」

「ホーガンの手下二名が店に来た。あんたたちふたりが地下から出るのを見られるのは得策じゃないと思う」ボウエンはコナーの警告にからだをこわばらせた。少しして、コナーはつけたした。「やつらが気にするのは、あんたたちがいちゃいちゃしにおりてきたことじゃない」

コナーに見えないようにかばいながら、ボウエンは彼女の服を直そうとしたが、セラは彼の手を払って自分で直した。彼女を見て、表情をやわらげ、自分のTシャツをひっぱりおろした。裾の濡れているのは気にならないようだ。「なにか提案でもあるのか？　それともただ見物に来たのか？」

コナーは鼻を鳴らした。「もうひとつ、配達用のドアに通じる階段がある。廊下を進み、事務所の先だ。それをつかえ」

ふたりはすぐに立ちあがり、階段をおりはじめた。

「ありがとう、コナー」階段をおりたところで、彼とボウエンの無言の応酬を見ながら、セラは言った。

コナーはうなずいた。「いいか、ドリスコル」

「うん？」

「これが最後の貸しだ」

8

目覚めたとき、客用寝室の天井に描かれた正義の秤が目に入った。別のとき、別の場所でなら、この皮肉をおもしろがることもできただろう。だがいま、ニューヨーク・シティでもっとも有名な犯罪者にいかされてからわずか数時間では、無理な相談だった。さらに悪いことに、ゆうべ帰ってきてからボウエンが彼女にふれようとしなかったことに、セラはがっかりした。ボウエンは彼女に、なにかつくって食べろとだけ言うと、自分の部屋に閉じこもってしまった。セラはキッチンカウンターのところで立ったまま、チェリオズのオート麦のシリアルを食べて、毎晩の習慣である主の祈りを唱えてからベッドに入った。

ひとりで考えて自分をとり戻す時間にすればよかったのに、彼女はドアをじっと見つめ、〝開け〟と念じていた。ボウエンに惹かれている気持ちをコントロールするのは不可能だった。捜査のじゃまだし、判断力を曇らせて、気を散らしている。ゆうべ、ホーガンの帳簿に兄の名前を見つけた直後は、その慰めがありがたかったけど、現実的に考えてみれば、事実から逃げるのは選択肢ではない。コリンが賄賂を受けとっていたのにはなにか理由があったはずだ。それをつきとめないと。そうでなければ、ホーガンの罪を暴く過程で兄を犯罪者にしてしまう。

ゆうべセラは証拠を求めてホーガンの事務所に忍びこんだのに、かえって困惑するようなものをみつけてしまった。ボウエンが彼女の見え透いた言い訳を簡単に認めたのもおかしい。ただし、彼女が最初に立てた仮説が正しければそれもありだろう。つまりホーガンが戻ったら彼女は始末されることになっているから、彼女がなにを知ってても関係ない。どんな情報をつかんでも、イースト川の底に沈んだらなんの意味もないからだ。でも、時間は短いけど、いままでいっしょに過ごしたボウエンがそんなことをするとは思えなかった。彼は無情な人間ではない。少なくとも彼女には。まったく逆だ。セラは階段でのできごとのあと彼がした優しいキスを思いだした。彼女を見つめる射るようなまなざしも。一週間彼女といっしょに過ごし、それからホーガンに返すのだろうか？　そう考えただけでつらかった。

だめよ、セラ。

ボウエンの行動より、もっとわけがわからないこともある。ゆうべコナーはふたりを助けてくれた。たしかにセラが彼の手当てをしているあいだにふたりは友だちになりかけたけど、彼はホーガンの従弟だ。その彼がどうしてわたしたちを助けるの？

セラは顔にかかった髪を払ってベッドに坐った。脚を横におろしたとき、なにかが目に留まった。彼女の枕の上に白い楕円が描かれている。いいえ、楕円じゃない。光輪だ。きのうもここにあったのに気づかなかったのか、思いだせなかった。どうして見逃したんだろう？　もう一度しげしげと眺めてから、シャワーを浴びようと部屋を出た。

二十分後、シャワーをすませてレギンスとだぼっとしたボタンダウンシャツに着替え、バレエシューズを履いた。窓枠に坐ってマンハッタンの方角を見つめ、髪をおだんごにまとめていたとき、ボウエンが自分の部屋から出てきた。着ているのは半分ボタンのはずれたジーンズだけ。セラはすぐに、彼のからだの傷痕に気づいた。新しいあざ、消えかかった傷が荒削りな筋肉に何カ所も。強そう。なんとか彼のすばらしいからだから目を離すと、彼が疲れ果てた様子なのにはっとした。髪よりも濃い色の無精ひげがあごを覆い、目の下には隈ができていて、よく眠れなかったのだとわかる。さっき、彼に惹かれて自分がここにいる理由を忘れてはいけないと自分に言い聞かせたばかりなのに、セラは彼のそばに行きたかった。彼の髪をかきあげて……眠らせてあげられるかどうか、やってみたかった。

ちょっと、品行方正のセラがそんな際どい想像をしたらだめでしょ。

頭のなかの皮肉な声を無視して、手を振った。「おはよう」

ボウエンはそうせずにはいられないように、セラのほうに歩いてきて、すぐそばでとまった。息をするだけで彼の肌が発する男の匂いが鼻をくすぐる。こちらを見つめるそのまなざしは、もし彼の激しい性格を知らなかったら、きっとうろたえていただろう。彼女のつむじからつま先まで、まるで彼女が無事なのを確認するように、ざっと目を走らせる。セラは笑いたいのと泣きたいのを同時に感じたけど、その理由はよくわからなかった。

「おはよう」彼はそっと言った。「よく眠れたか?」

セラは正直に答えた。「スキューバダイビングをしている夢を見たわ」

彼は笑って、そのことに驚いているようだった。「へえ? どうだった?」

「あまりうまくいかなかった。水のなかに落とされて、教本を投げつけられたのよ。でもその教本は水に濡れてすぐに溶けちゃった。スキューバダイビングのやり方なんて知らないって言おうとしたけど、チャーリー・ブラウンの先生みたいな変な声になっちゃって」

ボウエンは彼女に首を振った。「寝る前になにを食べたんだ？」

「チェリオズのシリアル」

「それでわかった」彼は広い胸の前で腕を組んだ。「チェリオズで救命浮き輪を連想したんだ。それで海も連想した」

「なるほどね」セラは首をかしげた。「チャーリー・ブラウンの先生は？」

「ああ、それはおまえが変だってことだよ」ふたりがいっしょに笑った声が、朝の静けさのなかで親しげに響く。「おれが入ってきたとき、なにを考えていた？」

そのぶっきらぼうな口調に、からだが震える。ほんとうのことをそのまま明かすことはできないから、少し変えて言った。「この二週間どこにも出かけていないなって思っていたの。ここととお店以外」ふたたび窓のそとに目を遣る。「引きこもり認定ね」

ボウエンは寝癖のついた髪をかきあげた。「それなら、どこか出かけよう、ベイビー」

彼にそう言われて初めて、自分がどんなにそとの空気を吸いたかったのかに気づいた。ボウエンのアパートメントは〈ラッシュ〉の二階の部屋より百万倍いいけど、そとに出て思いっきりからだを伸ばせると思ったら天にも昇る心地だった。セラは立ちあがった。顔が痛くなるほどの満面の笑みを浮かべて。「いいの？」

一瞬、ボウエンは彼女を見つめて、見に見えるほど震えた。彼女から離れて、うしろのポケットに手をやって煙草をとりだし、火を点けた。「シャワーを浴びてくる。どこでも行きたいところに連れていってやるよ、レディバグ」

セラは眉を吊りあげた。「どこでも？」

彼はくわえ煙草でうなずいたが、いぶかしげな目つきをした。「なぜ？　どこを考えてるんだ？」

セラは彼の脇をすり抜けて冷蔵庫から牛乳をとりだした。「教会」

あとで。これからどうするかは、あとで考えよう。

嘘だろ。

セラと手をつないで近所の歩道を歩きながら、ボウエンはこの前教会に行ったのはいつだったか、思いだそうとしていた。そもそも教会に行ったことがあったか？　中学生だったときに、教区牧師館に忍びこんでワインを盗んだ。あれも数に入るのか？　聖アンソニー教会の内部がどうなっていたかを思いだそうとしたが、裏の空き地しか憶えていなかった。そこで親父が、五十ドルの借金を踏み倒したという理由で、ある男の命を奪うのを見た。

彼にとっては、親父から学ぶのが教会通いの代わりだった。そこで教わったのは、恐怖を植えつけることとやけっして舐められないことだ。ノミ賭博の運営、痛めつけること、警察から逃げること。彼の聖書は貸しを記録した帳簿で、親父が逮捕されたときに彼に受けつがれた。

そんなやつがなぜ、この子の手を握って教会に入ろうとしているんだ？　成りすまし、偽善者だ。それより、足を踏みいれた瞬間に全身炎につつまれるかもしれない。なぜ連れてくるって同意した？

ボウエンにはその答えがわかっていた。ようやくほんの一時間眠ってから起きだしたとき、窓枠に坐っている彼女はまるで、輝くように美しい幻影のようだった。彼のまぶたの裏側に入れ墨された身の毛もよだつ光景を消してくれる。日々、きのうの夜のような現場で目にする光景を。拳を血まみれにして、自分の一部をどぶに捨てるような現場の。だがセラを見るだけで、なにもかも忘れられる。少なくともしばらくは。だから彼女が口を開いて「教会」と言ったとき、「いいよ」という答えしかありえなかった。セラがそれを望んでいる。

セラを笑顔にする。セラを守る。昨夜、頭のなかでそのふたつが無限ループで流れ、眠れずに自分の部屋のあいたスペースに絵を描きはじめたが、ついに描く場所がなくなってしまった。気づくと、彼女のベッドの足元に立っていた。逃げようとしていないか、また帳簿を盗もうと〈ラッシュ〉に戻ろうとしていないか見にきただけだと自分に言い訳をして。だが数分たってもそこに立ったまま、心臓をどきどきいわせながら、彼女の安らかな寝姿を見おろしていた。毎晩、善良で清純な女につつまれて寝るのはどんな感じなのだろう？　彼女のベッドに入りこみ、そういうものを吸いこみたいという欲望をしっかり抑えつけておく必要があった。自分が彼女に与えるかもしれない影響が、彼をためらわせた。

もしおれが彼女を汚してしまったら？

あのとき階段で、あやうくそうなるところだった。もう少しで。階段でセラを捕まえたとき、自分は頭がどうかしていた。セラは彼を見て、殺されると思っていた。彼にはわかった。その確信はショットガンで胸を撃たれたような衝撃だった。数分後、彼女の目に浮かんだ安心は、その銃創に塗る軟膏のように感じられた。そして彼女にわれを忘れ、彼女への欲望にわれを忘れた……。自分があとどれくらい、セラにふれるのを我慢していられるか、ボウエンにはわからなかった。

教会ならその心配はないだろう。

さいわい、ふたりが聖アンソニー教会についたときにはすでにほかの人々はなかに入っていた。ベンソンハーストの人間はだれでもボウエンを知っている。少なくとも彼のことは知っている。ここでなにをしているのかと思うだろう。自分がじろじろ見られるのは平気だった。慣れている。だがセラがだれかに不愉快な思いをさせられるのはいやだ。きょうはだめだ。彼女と手をつないで通りを歩いてすごく気分がよかった。ふたたびこんなチャンスがあるかどうかわからないのだから、きょうを大事にする。

　ふたりが教会に入ったとき、ボウエンにはレコードの針がひっかかった音が聞こえたような気がした。神父は歓迎の挨拶の途中で黙りこんだ。ひとり、またひとり、人々が彼のほうをふり向き、そのうち何人かは口をあんぐりとあけた。ボウエンの気まずさを感じとったセラは、毅然としたほほえみを浮かべて、最後列の信徒席に彼をひっぱりこんだ。すぐに神父は挨拶を再開し、祭壇に置かれた聖書を開いて読みはじめた。

「あまり教会にこないのね」セラがささやいた。「みんなあなたを見て驚いていた」

　そういうことにしておくつもりなのか。人々が、神聖な教会に入りこんだ彼を見てぞっとした顔をした理由に気づかないふりをするんだ。「おれのせいじゃない。侍者になりたいと何度も志願したのに断られつづけた」

セラは唇を引き結んだ。目が笑っている。「ならなくてよかったのよ。祭服はちくちくするし、ひざまずいてるばかりで、ひざが痛くなる」

ボウエンは頭を垂れた。「まさかおまえ――」

「女の子でもなれたの」

「嘘だろ」セラをもっと自分のそばに引き寄せずにはいられなかった。ボウエンは物心ついて初めて心地よく感じた。安らいだ。彼女はホーガンを逮捕する証拠をつかむまで彼といっしょにいるだけだとわかっていても、関係なかった。彼女もなにかを感じているはずだという自分の直感を信じることにした。二列目に坐っている女性が首を伸ばして彼を見ているのを見て、ボウエンはくすくす笑った。「あの緑色の上着を着たレディが見えるか？　白髪の？」

セラはうなずいた。「あの不躾な人？」

「似たもの同士はよくわかるな」セラの肘鉄が腹に命中するのをなんとか阻止する。「ミセス・コーマックっていって、おれが小学五年のときの担任だ」

「まさか」

「そのまさかだ」ボウエンは親指でセラの手のひらをマッサージしはじめた。「おれに会えてもうれしくなさそうなのには、理由がある。おれが先生の机の抽斗に生きた鶏を入れたからだよ」

セラは手で口を覆ったが、間に合わなかった。彼女の澄んだ鈴の音のような笑い声が唇からこぼれ、人々の注目を集めた。だれひとりとして、中断をよろこんでいる顔ではなかった。セラは教会に入るときにとった黄色のプログラムの陰に隠れていたから、ボウエンは肩をすくめ、せいいっぱいすまなそうな笑みを浮かべた。歯まで見せて。だが彼のお詫びのほほえみは少々錆びついていたようで、みんなますますむかついていた。

「彼女はミサに来られたことをとてもよろこんでいるんです」ボウエンが言うと、セラはからだをふたつに折って、ひざのあいだに顔を隠していた。「どうか続けてください」

そのあとは吹きだすこともなく、ミサの残りを乗りきった。ボウエンは一時間のミサを愉しんでいる自分に気づいた。神父の言葉を聴いていたというわけではないが、陽の光のなか、ほほえんでいるセラの肩に腕を回して坐り、毎週日曜日にこうしている自分を想像していた。そんな確かな、決まった習慣があったら。そこにはセラがいて、彼に肩を抱かせてくれる。ミサのあとは当たり前のように彼といっしょにうちに帰る。なぜならそこは彼女のうちでもあるから。セラはもう客ではない。彼のアパートメントでも人生でも。ずっと。

セラを自分の世界に入れるのか？　この先ずっと？　万一奇跡が起きて、今回の事態が収拾しても彼女が残るといったとして、自分は一瞬でも安心できるのだろうか？　セラは彼の弱点になる。彼を苦しめる手段として狙われる。安全じゃない。一瞬たりとも。だめだ、彼が変わる必要がある。だがどう変わるんだ？　いまの自分とちがう人間になるにはどうしたらいいんだ。セラが頭を肩にもたせてきて、ボウエンは喉が締めつけられるように感じた。学べばいい。学んでちがう人間になり、ちがう仕事をする――もしそれで彼女をそばに置いておけるなら。なんでもする。

ミサのあと、ふたりはアパートメントに帰った。途中でベーグルとコーヒーを買って。ボウエンにはやらねばならない仕事があったが、明日でもいい。セラは今夜は店に行く必要がなく、一日の残りをアパートメントでふたりきりで過ごすのは意志力の酷な試練だが、彼女がいないよりずっといい。

アパートメントへの階段をのぼったところで、セラがつないだ手に力をこめ、注意を引いた。「ボウエン？」

「うん？」

「きのうの夜、わたしの頭の上に光輪を描いた？」

彼はため息をついた。「ああ」

そのまま歩きつづけようとしたが、部屋のドアの前でセラに手をひっぱられて、とめられた。彼女はなにか言いかけたが、驚いたことに、代わりにつま先立ちになってキスしてきた。はじめは軽いキスだった。だが彼女のウエストに手を置いたとき、脈がものすごく速くなっているのを感じて、ボウエンの立派な心がけはどこかにいってしまった。彼女のシャツを握り、引きよせて舌を挿しいれ、その完璧な感触をゆっくりたっぷり味わう。彼女の口から洩れた小さなうめきが彼の口に飛びこみ、もう一度その声をあげさせたくなる。もっと大きな声を。ちくしょう、悩ましいからだをこすりつけられて、からだがピンボールマシンのように活気づいている。

彼女に呼吸をさせてやらないと。だが放したくなくて、口の代わりに首に吸いついた。その肌は彼の石鹸の匂いがして、たまらなくよかった。おなじ石鹸がふたりのからだにふれたのだと気づき、ジーンズのなかで彼のものがみなぎる。いつでも彼の匂いをさせておきたかった。石鹸だけでなく。彼の。彼すべての。

セラの指が髪をひっぱり、固くなった乳首がシャツの上からでもわかる。「おれを教会に連れていったのに、なぜすぐに罪人にするんだ?」ボウエンは彼女の背を反らして、服の上からその乳首を歯でこすった。「残りの人生の毎日、おまえに連れられてミサに通ったとしても、おれはうしろの信徒席でおまえのあそこを愛撫する男だ」

「ボウエン、なかに連れていって。欲しいの……」

彼はセラを引きおこし、額と額をくっつけ、そのふっくらした下唇を歯ではさんでひっぱりだした。「なにが欲しいんだ、セラ？　言っただろ、ファックはなしだ」

「ゆうべしたこと」セラが目をつぶり、ボウエンはすぐにその目を見たくなった。

「もう一度してくれる？」

教会に連れていってと言われたときのように、ボウエンはいいよと言うしかなかった。たぶんなにを言われてもおなじだ。ボウエン、エンパイア・ステート・ビルに登って。ボウエン、火星に連れていって。ボウエン、いかせて。いいよ、いいに決まっている。

「こっちに来いよ、スイートハート」ボウエンは両手を彼女の背中に滑らせ、固く引き締まった尻をつつんだ。それだけで、セラは両脚をボウエンのウエストに巻きつかせ、彼がアパートメントのドアまで歩くあいだ、顔にキスを並べた。だがボウエンがあける前に、ドアが大きく開いた。

これまで感じたこともないような恐怖が全身を駆けめぐる。一瞬でくるりと回転し、セラと侵入者のあいだに自分のからだを入れた。いつ撃たれてもおかしくないと予想していたが、彼が気懸りなのは痛みではなかった。身動きできなくなったら、セラを守ってやれない。彼女はひとりになる。ボウエンは一瞬でセラを立たせ、ジーンズのウエストバンドから銃を抜き、構えた……ルビー？

彼の妹。

9

ブルックリンのこの界隈で育った目端の利く娘らしく、ルビーはすぐに床にひざをついて両手を頭の上にあげた。「なんなの、ボウエン、銃をおろして」

セラが危険ではないと理解するのにしばらくかかった。銃を脇におろすとき、かすかに手が震えた。穏やかな安堵を感じ、それは背後にいるセラが彼の背中をなでているからだと気づいた。彼女の指が髪に挿しこまれて、ボウエンは心拍が普通に戻り、無理して深呼吸した。

「どうやって入ったんだ？」ルビーが片方の眉を吊りあげ、ボウエンは首を振った。「いやべつにいい」ばかげた質問だった。妹に鍵のピッキングの方法を教えたのは自分だ。異父妹は子供のころから違法に金を儲けるように育てられた。彼とおなじだ。だが妹の選んだ武器はビリヤードのキューだった。ふたりはずっと、父親の指示で、人のいいカモたちをだまして賭けビリヤードで金を巻きあげていた。やがて彼らが金を返せと言いだすとボウエンの出番で、そんなことを言った相手を後悔させた。

「もっといい質問があるわ」ルビーは銃をじっと見ながら立ちあがった。「いつから銃をもつようになったの？」

「その話はなかでしないか？」ボウエンは言い返した。「それとも警官とつきあうと常識もなくなるのか？」

「やめてよ」ルビーはセラのほうにあごをしゃくった。「紹介してくれないの？」

どうやら彼のセラにたいする独占欲は妹にも適用されるようだ。紹介なんてだれにもしたくない。「セラだ。教会で出会った」

「嘘ばっか」

「なあ、ちょっとなかで待ってろよ」ボウエンはいらだった声で言った。もう一度、興味深そうな目を兄に向けてから、ルビーはアパートメントのなかに入った。ボウエンは深く息を吸ってセラのほうにふり返った。その茶色の目がかすかに悲しみに曇っているのを見て、さっき自分が言ったことを思いだした。警官とつきあうと常識もなくなるのか。お見事。そのうえ彼は、セラが警官だと知らないことになっているのだから、その失言を謝ることもできない。くそっ。いまこの瞬間、セラを抱きあげてここから遠く離れたところに行ってしまえたら。ふたりがだれかなんて関係なく、彼女が殺されるおそれのないどこかに。だが代わりに、ボウエンは親指で、さっきのキスで腫れている彼女の唇をなでた。「だいじょうぶか？」

「平気よ」セラはかがんでベーグルの袋を拾いあげた。「あの人はだれ？」

いま、その声に聞こえたのは嫉妬か？　うまく隠しているが、完全には成功していない。ひとつだけ確かなことがあった。ボウエンはそれが嫉妬であってほしかった。自分のセラへの気持ちとはくらべものにならないが、それでも意味がある。セラが彼といっしょにいる理由はホーガンを逮捕するためだけではないという希望をもてる。

「おれの妹だ。父親はちがうが」

「え」

「え？」

「ふーん」

「ふーん？」ボウエンは彼女のあごをあげた。「聞いてくれ。おれたちの話は……愉快なもんじゃない。なんとか我慢できそうなのは、終わったらおまえとベーグルを食べられると思うからだ」

「どうして愉快じゃないの？」

「おれのことはたいていそうなんだ」

セラはじっと彼を見つめてからアパートメントに入った。ボウエンが入っていくと、ルビーとセラはキッチンの端と端で互いを品定めしていた。もし彼が別の、たとえば九時五時で会社勤めしているような男だったら、笑えたかもしれない。だがここにいるのは、潜入捜査官と、元賭けビリヤード詐欺師の妹だ。その妹を、彼は何カ月も前から避けている。

妹が、彼との血のつながりを知ってからずっと。その秘密を彼は、子供のころから妹に隠しつづけてきた。

正直言って、自分がふたりにどう思われているのか彼にはわからないし、それにはむかついていた。ふたりとも彼にとって大事な人間だからだ。だがいまは、トロイがルビーに、彼の捜査への関与について話したのかどうかのほうが気になる。たぶんいちばんいいのは、まずそれをつきとめることだ。その話をセラの前でするわけにはいかない。ありがたいことに、セラは自分の前では兄妹が話をしないのを察して、客用の寝室へと向かった。衝動的に、前を通っていこうとした彼女の手首をつかんで、その額にキスして、彼女が寝室に入るのを見送った。

ボウエンはルビーの驚いた顔を無視して、指の関節の傷を見つめた。セラのことを訊きたがっているのはわかっていたから、先手を打った。「ここでなにをしているんだ？　おまえをブルックリンに近づけるなとトロイに言っておいたのに」

ルビーは身をすくめた。「いつトロイに会ったの？」

知らないのか。「週一で会って、ラッテを飲みながらおしゃべりしてる」

「ふざけないで。答えてよ」

ボウエンは肩をすくめた。「マンハッタン暮らしが長くなりすぎたな、ルビー・チューズデイ。気楽にいけよ」

ルビーは明らかに彼の言い逃れにむかついていたが、それ以上はつっこまなかった。

彼はおもしろくなさそうに笑った。「おれのアパートメントに不法侵入したのは世間話をするためだなんて、言わないでくれよ」

「最近はどう？」

「そうだって言ったら？　わたしたち前はなんでも話していたわ」

ボウエンはなにも言わなかった。いったいなにが望みなんだ？　ルビーはいい人生を手に入れた。彼とつきあいを続ければ面倒なことになるだけだ。なぜきれいに忘れて前に進まない？

「わたしがまだここにいたとき、ひどい状況だって言っていたけど」ルビーはためらいながら、ボウエンのほうに一歩踏みだした。「少しはよくなったの？」

彼は窓を指さした。「ここではよくなることなんてない。わからないのか？」

「トロイとわたしが力になるわ。力にならせて」

トロイが介入しても無駄だ。手遅れだ。というか、彼が生まれたことが手遅れだった。ボウエンに許された選択肢はひとつだけで、だからこそ彼は警察に協力することにした。愛する人々が彼といっしょに地獄に落ちないように。彼は言葉にできないほど妹のことを愛している。だからこそ、彼が次に口にした言葉はじっさいの痛みをともなった。「おまえらの助けはいらない。二度と会いたくない」

「やめて」ルビーの目から涙がこぼれそうになる。「ずるいわ、ボウエン。毎晩、路地や駐車場でいっしょに隠れていた。凍えるほど寒くて、お腹をすかせて。おびえながら。そのあいだずっと、あなたはわたしが妹だって知っていた。わたしはただ、兄だとわかったあなたといっしょにいたいだけなのに」

「知ったからってなにも変わらない」

彼女はカウンターをぴしゃりと叩いた。「いいえ、変わるわ。なにもかも。わたしを閉めだすことはできない。わたしたちはあなたの家族なのよ」

ボウエンは凍りついた。「わたしたち？」

ルビーはほおを赤らめたが、毅然とあごをあげた。「あの人は仲直りしたいと思っているだけなのよ、ボウエン」

ふたりの母親。ルビーは母親のことを言っていた。ボウエンのすべてが母親に会うという考えに反発した。「ここに来たのはそれが理由だったのか？　お涙頂戴の母と息子の再会を仕掛けるため？　時間の無駄だ」

「ねえ、わたしだってあの人に捨てられたのよ」ルビーは間合いを詰めてボウエンの腕をつかんだが、彼は振りはらった。「わたしだって乗りこえたわけじゃない。でも知りたいと思わないの？　少なくとも話を聞いてみたいと思わない？」

「ちっとも」

「へえ、そう？」ルビーはくるりと回転して居間の壁を示した。「だからアパートメントじゅうにあの人の絵を描いているってわけ？」

辛辣な言葉が胸に刺さる。「マンハッタンに帰れ、ルビー」

「下に来ているのよ」

一瞬にして、マラソンを走ったばかりのように鼓動が激しくなった。息が苦しい。だがなによりも、この状況から逃げだす必要があった。出口がない。閉じこめられた。ルビーはまだなにか話しかけているが、耳のなかでザーッという音が響き、なにも聞こえなかった。上辺だけでも落ち着きをとり戻すために、大股で玄関ドアへと向かった。「今度こそやりすぎだ。あいつになんて会いたくない。おまえにも。出てけ。二度と戻ってくるな」

「ボウエン、やめて」ルビーは途方に暮れた様子で、そわそわと足を踏みかえ、必死であれこれ考えているようだった。「そんなこと言わないで。あなたはぜったいにわたしを傷つけたりしない人よ」

くそっ。ルビーは彼を知りすぎていた。そう言ったら彼を黙らせることができるとわかっている。だがいま、ルビーに無理やり悪夢に放りこまれて、彼女に優しくしてやることはできない。そんなことはしない。「そりゃあいにくだったな。人を傷つけるのがおれの仕事なんだ。あきらめろ」

彼女の顔に浮かんだ苦痛からのがれたくて、ボウエンはふり向いてドアをあけた。そして自分の母親、パメラ・ヒックスと直面した。

彼女はよろけるように一歩さがった。彼がこんなに早くドアをあけるとは思っていなかったらしい。ボウエンは見たくなかったが、目を離すこともできなかった。その姿を見たのは子供のとき以来だが、なぜか想像のとおりだった。いまも髪にピンクのメッシュを入れ、グレイトフル・デッドのコンサートスタッフのように見える。ダメージ加工のジーンズと弾丸ベルト。母親像からもっともかけ離れている。そしてそれは当たっていた。この女は母親なんかじゃない。

われに返り、自分が口が利けないほどショックを受けてつっ立っていることに気づき、ボウエンは唾をのみこみ、ルビーのほうを向いた。「出てけ」

「ルビーを責めないでやって」パメラが言い、彼の関心を引いた。「車のなかで待っていることになっていたのよ。好き勝手にするところは家族共通みたいね？」

そのジョークはまったくウケなかったが、それは予想どおりだったらしい。「おれには家族なんていない」

「そんなこと言わないで」

彼の笑い声は、自分の耳にさえ痛々しく響いた。「どうしたんだ？　金に困っているのか？」うしろのポケットの財布に手を伸ばす。「二千ドルくらい貸してやったら、とっとと帰ってくれるのか？」

うしろでルビーが大きな声で言った。「やめて、ボウエン」

「お金はいらないわ」パメラは言った。

「それなら話は終わりだ」ボウエンはドアを大きくあけてルビーをにらんだ。「二度とここに来るな。もし来たら、おまえがブルックリンにちょこちょこ帰っていることを彼氏に言うからな。昔のよしみで仕事か、ルビー？」

彼女の顔が青ざめた。「どうして……知っているの？」

「おれはここのことはなんでも知っている。なんでカモが捕まりにくいんだと思う？」通路を示す。「出ていけ。すぐに」

ルビーはショックを受けた様子で、ドアをくぐって出ていった。目を合わせることも、いつものようにほおにキスすることもなかった。それでボウエンは、自分がふたりの絆を傷つけてしまったとわかった。たぶん修復不能なほどに。

目をあげると、パメラが彼の奥、アパートメントの室内を見ていた。視線の先には、ボウエンが描いた彼女の顔と髪があった。ほおにひと筋の涙が流れる。「悪かったと思っているのよ」

「ああ」ボウエンは彼女に嫌悪のまなざしを向けた。「そうだろうな」

ドアを閉めてデッドボルトを三つはめた。なんとか乗りきって、演技する必要がなくなると、長いこと抑えこんできたさまざまな感情がどっと襲いかかってきた。無力感、怒り、悲しみ、痛み、悔しさ。それらが彼のからだのなかで荒れ狂い、なにもかもひっくり返していった。堰が切れた。はけ口が必要だった。すべてをぶつけるなにかが。

セラが部屋の戸口にあらわれた。

そうしようと頭で決める前に、ボウエンは彼女のほうに近づいていった。

たぶん逃げたほうがいい。

そうするのが賢明だとわかっていた。でもセラの足はその場から動かなかった。たぶんいまの彼女は、ヘッドライトに照らされた鹿のように見えるはずだ。でも、緊迫した空気をまとって彼女に向かってくるこのボウエンは、全速力でつっこんでくる車よりもこわかった。

セラが聞いたのは、彼と妹との会話の、声が大きくなった最後の部分だけだった。好奇心に負けてドアを細く開いたとき、ボウエンと別の女性が玄関にいるのが見えた。壁に描かれていたピンクの髪をした女性。たぶん彼の母親だ。いきさつを知らなくても、彼女の訪問にボウエンが傷ついているのは、すぐにわかった。ひどく傷ついている。彼女を教会に連れていって、笑わしてくれたボウエンはもういない。代わりにあらわれた男はセラのまったく知らない人だ。

おそろしいふるまいのすぐ下に傷つきやすさが感じられなかったら、踵を返して寝室のドアを閉めていただろう。でもセラにはわかった。彼はやり場のない怒りを、もしかしたら痛みを、解き放ちたがっている。痛みならなんとかできる。看護師としての年月によって癒しはセラの性質になった。ボウエンはセラのそういうところを思いっきり引きだす。彼を癒し、慰め、快復させてあげたい。

そういう自分の気持ちを認めたところで、彼が目の前にやってきた。叩きつけるように唇を重ねられて、息を奪われた。がさがさの手が腰の肌に食いこみ、うしろに歩かされる。すぐにボウエンの切迫感が伝染した。セラの本能が彼の苦痛をやわらげ、癒しなさいと命じる。からだをぴたりと密着させ、両腕を彼の首に回してその髪に指をもぐりこませた。

セラの脚がベッドにあたり、ふたりで倒れこんだ。ボウエンは彼女を押しつぶさないように両ひじをついたが、その唇は一瞬も動きをとめなかった。そのキスには優しさのかけらもなかった。それはセックスそのものだった。純然たるセックス。熱く、衝撃的な彼女の口のつかい方だった。ボウエンの下半身が彼女の太もものあいだを見つけて、こすりつけてくる。セラは唇を離して声を洩らしたが、ボウエンは彼女の顔をぐいと引いて下唇を噛んだ。

一瞬、ふたりの目が合い、セラは心配になりはじめた。ボウエンがどこにもいなかったからだ。セラはなによりもボウエンを求めている。これを求めている。でもこれではボウエンとすることにならない。きっとあとで後悔するし、彼もそうだ。

ボウエンはセラの両手を頭の上にあげさせて、うなった。「初めてはきっといいやつとするんだろうと思っていたんだろ？　ベッドに薔薇の花びらを散らして、優しく入ってくるような」彼は頭をさげて歯でセラのシャツをひっぱり、ボタンを飛ばして、レースの黒いブラをあらわにした。熱っぽい視線を胸にはわせながら、腰を回すようにして押しつける。「おれはちがう、セラ。優しくなんてしない」

「ボウエン」思わず切ない声をあげてしまいそうになる。「わたしを見て」

「おれがしてるのは、おまえを見ることだけだろう！」彼が叫ぶように言う。

その言葉の真実に、セラは喉が締めつけられるように感じた。「あなたはそのいい人になれる。あなたはいい人よ」

ボウエンの目が翳り、セラは自分が間違ったことを言ったのに気づいた。「おれがいいやつだって？」頭をさげて彼女の耳元で話す声は、まるでガラスのかけらのように鋭かった。「おれにはその言葉の意味さえわからない。おまえのヴァージンのあそこに深くつっこんでやる。最初のひと突きでおまえの奥につきあたるくらいに。嘘じゃない」

興奮させようとする言葉ではないとわかっているのに、太もものあいだがずきずきとうずく。「いいえ、あなたはしない。わたしを痛がらせるようなことは」

「いや、する」

「いいえ」セラはつかまれていた手をなんとかはずしてボウエンのほおをつつみ、彼が目をつぶってその手に顔を向けてくれて、ほっとした。「こんなふうにしないで、ボウエン」

　彼が目をあけたとき、さっきまでの曇りはほとんど晴れていた。周囲を眺め、初めてほんとうにセラを見た。まるで弦が切れたように、そのからだがセラの上にどさっと落ちる。彼女の首に顔を押しつけながら、震える息を吐いた。「ごめん。ほんとうにすまなかった」

　セラは両手でボウエンをつつんだ。「わかってる」

「頼むから、おれをこわがらないでくれ、レディバグ」かすれた声。「おれには耐えられない」

「こわがってないわ」

　ボウエンは横向きに寝て、そっとセラを胸に抱きよせた。まるで何百回もそうしているかのように、セラの頭が彼のあごの下にはまる。すぐにまぶたが重たくなってきた。背中の肌をなでられているのもよくなかった。数分ごとに彼はセラを抱きよせ、それはまるで何度も謝っているみたいだった。まだ彼のからだが緊張しているのが感じられたので、セラは気をそらす方法を考えた。

「どうやって生きた鶏を手に入れたの？」

背中をなでている指の動きがとまり、それからボウエンの笑い声が響いた。「クラウンハイツにとまっていたトラックの荷台から盗んだ」彼の指に耳たぶをなぞられ、セラは震えた。「簡単につかまった。おれが命を助けてくれるとわかっていたんだろう」

「鶏は直感がはたらくから」

「そうなのか？」声でほほえんでいるのがわかる。「おまえは？　おまえも直感がはたらくのか？」

うなずくと彼の頭にぶつかった。

「じゃあ、おれがいまなにを考えているかわかるか？」

太ももにジーンズのなかで硬くなっている彼のものがあたっているから、だいたい予想はついた。でもそのときはなんとなく、それがいいことだと思わなかった。ボウエンはまだ、妹と母親とのあいだであったことに気をとられている。「ベーグルのこと」

「そういうことにしておこう」

「そうね」

ふたりとも起きあがろうとしなかった。時間が流れ、彼の指に背中をなでられているると、セラはどんどん疲れてきた。ゆうべはあまりよく眠れなかったから、ついうとうとしてしまう。眠りに落ちる前に、ボウエンが彼女の耳元でささやくのが聞こえた。

「ごめん。おれはおまえを手放せそうにないよ、セラ」

10

セラは暗闇で目を覚まし、ベッドの上でがばっと起きあがった。あまりに眠りが深かったから、その日あったことを思いだすのに時間がかかった。サイドテーブルに置かれたラジオ時計の表示で、午後八時だとわかった。もう一度枕に頭を載せて、頭のもやが晴れるのを待った。朝は寝起きがいいほうだけど、いまはまるで昏睡状態から目覚めたように感じる。

身震いして、自分がシャツを着ていないのに気づいた。からだが冷えたから目が覚めたのだろう。つまりボウエンはベッドを出たばかりということだ。彼と並んで横になり、つかの間捜査のことを忘れるのはすごく気持ちがよかった。というか、よすぎた。あまりにも簡単にそうした自分を恥じるべきなのに。だれかといっしょに寝るのは警戒を解いているということだ。相手を信用している。自分がもっと慎重になる必要があるのはわかっていたが、いつもなら頭のなかで厳しくそう注意する声が、ボウエンといっしょのときは黙りこんでいる。

警察のファイルで読んだボウエン・ドリスコルはほんとうの彼ではなかったと思うのは、世間知らずだろうか？　彼がひどいことをした事実は否定できないけど、セラの直感がそんなに間違っているとは思えない。彼にはいいところもある。

ボウエンはどこに行ったのかとベッドから出て探したら、居間のソファーに坐ってひざのあいだで両手を握りあわせていた。彼女の気配に顔をあげ、一瞬さびしげなほほえみを浮かべた。まるでセラが寝室で考えていたことをすべてわかっているような。

彼は咳払いして壁を指さした。「絵を描きたくないか？」

「描きたい」たんなる気晴らしというだけではなく、すごく愉しそうだ。「でも言っておくけど、わたしが描けるものはふたつだけよ」

「それは？」

「にゃんこと、煙突から煙が出ているおうち」セラは床にあぐらを組んで坐り、絵筆を見た。「それがあなたのテーマに合うかどうか」

ボウエンは顔をしかめた。「なんのテーマだ？」

じっと見つめられてとつぜん落ち着かない気持ちになり、セラは頭をすくめた。彼は自分の壁画がつくりだすパターンに気づいていないのだろうか？　それとも彼女が感じたことを知りたいだけ？　彼女は絵筆をとって、半分はそのまま、半分は燃えあがっているブルックリン橋を指した。「善と悪」静かな声で切りだした。「そのふたつの戦い。気がつかないの？」

ボウエンはまるで初めて見るように、部屋を見回した。「そんなふうに見たことはない」セラに目を戻したとき、そのまなざしは真剣だった。「どちらが勝つと思う？」

この潜入捜査を始めたとき、セラはその答えを知っていると思っていた。でもいまでは、そんなにはっきりと言いきれなくなっている。「どちらも勝つことがあるんだと思う」

一瞬の沈黙のあと、ボウエンは目をそらし、もどかしそうに髪をかきあげた。「ああ、おれはもてなし役として失格だ。おまえになにか食べさせないと」

それが合図のように、セラのお腹が鳴った。「ベーグルでもいいわ。いくつでも食べられそう」

ボウエンは立ちあがった。「すぐもってくる。始めてろよ」

「どこに？」そう言ったセラの言葉は、壁の新しく白く塗られた部分に気づいて、唇の上で凍りついた。彼の母親の顔が描かれていた場所だ。

「そこに」

「ボウエン——」

「悪い記憶を描き替えたいんだ」彼はベーグルをトースターに入れて、いたずらっぽく彼女にほほえみかけた。「猫の家を描けよ」

セラは唇を噛んで笑いを押しころした。「わたしの話を聞いてなかったでしょう」

紫色の絵の具の容器をとって、さまざまな色の染みのついたいかにも古そうなパレットに少し出した。中くらいの太さの絵筆をつかって、絵の具を溶く。ため息をついて立ちあがり、壁に向かった。

「紫色の猫？」

彼がすぐうしろにいて、セラはびっくりした。音も立てずに動くんだから。「もう文句を言いはじめているなら、長い夜になるわよ」

「言ってない」唇にベーグルを突きつけられて、ひと口齧《かじ》るしかなかった。セラがもぐもぐするとボウエンの目が色濃くなる。「おもしろい色の選択だと思っただけだよ」

見られてどきどきして、セラは彼の手からベーグルをとった。「紫は高貴な色よ。もしかしたら、猫の王国の跡継ぎかもしれない」

「よく考えてるんだな」

答えなくていいように、もうひと口ベーグルを齧った。ほんとうのことを言えば、ボウエンと話すのはとても自然にできるけど、セラは落ち着かなかった。自分のすぐそばに、危険なほどハンサムでセクシーな自信にあふれた彼が立っている。腫れあがって傷だらけの拳をもち、まるで自分の手の延長のように絵筆を操っているこの人は、ほかのだれよりも彼女を惹きつける。

照明の光がアパートメントの部屋に陰影を落とし、ふたりの絵筆が壁を滑る柔らかな音は、ボウエンの顔とからだの緊張と正反対に感じられた。

彼女とはちがって、その緊張は性的なものばかりではなかった。きょうあったことに彼は明らかに動揺している。彼女には平気なふりをしているけど。その重荷をおろしてあげたいと、どうしても思ってしまう。彼が黙って苦しんでいるのを見ていられなかった。

「きょうだいはルビーだけ？」

彼は手をとめた。「あいつの話はしたくない」

「そうなの」別のやり方を試すことにした。「兄とわたしはぜんぜん似てなかったけど、おなじものを好きになったりしたわ。昔のバージョンのテトリスが好きだった。五年もずっと対戦してたの」セラは猫の蝶ネクタイを描きながら、寄宿学校の娯楽室で兄とふたり、コントローラーを握って過ごしたことを思いだしていた。「任天堂のゲーム機が壊れてしまったときは、ふたりでおこづかいを貯めて、ｅＢａｙで中古を買って対戦の続きをしたのよ。対戦が終わったとき、通算成績ではわたしが勝ってい
た」

「なぜ終わったんだ？」

「ただ終わったの」まだ詳しいことを話す気持ちになれなかった。ボウエンはうなずき、察してくれた。「テトリスをしながら……そのときだけは兄とおしゃべりした。もっといっしょにやればよかった。大人になってからはとくに。ふたりとも大人ぶってしまって」

ボウエンはしばらく無言だった。「おれと妹は……もっとこみいってるんだ」彼は絵筆を置いて、煙草に火を点けた。「あいつは頑固すぎて、おれがあいつに最善のことをしているのを理解しようとしない」

「あなたにとって最善のことは？」とまどったような目を向けられ、セラは首を振った。いままでだれにも訊かれたことがないの？「ごめんなさい、気にしないで」

ボウエンはあいた窓のほうに、ゆっくりと長く煙を吐きだした。「兄さんになにがあったのか教えてくれ、レディバグ」

低く、殺気をはらんだ声が、真実を話せと命じる。「殺されたの。犯人は見つから

なかった」あわててつけ足した。じっと見つめられて落ち着かず、セラはひざまずいて猫の足を描きはじめた。彼女はすぐうしろにやってきたボウエンを無視しようとしたが、ざらざらの手を髪に差しこまれ、頭をそらされて、ひざまずいた姿勢のまま彼を見あげることになった。

煙草をくわえたままでも、彼はとても正確に言葉を発した。「おまえが悲しむ顔を見たくない。おれが出ていって、なんとかしてやりたくなる」

まさか本気で、セラが思っていることを申しでているのだろうか？　知りあって数日で？

「無理？」「無理よ」

「無理？」彼は左側にあるサイドテーブルに手を伸ばし、陶器の灰皿で煙草をもみ消した。「なにも感じない人間になにが可能か、知らないんだな」

「あなたはなにも感じない人間じゃない」セラは小声で言って、ひざまずいたままふり返った。それはものすごくきわどい姿勢だった。ボウエンはたったいま、彼女のために人殺しをしてやると言った。でも信じられないことに、だからといってセラの彼への評価は変わらなかった。彼は変わると思っていたようだけど。その顔に本心があらわれていた。不安でいっぱいで……飢えている。

セラは彼のジーンズの前に目を落とし、自分の目の前で、大きな膨らみがジッパーをつっぱらせているのを見て、息をのんだ。胸がどきどきして息苦しくなる。まるで高いところから落下するように感じる。脚のあいだがうずきはじめ、すぐに温かく湿りはじめる。

「確かに、おまえにはなにも感じないわけじゃないが」ボウエンは張りつめた表情で、手に巻きつけたセラの髪を軽くひっぱった。「立てよ、セラ」

セラは立とうとしなかった。苦痛。ボウエンの声には耐えがたい苦痛が感じられた。彼女はそれをとりのぞき、同時に自分の好奇心も満たしたかった。

「いいか」声が少し切羽詰まった感じになった。「きょう通路で、おまえはおれに脚を巻きつけただろ。それから客用の寝室でおれはもう少しでおまえを抱きそうになった」また髪をひっぱるけど、あまり気が入っていない。「そしてこの七時間、おまえがブラとタイツみたいなやつだけで眠っているのを見ていた。おまえにかんするかぎり、ちょっと過敏になってる。だから、頼む、よ、立ちあがってくれませんか？」

セラは衝動的に身を乗りだして彼のものにほおをすりつけ、膨らみにしっかりと口を開いたキスをした。

「ああ、くそっ」ボウエンは腰を押しつけた。「やめるんだ」

セラは聞いていなかった。彼にとめられる前に、ジーンズのボタンをはずしてジッパーをおろし、大きくなった彼のものをとりだした。手で握ってみると、ボウエンはすごく口の悪い悪態をついた。その顔をじっと見つめながら、手を上下に滑らせ、親指で先端をこすった。きのう階段で彼がやっていたとおりに。

「おれを手こきでいかせたいのか、ベイビー？　いいよ」彼の額に汗が浮かびはじめている。「だがその清らかな口に入れるのはやめとけ。言っておくが、いったん始めたら、おまえがおれの味をあじわうまでやめないからな」

脚のあいだの小さなうずきが、ずきずきと大きくなる。彼がその言葉でやめさせようとしているのなら、まるで逆効果だ。セラは自分のために彼がコントロールを失いそうになっていると知って、大胆な気分になった。挑戦的な気分に。

その勢いでボウエンの昂りに顔を近づけ、根本から先端までなめあげた。それから硬いものをめいっぱい口にふくんだ。

そして、吸った。

ちくしょう、なんてことだ、おれはもう死ぬ。

どうか、神よ、その前にいかせてください。

セラの口による快感と矛盾する考えや意見が、ボウエンを攻めたてる。できるだけブロックしようとしたが、一部は頭に届いた。彼女に言ったことは本気だった。きょうは性的欲求不満の連続だった。うまく対処できないし、いままで一度もそんなことしたことはない。そしていま、彼女の完璧な口が彼の自制の最後のたがをはずそうとしている。

両手で彼女の頭をかかえて、その口に激しく突きあげたいという衝動が良心と戦っていた。自分がつぶやく意味不明な言葉が聞こえる。何語かもわからない。それとも、いままで頭のどこかにセラのための言葉があったのだろうか。セラだけにとっておいた言葉。それなら自分も、それほどのくずではないかもしれない。彼女は特別だということだ。壁に押しつけて奥まで突きあげていいような女ではない。

セラが男に口でするのはこれが初めてかもしれないのに、彼が台無しにしたらまずい。というか、これが初めてに決まってる。きれいな茶色の目で彼を見つめ、これでいいのかと確認している様子でわかる。安心させてやるんだ。

「いいよ、それでいい。完璧だ、スイートハート。おまえは超完璧だよ」

少なくとも、彼は自分がそう言ったと思った。じっさいにはどこかよその国の言葉のようだったかもしれない。ああ、いい。とても初めてには思えない。すごく強く吸われて、魂がまったく新しい場所にいってしまいそうだった。なぜあんな純真なまなざしでおれを見あげながら、その口でいままで会ったなかでいちばん淫らな女のように彼を感じさせられるんだ？　その対比があまりにも強烈で、別世界に連れていかれそうになる。もう自分に嘘はつかない。ボウエンの〝ヴァージンとは遊ばない〟ルールは、セラにはあてはまらない。ほかのルールもみんなそうだ。セラの経験不足は彼を興奮させる。つまりあいつの初めてはすべて、おれがもらう。ほかのだれでもなく。もちろん、彼は強欲なろくでなしってことになるが、もう手遅れだ。

セラは少しペースをゆるめて、さっきよりも深く喉に入れている。腹筋がこわばり、太ももが震えて、ボウエンは変な声を洩らした。手が勝手に動いて彼女の髪をひっぱる。「ベイビー、ベイビー、頼むよ。もう少し奥までいけるか？　ほんの少し——おう、ファック」

そこでなんの前触れもなくいってしまいそうになったが、なんとか踏みとどまった。だがもう長くはもたない。セラは喉の奥でハミングするような音をたて、その震えが彼の下腹部とたまを直撃する。そこで彼女の手が両方加わって、口の動きと合わせて彼のものをしごきはじめた。

かっと熱くなり、目がくらむような快感が膨らんでいく。いままで、こんなに早くいったことはなかった。初めて終わってほしくないと思ったのに、なんて皮肉な。

「いきそうだ、セラ。口から出すんだ」こんなつらい言葉を言ったことはなかった。だが出すどころか、セラは彼のものをもっと深く受けいれた。両手を彼の尻に回して、爪を食いこませて腰を引きよせ、激しく口をつかう。

解放が近づいてボウエンの自制は蒸発し、意識は彼女の口だけに集中した。ひとりでに彼女の髪のなかの手に力がこもる。ぎゅっと。彼女の口の上下動に合せて腰を突きあげた。「そのヴァージンの口のなかにいかせるのか？　おれを神にするのか？」

彼女が歯を滑らせ、彼の世界ははじけ散った。いったらそこでやめると思っていたのに、ジーザス、彼女はやめなかった。その口を貪欲に動かして彼の与えるものすべてをのみこむ。うまそうに喉を鳴らす音が彼のものを震わせ、ボウエンを別世界にトリップさせた。

いつ自分が床に横になり、彼女を抱きしめたのか、憶えていなかった。だが気づくとそうしていた。深く息を吸うたびに、彼女のほおの下で胸郭が膨らむ。たったいま、彼を根底から揺さぶったのに、なぜこんなにもろそうに見えるんだ？　どうしても彼女の目を見たくなった。まだ震えている手で、彼女のあごをもちあげた。

そして腹を殴られたように感じた。

欲望。そのせいで瞳孔が開き、きれいなチョコレートブラウンの虹彩がほとんど見えない。ほおは紅潮し、唇は腫れて開いている。乳首がとがって薄いシャツの生地を押しあげている。太ももを閉じたりゆるめたりして。その姿がたまらなく色っぽくて、すでに激しく鼓動していた心臓がいっそう高鳴った。ボウエンは新たな決意に燃えた。今度はおれの番だ。彼女をいかせてやる。

セラの太もものあいだに腰を割りこませると、彼女は大きな声をあげた。あまりにもじれったそうで、ボウエンも思わず声が洩れた。彼女の苦痛は彼の苦痛。彼女のよろこびは彼のよろこびになる。

こいつは前からおれのものだった。〝おれの〟という言葉ではとうてい足りない。

ボウエンはふたりのからだのあいだに手を滑りこませ、彼女のあそこをつつんだ。タイツの生地が湿っているのを感じてうめき声をあげた。「ああ、スイートハート。おれをしゃぶっていかせながら、濡れてたのか?」熱くなっている場所に手首のつけねを押しつけるようにして円を描く。彼女が腰を振るのを見て、また自分も硬くなりかかってくる。「おまえの口がどんなにいいか、わかってるのか?」彼は頭をさげてそっとキスした。じれた彼女がキスを深めると思って。思ったとおりだ。激しく応えてくる。「この唇は最高のファックだったよ。だがそれも長いことじゃない。そうだろ、セラ?　おれたちはどっちも、おれがおまえのヴァージンを奪うのは時間の問題だってわかっている」

返事を待たずに、彼女のタイツを引きさげて脱がせ、部屋の向こうに放り投げた。彼女がシャツを頭から脱いで、黒いブラと揃いのパンティーをあらわにしたとき、ボウエンは感謝の祈りをつぶやいた。ジーザス。服を全部着ている彼女をもてあましているのに。下着だけ？　まぶしくて目が痛い。

「ボウエン、お願い、ずきずきするの」

彼女が自分はなにが欲しいのかも知らないという事実が、ボウエンの胸のなかに妙な火をつけ、同時に自分がそれを彼女に教えてやるのだということにものすごく興奮する。「おまえに必要なものはわかってるよ。だがこれからするのはそれじゃない。おれはいつだっておまえに必要以上のものを与えてやるよ、セラ。いつもだ」

彼女の小さなパンティーを引きおろし、初めて彼女のあそこを見て、それ以外なにも目に入らなくなった。おれの。おれのだ。こいつはおれの女だ。ボウエンの本能は彼女を押さえつけて脚を開かせ、ファックしろと命じていた。だが衝動に負けるわけにはいかない。さっきしてくれたことを考えたら、彼女を感じさせてやるのが先だ。

それでも、彼女を自分のものにしたいという思いが彼に、一番細い絵筆をとらせた。紫色の絵の具をつけて、彼女の下腹部に近づける。セラはもう限界に近いとわかっているから、手早く、だがはっきりと、自分の名前を書いた。ボウエン。どんなやり方で彼女に自分のものだというしるしをつけたいと思っているか、それにくらべたらこんなのは他愛もないことだが、とりあえずはこれでいい。

　彼は絵筆を放り投げ、絵の具を吹いて乾かしながら、彼女の太もものあいだに両手を入れて滑りあげた。濡れている。いちばんいいところまで達したとき、ボウエンは指の関節で入口をなぞった。彼のものがそりかえって腹にあたり、なかに入れろ、このうるおいを利用しろとからだがささやく。だが彼は、熱くてきついなかに中指を沈め、その狭さにうめき声をあげた。

　キスしながらなら、ゆっくりすることを憶えていられるかもしれないと思って、ボウエンは彼女のからだをかすめるように上に移動し、唇を重ねながら指を動かした。「ひとつ訊いてもいいか、ベイビー。いままでだれにも誘惑されたことがない、こんなこともされたことがないなんて、どんな腰抜けどもに囲まれて生きてきたんだ？」指を二本に増やし、もっと奥まで挿しいれた。「もしそんなことをしたやつがいたら、おれがそのみじめな一生を終わらせてやったけどな」

　ようやく彼女の緊張がゆるみ、中指でＧスポットを刺激できるようになった。「女子校だったの」セラは息をのみ、腰を浮かせた。「もう一度やって」

ボウエンは言うとおりに指をつかいながら、開いた口を胸の谷間に滑らせた。「いいんだろ？　まだおまえのクリにもさわってない」

「さわって……くれる？」

「まだだ」ボウエンはからだをずらしながら、小刻みに震える腹に舌を滑らせ、へそのまわりに円を描いた。「おれの舌が最初だ」

そう言うやいなや、すぐに言ったとおりにしたくなった。優しくするという決意はどこかに消えうせ、ボウエンは彼女の脚を大きく広げて、じっと見つめた。この瞬間を記憶に刻みこむ。セラは背中を弓なりにして、大きな目に信頼を浮かべて彼を見つめ、彼が指で高めた欲望に腰をうずうず動かしている。おれは初めて会ったとき、セラのことをなんと言った？〝いい女《スタナ》〟？　そんなんじゃ足りない。セラを表現する言葉がなかった。光輝いている。彼女は天から落ちてこの卑しい地に舞いおりた。卑しい男のところに。

ボウエンは彼女の両脚を肩にかけて頭をさげ、初めて彼女の蜜を味わった。舌をこわばらせて、中心線をたどり、すぐに感じやすい突起をなぶる。速く、ゆっくり、速く、ゆっくり。セラはどちらも気に入って、交互に求めた。その指が彼の髪をかき乱し、ボウエンは彼女をいかせるのに夢中になった。

「ボウエン。やめないで。お願い、やめないで」

芯の愛撫を休むことなく、指を二本挿入する。すでに張りつめ、彼の指を締めつけてくる。クリを吸い、唇ではさんでやると、セラは彼の名前を叫びながらいった。残りの一生、おれは毎日この声を思いだすだろう。セラのような女は初めてだ。思いのままにからだをよじらせ、そのきれいな顔はなにを隠そうともしない。自分のすべてでいって、まるでこれが最後というように快感を絞りとる。

ボウエンは笑うしかなかった。

肩にかけた彼女の脚がぐったりするとすぐに、ひざを曲げて彼女の胸に押しつけた。

「もっとだ、セラ。おれはいつだってもっと与えてやる」

セラの声がかすれて彼の名前を呼べなくなるまで、彼の口が休むことはなかった。

11

セラはキッチンカウンターによりかかって、青リンゴを齧り、閉まっているボウエンの部屋のドアを見つめないようにしようとした。ゆうべふたりであんなことをしたのに、彼はやっぱり自分の部屋に戻っていった。ぐったりした彼女を客間のベッドに運び、そこが彼女の場所だと言って、光輪の下に寝かせてから。ボウエンの行動はますますわけがわからなかった。ほんとうは彼の行動について思い悩むより、捜査に集中しなくてはいけないのに、できなかった。彼の大きな存在がセラの心のなかにずっといて、忘れられるはずがない。

彼は言葉どおり、彼女と寝ようとはしていない。ホーリー・エンジェルズ学園のシスターたちにもきっと褒められるだろう。よかったと思わなければ。ほんとに。いっしょに寝なくても、彼に……惹かれはじめている。それはきわめて危険な気づきだった。

頭のなかで叔父の声が聞こえる。〝おまえは人のいいところばかり見ている。悪いところを見ない。警察官になるには弱すぎる〟何度も聞かされた苦言は心に刻みこまれ、まるでおなじ部屋にいるように、その声を聞くことができた。

もともとボウエンのところに来た理由は、捜査を進めるためと、彼がコリン殺害に関与しているのかどうかをつきとめるためだった。でもいま、数日たっても、そのどちらもできていない。あまりにくつろいでしまっている。一歩さがって、状況を客観的に見る必要がある。そう思って今朝、こっそりアパートメントを捜索してみたけど、なにも出てこなかった。といっても、居間と客用の寝室になにかがあると期待していたわけではない。ボウエンなら犯罪の証拠は安全な場所に隠してあるはずだ。だれかに見られたりしない場所。それはどこだろう？

セラはカウンターからからだを離した。ボウエンの車まで行って戻ってくるのには五分しかかからない。頭をすっきりさせて、捜索する場所のリストからまたひとつ消すことができる。やらないと。リンゴの芯をゴミ箱に捨てて、セラは薄手のジャケットを羽織ってドアへと向かった。三つのデッドボルトをはずすとき、カチリという大きな音が静かな部屋に響き、思わず身を縮めた。息をとめてボウエンの部屋の気配に耳を澄ましたが、なにも聞こえてこなかった。安堵のため息をつき、そっとドアをあけて通路に出た。

両手をポケットにつっこんだまま、早足で通路を歩き、この近所の人々の朝が遅いことに感謝した。ほとんどの商店はまだシャッターが閉まったままだ。目撃者は少ないほうがいい。

ボウエンの車は建物のすぐそばにとまっていた。いつボウエンが起きてくるかわからないから、捜索にあてるのは五分と決めた。彼が客用の寝室をのぞいて彼女がいないのに気づいたら、やっかいなことになる。なにを探すのかもわからない状況では、五分は長い時間ではない。とくにこの場合は、なにも見つからないことを願っているのだから。セラの兄の殺害事件は迷宮入り——少なくとも公式には——になった。その死からもう三年がたつ。だからその証拠が見つかるとは思っていなかった。でもボウエンとホーガンのつながりにかんする証拠なら見つかるかもしれない。武器とか。コリンを殺した凶器は見つからなかった。

ポケットのなかでセラは手を握りしめた。もし犯罪の証拠が見つかったらどうするの？　そう自問したとたんに、あることがはっきりした。自分は深入りしている。もちろん捜査に、でもそれよりもボウエンに。もし証拠が見つかったら、署に提出する。それ以外の選択肢はない。セラの場合は証拠を署に提出し、ホーガンが逮捕されるのを見届けたらすぐに姿を消す。ひとりで。

どうしていま、そのことがひどく虚しく感じられるのだろう？

ボウエンの車につくと、ボウエンのキッチンの棚で見つけた差し金《スリムジム》をジャケットの上着の袖から出して、手で握った。車のウインドウのガラスとゴムのあいだに挿し入れて、ロックをあける。トランクをあけて、車のうしろに回り、差し金はふたたび袖のなかに隠した。トランクのなかにはなにもなかった。新品のタイヤ交換工具、ブルックリン・ネッツのスウェットシャツ。セラは内張りをあげて手探りしながら、スペアタイヤ以外のものがないようにと祈っていた。

なにも見つからなかったので、ほっとため息をついて助手席に乗りこみ、グラブボックスをあけた。きちんとしている。丸めた駐車違反切符ひとつない。いいえ、待って……整備手帳ファイルの下から、たたんだ紙がのぞいている。その黄色い紙が目についたのは、きちんと整理された車のなかで唯一あわててそこにはさんだように見えたからだ。セラは紙の端をつまんで引きだし、シートに置いた。

思わず手で喉を覆った。教会のプログラム。ボウエンはとっておいたんだ。紙の下のほうに、しっかりした文字できのうの日付が書かれ、丸で囲まれていた。うしろめたさが渦を巻き、セラの肋骨のなかに染みいってきた。うしろめたさと……別のなにかが。もしかしたら、自分がここに来たのは、ボウエンが犯罪者だと証明するものを探すためではなかったのかもしれない。もしかしたら、彼を救いたいという自分の思いは正しいと証明するものを探しにきたのかもしれない。だって、わたしは彼を救いたいと思っている。これが背中を押してくれた。この新たな使命は自分にとって、とても大事なことだとはっきりした。

車の捜索はもうやめて、教会のプログラムを元どおりの場所に戻し、ロックして、アパートメントへと戻った。ボウエンのもとに。

通りをはさんだ場所からセラを見つめていたボウエンは、煙草を吸った。彼女は建物の入口ドアがロックしないようにはさんであった新聞をはずし、かわいらしい泥棒猫のようにしなやかな動きでなかに滑りこんだ。ドアがしまり、ボウエンの肩からいくらか緊張が抜けた。いつか抜けだすとは思っていたが、セラが小賢しいやり方で彼のことをだますのを目の当たりにするのはショックだった。かなりのショックだった。

ボウエンはすべて承知のうえでこの捜査に協力したのだから、セラが役を演じているのはわかっていた。彼女がほんとうのことを彼に打ちあけないことで、こんなにいらだつのはおかしい。なぜ彼女がそんなことをする？　彼と知りあってまだ四日しかたっていない。彼女がこれまでの努力すべてを、彼がいいやつだという可能性のために危うくすると本気で思うのか？

それにおれは、いいやつなんかじゃない。かろうじてもちこたえていたが、昨夜の彼女に思わずわれを忘れた。あの口。味。声。もうなしではいられない。生きるのに必要だ。通りを隔てているだけで何キロも離れているように感じる。もし彼の思いどおりになるなら、もし世界が完璧だったら、セラはずっと彼の首に腕を巻きつけているはずだ。からだを密着させ、唇はすぐにキスできる近さに。セラにふれてこれは正しいことだ、ぜったいに必要なことだとこれほど強く感じるのは、彼女もなにかを感じているからだ。そうだろ？

セラが建物に入ってからじゅうぶん時間がたったと判断して、ボウエンは通りを渡ったが、ポケットの電話が震えはじめ、立ちどまった。とりだして画面を見る。マンハッタン地区の番号だが、憶えがない。

とにかく出た。「なんだ」

「彼女にいったいなにを言ったんだ？」

「トロイ」ボウエンは最後に煙草をひと吸いして、ブーツの底でもみ消した。「電話をかけてくるのにこんなにかかったのが驚きだよ」

相手は黙りこんだ。

「いいか、おれはあんたに、ルビーをこっちに来させるなと言った。あんたが自分の女を管理しておけなくても、それはおれの知ったことじゃない。あいつ、またあんたの目を盗んで出かけたのか？」

「彼女が行ったのはわかっている」トロイはこわばった声で答えた。「彼女が行くときは全部わかっている」

ボウエンは驚いた。「あいつがここに来たら危険だと思わないのか？　おれの親父をムショ行きにした女だぞ」

「彼女が危険だったことは一度もない。彼女を守るおれの能力を疑うな」トロイがそこで言葉を切った。いらだちが感じられた。「彼女といっしょにいるために必要なことはしている。昔の生活の一部をもちつづけるのを許すことも、そのひとつだ」

「おれはその一部じゃない」

「ああ、そうだ。心配するな。おまえはようやく彼女にそれを思い知らせた。帰ってきてからの彼女はまるで幽霊のようだ。それだけでおまえのケツを蹴り飛ばしてやりたい」

「それはもうやられたよ。Tシャツに血の染みがついた」ボウエンもトロイとおなじくらいむかついてきた。うしろめたさを感じることにも、セラにほんとうのことを言えないことにも。思わずかっとなった。「警官のすることはそれだけか？　机に坐って、自分の女のこと、その気まぐれのことを愚痴ることだけ？　納税者のひとりとして、おれは驚いたよ」

「ファッキュー、ドリスコル」

「いや、こっちこそファッキューだ。セラがここにいればいるほど、危険が増す。よく考えてみろ」ボウエンは手で髪をかきあげた。「やつらは疑っている。彼女はうまくやっているが、それでもだめなんだ。ここでは」

「おまえが彼女を守っているんだろ？」

「だれも――彼女に――手を出すことは許さない」ボウエンは激しい口調で言った。

「おれが息をしているかぎり、彼女は無事だ」

「つまりほんとうなんだな。彼女がおまえのところにいるって」

ボウエンは頭をさげ、苦笑した。かまをかけられた。そう気づいて口のなかに苦い味がした。「訊けばいいだろ。知りたい情報を手に入れるのにおれを怒らせる必要はない」

「おれたち警官にもときには娯楽が必要なんだよ」トロイは疲れたようにため息をつ

いた。「話す気はないのか。なぜだ?」

「あんたは刑事だろ。推理しろよ」そう言った瞬間に自己嫌悪に襲われたが、もう取り消すことはできない。「あんたたちの条件は、おれが警察に協力していることを彼女には言うなということだった。それは守ってる。だが自分の仲間を裏切るあいだに愉しんじゃいけないとは言われなかった」

トロイが首を振っているところが目に浮かんだ。「まったく、ボウエン。どういうわけかおれは、おまえがもっとましな人間だと思っていたよ」

「あんたの間違いだ」ボウエンは、いますぐセラの顔を見たくてたまらなくなった。彼女を抱きしめ、いま自分がほのめかしたことを謝りたかった。彼とつきあっていると言って彼女の評判を貶めたことを詫びたかった。「いいか、おれのやり方でやると合意したはずだ。彼女がいちばん安全なのはおれのそばだよ。話は終わりだな?」

「とりあえずはな」

「そりゃよかった」

ボウエンは電話を切り、トロイの失望を頭から追いはらった。なぜそれが気になるのかは考えなかった。いったいいつから自分は、あのくそったれの評価を気にするようになったんだ?

もう一本煙草を吸おうかと思ったが、気が変わった。セラの姿を見て、彼女の無事を確かめたいという思いに駆られて、走って建物へと向かった。だがドアをあける前に、なにか——だれか——が目にとまった。一ブロック先にとまった車のなかから、男がこちらを見ていた。

腹の底で恐怖を感じた。車のほうに向かおうとしたが、向こうが走りだした。ゆっくりと背中に手をやり、銃の台座を握る。その車が前を通りすぎるとき、運転しているやつの顔が見えた。読みがたい表情で、まっすぐにボウエンを見つめている。

コナー。

12

　ボウエンが自分の部屋のドアではなく、アパートメントの玄関ドアからあらわれたとき、セラは一瞬、心臓がとまりそうになった。彼女は窓枠に坐り、チェリオズのシリアルの入ったボウルをかかえ、スプーンをもっていた。ああどうしよう、もし彼に見られていたら？　セラは質問されるはずだと身構え、なぜ彼の車のロックを破ってなかに入ったのか、もっともらしい言い訳を必死に考えていた。

　彼は革のボンバージャケットの襟をひっぱり、全身から落ち着かないエネルギーを発散させていた。

「出かけたくないか、レディバグ？」

「え？」

「いいだろ」指でくしゃっと髪をかきあげる。「おれたちゆうべから、ずっとここにいっぱなしだ」

セラがもっていたチェリオズのボウルをボウエンがとった。「いまはどこに行っていたの？」

「煙草を買いにいってた」

「そう」でもまだ店はあいていなかった。十分前、彼女がそとに出たときには。そのあいだに開店したはずがない。なぜボウエンがアパートメントから出ていったのに気づかなかったのだろう？「着替えるわ」なにかがおかしい。彼の目のなかに浮かぶものを言葉にできない。不安。無理した気軽さ。

「どこに行くの？」セラはついてくるボウエンに訊いた。

「おまえの部屋」彼はほほえんだが、そのほほえみは引きつっていた。「おれが服を選んでやる」

サイドテーブルの上にきれいにたたんで重ねてあった服をボウエンがぐちゃぐちゃにするのを見て、セラはびっくりした。彼は肩越しにふり向き、彼女がまだそこにいるかどうか確認しているようだった。すぐに緑色のスウェット地の半袖ワンピースをもって彼女のところにやってきた。ワンピースを手渡して寝間着のTシャツの裾に手を伸ばして脱がそうとする。

「ボウエン」セラは彼の手をつかんだ。「やめて」ふたりの目があったが、彼が自分を見ているようには思えなかった。「どうしたの？　なにかあったの？」

ゆっくりと息を吐きだし、彼は自分の額とセラの額をくっつけた。「ときどきおれは、閉じこめられているように感じるんだ、ベイビー。ここに。そんなふうに思ったことがあるか？　閉じこめられているように感じたことが？」

寄宿学校の歳月、ボストンで職場近くに住まわされた日々、〈ラッシュ〉の二階の狭い部屋で過ごした二週間のことを思いだした。「あるわ」

彼はあごをこわばらせて、灰色の目をつぶった。「訊かなきゃよかった」

「いまはそう思っていないわ」そう言って、それは自分の本心だと気づいた。ここで、彼といっしょにいて、閉じこめられているとは感じない。セラは一歩さがり、Tシャツに頭をくぐらせて脱ぎ、ブラとパンティーだけの姿で彼の前に立った。ボウエンは荒い息を吐き、筋肉質の胸を震わせた。脇におろした手がぴくっとしたとき、彼がさわってくるだろうかと思った。心のなかで、さわってほしい、さわることで安らぎを得てほしいと願った。でも彼は、ワンピースをセラの頭にかぶせて、何度かぐいぐい引きおろして、着せた。

「靴は？」彼はベッドの足元に置いてあったアンクルブーツを拾った。片足ずつ履かされるあいだ、セラはバランスをとるために彼の肩に手を置いた。ボウエンは靴を履かせる仕事が終わると、立ちあがって、彼女にくいとあごをあげた。「髪をどうにかしなくちゃとかいう女のたわごとを聞く前に言っておくが、そのままですごくいい。行こう」

ボウエンに手を引かれてアパートメントを横切り、キッチンカウンターの上に置いたバッグをとるのがやっとだった。セラはもう一度言った。「どこに行くのか教えてくれないと」

彼はドアのところで立ちどまり、ゆっくりと彼女のほうを向いた。「おれのことを信用しているか、セラ？」

まるで彼は、もし彼女が間違った答えをしたら、自分の世界が崩れて炎上するとでも思っているようだった。セラはその責任がこわかった。もし彼がそれほどまでに信用、それも彼女の信用に重きを置いているなら、いずれ彼女が警察官だと彼に知られたとき、いったいどうなってしまうのだろう？　ふたりが別れたとき、どうなるのだろう？

セラは喉が締まるように感じたが、なんとかうなずいた。「してるわ」

彼の肩のこわばりがじょじょにほぐれていった。「次はそんなに悩むな」

「コーヒーも飲まないうちに頭をつかう質問をしないで」

ボウエンは彼女の肩に腕を回し、自分の脇に引きよせて、ドアに鍵をかけた。「わかったよ。ビーチは好きか？」

「ええ、大好き」ふたりは並んで通路を歩いた。「ビーチがあなたの逃げ場なの？閉じこめられたと感じるときに」

「ときどきな」ボウエンは肩をすくめた。また緊張が戻っている。「だがきょうはただの背景だ。おまえが逃げ場なんだよ、スイートハート」

彼の言葉に、一瞬息ができなくなった。まるであとから思いついたようなつぶやき方で、それがいっそう大事なことに感じられた。だってこれは口説き文句でもジョークでもない。純粋な、嘘偽りのないボウエン。セラは彼を救いたいと思っているだけではない。彼が欲しい。以上。ああどうしよう、彼を好きになってしまった。でも〝恋に落ちた〟という言葉で自分のいまを言いあらわすことはできない。なぜなら〝落ちた〟は、もうすでにどこかに着地していることになるから。セラは高く舞いあがり、彼に引きつけられていた。視界のどこにも固い地面は見えない。自分のなかの現実的な部分はそんなのだめだと叫んでいるけど、心はますますスピードを増している。捜査が終わったとき、彼と別れることができるだろうか？　そんなことを考えただけで全身が反発し、つむじからつま先まで痛みを感じる。

階段の下までやってきたとき、ボウエンは彼女にためらうようなほほえみを向けた。彼の脇にぎゅっと押しつけられて、息が苦しくなった。彼は通りをさっと見渡し、彼女をひっぱるようにして路肩にとめてある車まで連れていき、助手席のドアをあけた。彼女が乗りこむとすぐに勢いよくドアをしめた。

どうもゆうべから今朝までのあいだになにかがあって、そのせいで心配しているようだ。さっきは煙草を買いにいったと言っていた。なにかトラブルがあったのだろうか？

ウインドウをあけて大通りを走ると、さわやかな朝の空気が風音をたてて入ってくる。ビーチ向きのお天気ではないけど、ただの外出ではないことはセラにはわかっていた。ボウエンに訊いたら、答えてくれるだろうか？

わたしが好きになったこの人はだれ？　彼女のために本気で人を殺してやろうかという男？　それともわたしの頭の上に光輪を描いた人？

車を駐車してから、ふたりでダイナーまで歩いていって、朝食をテイクアウトで注文した。ふたりはボードウォークで大西洋を眺めながら、ラップサンドウィッチを食べた。カモメがたがいに呼びあい、寄せては返す波の音の合間に、ふたりのうしろを歩いていく人々の話すロシア語が聞こえてくる。セラは、ボウエンといっしょに過ごした四日間で、その前の数年間を合わせたよりもいろいろと経験していることに気づいた。そのことをよろこぶべきなのか、情けなく思うべきなのか、わからなかった。

「また考えこんでるな」

セラは答え代わりにコーヒーの入った紙コップをあげた。

手すりに腰掛けているボウエンは笑った。だれかが彼女の背後にやってきてもすぐに見えるところにいるのだ。「この前にビーチに来たのはいつだった？」

セラはサンドウィッチの最後のひと口を食べながら、記憶を掘りおこした。「高校三年のとき。考えてみると悲惨よね」

「ふーん。だれといっしょだったんだ？」

「シスターの群れ」

彼はコーヒーにむせそうになった。「まるで狼の群れみたいに言うんだな」

「あら、よくわかってるじゃない」

彼の笑い声は、通りすがりのジョガーの注意を引いた。「そんなにひどいんだ？」

セラはふたりのゴミをまとめて近くのゴミ箱に捨てた。「そうね、三十度の気温のなかで法衣を着なくてはならないだけでも機嫌が悪くなるわ。そこに、生まれて初めてシャツを脱いだ男の人を見た十代の女の子たち三十人を加えたら……機嫌は最悪よ」

ボウエンは目を細めてセラをにらんだ。「おまえはまた見とれてたんだろう？」

「ご明察」

ボウエンは声を低くした。「それについてはあとで話そう、いいな？」

ふたりのあいだの空気が濃厚になり、朝の涼しい風に吹かれているのにからだが熱くなってくる。立ちあがって彼に抱きついてしまいたくなるけど、セラは彼のことを知るこの機会を大事にしたかった。ひとりの人間としての彼を、もっと理解したかった。ふたりの肩書きが、ふたりの現実が介入してきたら、もう二度とこんなチャンスはないだろう。急に喉が締めつけられるように感じた。「あなたは？　いつビーチに来たの？」

彼は口を開いて答えようとしたが、顔をしかめて口を閉じた。「思いだせない。先週だったかもしれない……」その口調でほんとうのことを言っているのだとわかった。もし嘘をつく気なら、簡単に話をでっちあげたはずだ。彼は自分がこの前いつビーチに来たか思いだせなくて、そのことにとまどっている。

「いつでもいいわ、ビーチに来たときのことなら」セラは静かな声で言った。「この前でなくても」

思いだそうとしている彼の目の奥に、影がよぎるのが見えた。さっきまでの気軽さは消えて、彼の全身のこわばった輪郭に苦悩が刻まれている。柵の一番上に坐り、朝日を背にして浮かびあがる彼の姿は、大聖堂の天井に描かれるのがふさわしかった。闇の世界に堕ちた天使。

「よし、ひとつ思いだした」ボウエンのぼんやりした声で、セラは白昼夢から覚めた。「十三歳のころ、親父の車に乗せられてここに連れてこられた。助手席にも坐らせてくれたんだ」彼はセラの肩の向こうのある場所を指差した。「高校生のグループがいて、煙草だかなんだか吸っていた。親父はおれに、車からおりて、いちばんデカいやつに喧嘩をふっかけてこいと言った。言うとおりにするまで、車に乗せてくれなかった。おれが勝つまで」

もしいま動いたら、自分のからだはふたつに折れてしまうだろう、とセラは思った。父親が息子にそんな冷酷なことをするなんて。怒りが彼女のからだを駆けめぐる。その男の子がかわいそうだった。でもセラは怒りに集中した。彼女の憐みに気がついたら、ボウエンはきっといやがる。「勝ったの?」

「いや。その日は両目を殴られて、地下鉄で帰った。だから親父は、次の週、またおれをここに連れてきた。その次の週も。ビーチのだれを指差しても、おれが勝てるよも負けてない。学んだからな」ボウエンは小さく首を振った。「だがそれからフェアな喧嘩では一度も負けてない。学んだからな」

「フェアな喧嘩？　そんなのひとつもフェアじゃないわ」彼が遠くを見つめるのを見て、セラは深呼吸して気持ちを落ち着けようとした。うまくいかなかった。ひざの上に置いた手が震えて、彼のために十戒のどれかを破りたくなる。「どうしてわたしにそんな話をしたの？」

「おまえが出ていくかと思って」彼の手は柵をぎゅっと握ったり、ゆるめたりしている。「おれが訓練された闘犬だと知ったら」

「あなたはわたしが出ていってもいいの？」

「だめだ」嵐の空の灰色の目が、セラの目を見つめた。「だめだ」

看護師だったときに勤務していた救急外来では、収入の階層も支持政党の違いも、関係なかった。人々を治すこと、それだけだった。でもボウエンを癒してあげたいと思うこの気持ちは、職業意識をはるかに超えていた。コントロールすることも、理性で抑えることもできない。これは必然だった。彼の痛みを共有するのは重荷ではなく、恩恵だった。彼はたったいま、ふたりの生い立ちがどれほどかけ離れていたか、一片の疑いもなく示した。いま、ふたりがどれだけちがっているのかも。憐みをいやがられてもかまわない、とセラは思った。いますぐ彼にふれたかった。

彼女がベンチを立ってボウエンのほうに足を踏みだした瞬間、彼も柵からおりてセラに近づき、ふたりは真ん中でぶつかった。彼の両腕が背中に巻きつき、その胸にぎゅっと抱きしめられた。セラのあごが、ちょうど彼の首のくぼみにはまる。ふたりは通りすぎる人々の好奇の目を無視して、しばらくじっと抱きしめあっていた。セラはただ彼を抱きしめ、そばにいるだけで少しでも助けになれるよう祈ることしかできなかった。

とつぜん、ボウエンのからだが震えはじめた。一瞬、心配になったけど、すぐに彼が笑っているのだとわかった。「どうしたの？」

「言っても信じないよ」

あんな話をしたばかりなのに？「いいから言って」

彼はセラの肩をつかんで、ゆっくり回れ右させた。「口をあんぐりあけるなよ、レディバグ」

「口をあんぐりなんて――」セラの言葉は途中で途切れた。まるで正義の軍隊の行進のように、シスターの一団が、ボードウォークをこちらに向かって歩いてくるのが見えた。「まさか」

「そのまさかだ」

セラは笑いの発作に襲われ、ベンチに坐りこんだ。ボウエンはおもしろそうな表情を浮かべて彼女を見た。セラは両手で顔を覆い、シスターたちがさっさと行ってしまうことを祈ったが、ボウエンがそうはさせないだろうとわかっていた。そしてやっぱり思ったとおりだった。シスターたちがベンチの前をとおりかかったとき、ボウエンは大きな口笛を響かせた。

「シスターのみなさん」彼は怠け者の猫のように柵にもたれかかり、ウインクした。「きょうはとくにおきれいですね。どうかおれのために、あの人によろしく言っておいてください、ね？」

セラはうめき声を洩らしてまた両手で顔を覆ったが、シスターのひとりがくすくす笑ったのが聞こえた。

13

永遠にこうしていたい。潮風が柵にもたれるセラの髪を揺らし、うしろにいる彼の鼻に彼女の匂いを運んでくる。つつむように背後に立っているのが、万一にも彼女が狙撃されないようにするためでなかったら、完璧だった。セラが撃たれて、地面に倒れ、自分にはどうすることもできないところが目に浮かび、目の奥に痛みが走った。それはボウエンのおぞましい悪夢になりつつあり、今朝からひとりでに何度も再生されていた。

コナーは尾けていなかった。それは確認した。だがセラの命がかかっているのだから、万に一つの危険も冒す気はなかった。あいつはどんな結論に達したのか？　ボウエンの判断が合っていれば、コナーはなにも見逃さないやつだ。かたや、あいつはセラに命を助けてもらったのだから、彼女を傷つけることはしないだろうという読みについては……確信がもてなくなってきた。ホーガンのような男の下で働き、血のつながりまであるんだから、早晩悪党になるだろう。海軍から用心棒におちぶれるなんて、なにかやらかしたからにちがいない。コナーは悪いやつじゃないという気がしたが、ボウエンは彼を信用していなかった。だれも信用していない。だが、車でとおりすぎたときにこちらに向けてきた目つきで、コナーは直接の危険に格上げされた。

それでどうしてもセラを近所から連れださなくてはと思った。車で大通りを走りながら、このままずっと車を走らせたいという衝動に駆られた。コニー・アイランドを通りすぎて、ブルックリンを出る。セラが反対すると思わなかったら、じっさいにそうしていたかもしれない。今朝コナーを見たあと、思わずトロイに電話してセラを迎えにきてくれと頼みそうになった。彼女をだれにも見つからないセーフハウスに入れて、警察委員長が欲しがっている危険な帳簿のことは忘れろと。しかしそこまで考えて、その意味に気づいた。そうすればセラは彼のもとから連れ去られる。永遠に。ということは、自分は、もう少しセラをブルックリンに置いておくために、彼女を危険にさらそうとしているのだろうか？　わからない。手の届くところに彼女がいなくなると考えただけで、喉に苦いものがこみあげてくる。彼の胸に寄りかかっているセラは天国だった。背中に差してある銃の冷たい鋼とは正反対だ。コインの裏表。善と悪。おれはどっちだ？

食べものの屋台とアトラクション・パークが開店した音が聞こえてきて、ボウエンはセラの手を引いてアトラクションの中央にある大きな倉庫のような建物へと向かった。ビーチに人が増えてきたから、室内のほうが安全だ。

「どこに行くの?」

「おれを信用しているか?」

「してるわ」

彼女の手をぎゅっと握って感謝を伝え、彼が隠している大きな秘密を知ったらその信用はどうなるのだろう、とは考えないようにした。広いゲームセンターの壁に囲まれて、緊張が少しゆるんだ。「エアホッケーはどうだ?」

彼女の唇にいたずらっぽいほほえみが浮かび、思わず息がとまるほどキスしたくなる。「あら、かなり自信があると言っておくわ」

二十分後、ふたりは二勝二敗で競っていた。ボウエンはばかみたいな笑みを抑えられなかった。おれのセラはなかなかの競争相手だ。よく学校をさぼってゲームセンターに入りびたっていたボウエンは数えきれないほどエアホッケーで遊んでいた。喧嘩で反射神経が鋭くなり、いつも負けなしだった。ところがセラは互角の戦いぶりで、彼が手加減しているわけでもなかった。

「だれに教わったんだ？　シスターじゃないよな、そんなのは信じないぞ」

セラの笑顔は輝くようで、ボウエンは胃が締めつけられるように感じた。「兄とよくやっていたの。わたしたちの行っていた学校に……家族が面会に来たときに。わたしたちを外食とゲームセンターに連れだしてくれた。帰るときにエアホッケーからわたしたちを引きはがすのは大変だったのよ」

「面会？」ボウエンは二十五セント硬貨を二枚、スロットに入れた。「大学が遠かったのか？」

セラはすぐには答えなかった。「マサチューセッツ州よ。じっさい、小学校三年生のときからずっと。少なくともわたしは。兄は年が上だったから」

「え？」指が痛くなって、気づくとマレットを握りしめていた。「どうしてそんな遠くに送られたんだ？」

「その話はしたくない」彼女はけなげにほほえんでみせた。「ところで、そんな話をしているのは、避けられない敗戦を先延ばしにしたいだけでしょ」

これまでずっと、セラは週末にはバーベキューをしてペットは猫を飼っているような家に育ったんだろうと思っていた。そうではなく、まだ子供のうちに遠く寄宿学校に入れられたのだと知って、ボウエンは自分が彼女のことをほとんど知らないのだとあらためて思った。もし質問しても、彼女が答えるのは、ボウエンがすでに暗記しているカバーストーリーだ。両親のことや生い立ちのこと、なにも彼には教えない。ふいに彼は、自分がセラのすべてを知らないことに納得できなくなった。

セラはマレットを太ももに打ちつけ、その大きな茶色の目は、なんでもいいからこの話をそらしたいと言っている。「ボウエン？」

「そうだよ」彼は咳払いした。「戦々恐々としてる」

「わざと下手に出てるの？　わたしには逆効果よ」

「憶えておくよ」ボウエンはパックを彼女のほうへ滑らせた。「おまえにかんする作戦は重要だからな」

「そうなの？　いまのところ、あなたはかなりうまくやってるわ」

「もっとうまくやれるよ」

まったく、いったいなんの話をしているのかよくわからなくなるが、セラの挑むような声に彼は硬くなった。彼女がパックを打ちかえしてくるたびに、胸がドレスの下で弾んでいる。下唇を噛みしめながらテーブルに前のめりになって。そのうしろに立っていないのが残念だ。テーブルにつっこむたびに、太もものうしろがむき出しになっているはずだ。くそっ、集中できない。

まさにその瞬間、彼女がポイントをとった。「ねえ、眠ってないで少しはいい試合にしてくれない?」

ちくしょう、かわいいな。「こてんぱんにする前に、一点はとらせてやろうと思ってな」

「へえ、言うじゃない。言葉じゃなくて行動で示したら」

彼女が気をとられているすきに、ボウエンはテーブルの横からパックを打ちこんで得点を決め、その怒った顔を見て笑った。「勝ったほうが次にやることを決めるんだ」

「ずいぶんばくぜんとした賭けね」

「どうする」

「乗るわ」

そうだ、そうこないとな。ボウエンには案があり、ぜったいに負けるわけにはいかなかった。セラは善戦したが、結局彼が二点差で勝った。パックがテーブルに吸いこまれて出てこなくなると、ボウエンはテーブルを回ってセラを引きよせた。両手で彼女の尻をもちあげ、テーブルの端に腰掛けさせた。キスされるのがわかっているように、セラが首をそらす。彼とおなじく、したくてたまらなかったかのように。ほとんど人のいないゲームセンターの薄暗い隅だったが、もっとちゃんとふたりきりになれる場所に連れていかないと。からだを離すのは大変だった。彼のからだは、彼女の太もものあいだに割りこみ、望みどおり激しく抱いてしまえと要求している。

ボウエンはうなり声をあげて、からだを離した。「来いよ、おれが決めていいんだろ」だれも見ていないのを確認して、セラをテーブルからおろし、ゲームをしているときに見つけた写真ボックスのほうへ連れていった。

「ボウエン」セラは彼をとめようとした。「写真を撮るのは好きじゃないの」

それはそうだろう。たぶん潜入捜査官の掟その一に書かれている。だが彼には、きょうを憶えておくよすがになるものが必要だった。いつか目が覚めてセラがいないことに気づいたとき、彼女が夢ではなかったと思えるように。ふたりはボックスの前にやってきた。「おれのためならいいだろ?」

彼女は悩んでいたが、最後はこくりとうなずいた。気を変える暇を与えず、彼は背をかがめてふたりでなかに入り、カーテンを引いた。セラは小銭を出そうとポケットに手を入れたが、彼は首を振った。

「まだだよ、スイートハート」スツールに坐って、ひざの上にうしろ向きに彼女を坐らせた。かれのものの上に腰をおろして彼女があげた声ににんまりする。すぐに彼女の肌を味わいたくて、髪をつかんで握り、頭を横に倒して首の側面に舌をはわせると潮と日光の味がした。耳たぶを齧ってやると、飛びあがった彼女が彼のものの上にどすんと坐り、目がくらくらしてきた。「わかるか？　またそのピンク色の唇でしゃぶってもらわないと。あとでしてくれるだろう？」

彼女はあえぐように言った。「ええ、したい」

「おれの味が好きだったのか？」彼女のひざの内側に手で模様を描く。「心配するな、すぐに味わえる。いますぐおまえの脚のあいだにさわりたくなかったら、ここでおまえをひざまずかせて、口をあけろと言ってた」

セラの太ももはボウエンの太ももに乗っていたから、彼が脚を開くと彼女の脚もいっしょに開いた。彼女が脚を開くのに興奮しているのは、彼のひざの上で腰を振ったのでわかった。

「やめろ、ベイビー」ボウエンは彼女の首に唇をつけてうなった。「すでにおかしくなりそうなんだ。よけいつらくするな」

「さわって、おねがい」

くそっ、ただでさえ彼女の願いはなんでも聞いてしまうけど、あのかすれた声で言われたら、彼女をよろこばせることが人生唯一の使命になる。彼の手はパンティーの上に移動し、あそこをつつむようにしてぐっと力を入れた。セラは切ない声をあげて頭をそらし、ボウエンの肩にもたせた。彼の上で太ももをぴくぴくさせている。彼女の耳に口を寄せて、いっしょに息を弾ませながら、指をコットンのパンティーの下にもぐりこませた。

そのとたん、ジーンズのなかで彼のものは痛いほど大きくなった。「おい。いつからこんなに濡れてたんだ？」

「わ……わからない」

舌で耳たぶを愛撫する。「だれがおまえを濡らした？」

「あなた」セラは泣きそうな声で言った。「あなたが」

「どうして？　どうやって？」うぬぼれで訊くわけではなかった。ちがう。これからも彼女をよろこばせるために知る必要があった。彼女がどうされると感じるのかつきとめ、ちゃんと感じさせてやる唯一の男になる。セラは〝そんなふうにさわられたから〟とか〝首にキスされたときに〟とか答えると思っていた。彼女の答えはまったく思いがけないものだった。

「あなたがなにもしなくても」欲望にけぶった目で彼の目を見つめ、両手をあげて彼の髪に指を差しいれてくる。「あなた。あなたといるだけで。あなたのすべてがこうするのよ」

ボウエンの脈拍は急騰し、心臓が胸郭をぶちゃぶらんばかりに激しく鼓動した。つきやぶって彼女の足元で血を流したがっている。彼は口を開いたが、なんの言葉も出てこなかった。セラが彼の胸に穴をあけ、もし彼女がいま言ったことを考えすぎてしまったら、生きたまま焼かれそうだ。「おれはおまえの男だと言ってみろ、セラ」

「あなたはわたしの男よ」彼女はあえぎながら言って、腰を振った。「お願い、ボウエン」

「かわいいおねだりだ」彼は、これをセックスのことにしなければならない自分が情けなかった。だがしかたがない。彼が自信をもっているのはこれだ。美しい言葉や約束は与えてやれない。彼女にふさわしいそういうものは。ボウエンは喉が詰まるように感じながら、中指で彼女の合わせ目をなぞった。「なにを考えてた？　ビーチで、初めてシャツなしの野郎を見たとき」

「わたし……なにも。憶えてない」

「なにも？」ボウエンは自分の嫉妬は理不尽だとわかっていた。関係ない。セラのことではあらゆる感情が増幅される。「制服のスカートのなかにもぐりこんでほしかったんじゃないのか？　こうしてほしかったんじゃないのか？」中指を入口の先に進め、ふたりは狭いボックスのなかでうめき声をあげた。「答えろ」

「いいえ、そんなことなかった」

ゆっくりと指を出し入れする。「おまえはおれに嘘はつかないよな、セラ？」

セラは夢中で、首を振った。

「おまえのスカートのなかにもぐりこめるのは、だれだ？」

「あなた。あなただけ」

「そうだ」ボウエンは指の動きと合わせて腰を回し、セラのすてきな尻の重みに頭がおかしくなりそうになった。もし彼女がヴァージンではなかったら、たままで全部つっこんでいた。ぜったいに。おれの欲望をすべて感じていたはずだ。なけなしの自制は長くはもたないとわかっているから、彼は親指で彼女の敏感な突起をかすめ、切ない声をあげさせた。「ここにさわるのは？」

「あ……なたよ、ボウエン」太ももで彼の手を締めつけてくる。「ああ、神さま」

ボウエンは首をめぐらし、彼女の唇に激しく口づけた。セックスそのもののようなキスが、彼のなかのなにかを粉々にした。炎が彼の肌をなめ、彼をのみこみ、出口が見えない。もっと。もっと。切望だった。もっと欲しい。なにもかも。手でさわるだけでは足りなかった。もっと自分のものにしたい。だめだ。おまえなんかが彼女を抱くなんて。ましてこんなところで、こんなふうに。でも、ボウエンにはなにかが必要だった。

もっと近づきたい。頭で考える前に、ボウエンはスツールから立ちあがって、セラをボックスの壁に押しつけ、パンティーを引きおろした。

「ベイビー、おれを信用してるか?」自分の声に聞こえない。「してるって言ってくれ」

「してるわ」

これまで生きてきて、こんなにセクシーなものは見たことがなかった。両手をボックスの壁につけて、パンティーを足首に巻いているセラ。彼のジーンズのジッパーをおろす音を聞いた彼女は声を洩らし、その反応がボウエンのすでに猛りくるっている欲望をさらに押しあげた。「尻をつきだして、脚を広げろ」彼は命じた。「最後まではしないが、おまえがいくとき、ずきずきするおれのものでそれを感じたい」

彼女のかわいい尻が高くあがり、ボウエンは一度だけ衝動に負けてぴしゃりとぶった。もう一度と思ったが、壁についている彼女の手がじれったそうにぴくぴくして、その唇から待ち焦がれているような声がこぼれる。これ以上待たせられない。たまらない。ボウエンは大きくなったものを手で支えて、歯を食いしばりながらセラの脚のあいだにもっていった。硬くなったものが彼女のむき出しのあそこにこすれ、じかに接触したとき、彼はひざの力が抜けそうになった。早く済ませないと、なかに入ることになる。

「ボウエン、急いで、お願い」

「しーっ。おれはいつもおまえの望みをかなえてやるだろ？　わかってるはずだ」彼は自分のものの頭で彼女の突起を探しあて、さっき手でしていたことを再開した。敏感な芯のまわりに円を描く。まるで天国と地獄だ。彼が自分に課したもっとも苦しい拷問だが、もしこれをとめるやつがいたら、だれでも殺していただろう。「さあ、かわいらしい震えをおれに感じさせてみろ。ゆうべおれが口で感じたやつを。ものすごくいい味だったよ、ベイビー」

「ああ、だめ……もう――」

「いい子だ、いってみろ。おまえの男の上で」

ボウエンは彼女がかすれ声をあげる寸前に、その口を手で覆った。彼のなかで誇らしさと苦しさが決闘し、常識が表面に浮上してきた。おもてで大きな声で話す声がして、はっとした。ボウエンはすぐにセラのからだに手を伸ばし、パンティーを引きあげた。本にかかれた猥褻語をぜんぶ叫びたいほどの痛みをこらえながら、怒張したものをジーンズのなかにしまってジッパーをあげた。深呼吸をしながら、セラといっしょにスツールに坐った。

十歳くらいの男の子ふたりが、勢いよくカーテンをあけた。「すぐに出るよ」ボウエンはふたりに親指をあげてみせた。「あっちに行ってな」ふたたびカーテンがしまったが、その前に声が聞こえた。「なあ、あいつら完全にあそこでやってたぜ」

そうだったらな。

ボウエンがふり向くと、セラが唇を嚙みしめて彼を見つめていた。「だいじょうぶ?」

彼は切れ切れの息を吐いた。「だいじょうぶではぜんぜんないよ、レディバグ」

セラの唇が震えて、笑いだすのかと思った。代わりに彼女はバッグのなかに手を入れて一ドル札を二枚とりだし、スロットに入れた。

「チーズ!」

14

ボウエンとセラがボードウォークをあとにするころ、太陽は沈みはじめ、波に光の模様を投げかけていた。ふたりはゲームセンターでたくさん勝って集めたチケットを、首に幾重にもかけた。最後にぐちゃぐちゃに絡まったチケットの山をカウンターに出して、いちばんヘンテコな賞品と交換することに決めた。その結果、ボウエンは背中に「グリースト・ライトニング」と書いてある、フリンジつきの革ベストの誇らしい持ち主になった。

彼は帰りたくなかった。ベンソンハーストへと近づくにつれて一キロごとにどんどん現実が割りこんできて、車をUターンさせてコニー・アイランドに戻りたくなる。明るい陽の光のなかで、セラといっしょにばかばかしいゲームをしたり、年甲斐もなく子供用の乗り物に乗ったりしていたかった。短すぎたこの一日、彼は別の人間だった。ましな人間だった。だがウインドウのそとを流れる景色が見慣れた通りに変わると、ボウエンは父親の影に、その犯罪王国を継承する人間になった。くずと有刺鉄線でつくられた王国だ。彼の望むものではなかったが、どうしても離れられないものでもあった。

アパートメントの建物の前に車をとめたとき、カップホルダーに置いてあったボウエンの携帯が震えた。彼は画面を確認して悪態をついた。ウェイン。隣でセラがこくりこくりと船を漕いでいるときに話したい相手ではない。彼女はボウエンが安全にうちに連れ帰ると信用している。きょう一日、ふたりは普通のカップルのように過ごした。だがこの電話に出たら、その瞬間にそれは終わる。それでも、ウェインは長く避けていられる相手じゃない。会って話すよりは電話で話すほうがましだ。

ボウエンはため息をつきながら、通話ボタンをクリックした。「なんだ?」

やかましい音楽の音と人々の声が聞こえて、ウェインが応えた。「おい、そんな電話の出方はないだろう」

ボウエンはいらだちをこらえた。このあいだ話したときに、もうウェインの偉そうな態度を大目に見ることはしないと決めた。ここであとに引くつもりはない。「なんだよ、おれはレストランでも間違ったフォークをつかってるよ、ウェイン。これはエチケットのレッスンかなにかか?　おれは忙しいんだ」

長い沈黙が続いた。「なにに忙しいんだ?」

「折り紙の練習だよ」ボウエンは助手席でセラがもぞもぞと動いたのを見て、目をつぶった。ふたりの完璧な気楽さはこれで終わりだ。「あんたに関係ないだろ?」

ウェインのおもしろがっているような笑い声が、まるで警告のように聞こえた。

「〈マルコズ〉で若いやつらと飲んでるんだ。おまえもときどき顔を出さないとな、キッド。こいつらにはリーダーが必要だ、束ねてやるやつがいないと、落ち着きがなくなって、自分たちでなにかしはじめる。わかるだろう?」

ボウエンにはよくわかっていた。以前は親父、いまは彼の手下になっている地元出身の若いやつらは二十四時間べビーシッターを必要としている。職がないから暇をもて余し、家族といっしょに過ごすのも好きじゃない。それにじっと待機して組織の命令を待つタイプでもない。つねに自分の力を試したがっている。まだ分別のつかない若いころ、ボウエンもおなじ欲求に駆られていた。いまではそれがばかなことだったとわかる。

選択肢はふたつ。ひとつは、セラを部屋に置いていく。コナーがどこかにひそんでることはなく、ボウエンがいなくなるのを見計らってホーガンの命令を実行することはないと判断して。もうひとつの選択肢は、彼女を〈マルコズ〉に連れていく。

ファック、どちらもしたくなかった。

電話の向こうで、ウェインが彼の返事を待っているのを感じながら、セラを見た。彼女にそっとほほえみかけられて、ボウエンはすぐに心が温まるのを感じた。だめだ、こいつを置いてはいけない。離れているあいだ、彼女のことが心配で気が狂いそうになるだろう。帰ってきて彼女が傷つけられていたらどうする。それより悪いことも。

だめだ、おれにはできない。

「もう少ししたらいくよ」ボウエンは電話にそう言って、ウェインの返事を聞く前に通話を切った。セラが手を重ねてきて、そのとき、これは彼女の求めているものかもしれないと気づいた。もし選んでいいと言われたら、彼女はいっしょについてきて、できるだけ情報を集めるだろう。ボウエンのこと、彼の仲間のこと。

「ボウエン？」混乱した思考のなかでも、彼女の優しい声を聞くとほっとする。「どうしたの？」

彼はフロントガラスの向こうを見つめた。「あるところにいっしょに来てくれるか？」

「ビーチとおなじくらい愉しい？」

「愉しくないよ、レディバグ」

セラはまるでその答えを知っていたように、うなずいた。「ええ、いっしょに行くわ」

〈マルコズ〉までの十ブロックを無言で車を走らせ、いつもの場所に駐車した。ボウエンが言わなくても、セラは彼が車を回って助手席のドアをあけるのを待っていた。セラは頭がいい。自分がどんな危険のなかにいるのか、よくわかっている。ボウエンは警察に自分の関与をセラに明かさないと約束したことを悔やんでいた。隠しているのがつらかった。ひと言打ちあけるだけで、彼女の心からの信頼を得られるのに。明かしてしまいたいという誘惑は強かった。とくにこれから、竜の巣窟に入っていくのだから。

だが彼の頭のなかに警察委員長の言葉がよみがえった。「あの子は失うものがなにもない。自分の身の安全はどうでもいいのだ」ボウエンはセラがそれほど無鉄砲だと思ったわけではないが、本当に危険につっこんでいったらという恐怖から秘密を守りつづけていた。彼女を守るためならなんでもする。

ボウエンは彼女と手をつないで、〈マルコズ〉のやかましく薄暗い店内に入っていった。かつてレストランだったこの店にはフロアとバーエリアがあった。子供のころから店を贔屓にしていた地元の住人はいつの間にかこなくなった。いまは荒っぽい連中がフロアもバーも占めるようになったからだ。ひと晩のうちに一度も喧嘩が起きないと、店のオーナーはそれを満月のせいにするほどだ。かつて、まだ法律で飲酒が許される年齢になってなかったボウエンは、その喧嘩を起こす主役だった。

バーでは男が数人、煙草や葉巻を吸っていた。禁煙法なんてくそ食らえということだ。毎週のようにもっと深刻な法律違反をおかしているやつらが気にすると思うか？ いままでボウエンは紫煙でよどんだ空気も、飛びかう汚い言葉も、気にしたことはなかった。だが隣にセラがいて彼の手を握っていると、胸がむかむかしてきた。この下種どもはセラを汚《けが》す。というか、彼もだ。そもそも彼女をこの店に連れてきたのは自分なのだから。

人々がふたりのほうを見て、会話がやんだ。ボウエンにはお馴染みの反応だが、今夜は敬意より興味からだった。みんながセラを見ている。あからさまに彼女に色目をつかうことはない――ここのやつらはそんなばかなことはしない。だがやつらがなにを考えているか、ボウエンにはわかった。ボウエン・ドリスコルが女と手をつないで〈マルコズ〉に？ いつものようにその日の女を選ぶのではなく、最初から女連れなんて、いったいどうなってるんだ？

「ボウエン」肩を叩かれた。金時計の輝きとその声でウェインだとわかった。ボウエンはとっさにセラを自分の脇に引きよせ、ウェインが眉を吊りあげるのを見て、心のなかで自分を罵った。「紹介してくれないのか？」

セラが手を差しだした。「セラです」

ウェインが彼女の手をつつむように握り、ボウエンはぞっとした。「おまえのいつものタイプじゃないな、キッド」

「まるで彼女がここにいないかのように話さなきゃいけない理由はあるのか？」

「いま話しかけるところだった」ウェインは平然と言った。「どこの出身だい、セラ？」

「ペンシルヴェニア州のランカスターです」彼女は普通に答えた。「数カ月前に引っ越してきて」

ウェインはその答えを考えているようだった。「ブルックリンのこの地区に越してくるのは奇妙な選択だと思わなくもない」彼のまぶたが痙攣した。「わたしがあれこれ言うことでもないが」

ボウエンはいまにもあごが砕けるんじゃないかと感じた。「おれも同じことを思っていたよ」

ウェインは無視した。「会えてよかったよ、お嬢さん。前から知り合いのように感じる。なんといっても、おれはきみのパンティーを手にもったんだからな」

純粋な怒りがボウエンの全身を貫いた。部屋にいる全員が自分を見ていることを考えて、彼はウェインだけに顔が見えるようにからだの向きを変えた。「おっさん、これが最後の警告だ。もう一度彼女を侮辱したら、あんたとおれの親父のつきあいも関係ない。正直言って、すでにおれの記憶はあいまいになってる。気をつけろ」

ウェインはいらだちをあらわにした。「まるでデジャ・ヴュを見ているようだ。おまえを産んだあばずれがやってきて、レニーもやわになった。あいつの頭をケツの穴から出してやるのに何年もかかった。そのあと、おれたちは一から商売を再建しなければならなかった。たかが穴のために」

母親とは縁が切れていることも関係なかった——ウェインの侮辱にボウエンは激怒した。それにセラのことも貶めている。思わず拳を固めて、視界が赤いもやで曇ってくる。頭の隅では、ウェインはわざと挑発しているのだとわかっていた。なぜだ？その不確定要素がかろうじてボウエンを引きとめていた。だめだ。セラがいっしょにいるときに危険を冒すことはできない。彼はつないでいるセラの手に意識を集中した。彼女がぎゅっと彼の手を握りしめた。ボウエンにとって、ウェインの息の根をとめるのを我慢するのがどれほど大変かわかっているかのように。

「おれを呼びだしたのは過去の栄光に浸るためか？　悪いが、昔を懐かしむ気分じゃないんだ」

ウェインはボウエンの自制に驚いているようだった。「いや、そうじゃない。話がある。内密な話だ」

「それなら今夜はなしだ」

「今夜じゃないとだめなんだ」ウェインは笑顔を浮かべてセラを見た。「いいだろう、かわいこちゃん？」

落ち着け。こいつはおれをキレさせようとしている。けっして正常な人間にはなれないとおれに思い知らせようとしているんだ。人の皮をかぶったただの狂犬だと。だがセラがそばにいると、彼は自分がそれだけではないと思える。彼女を守る男。それでも、ここでウェインの頼みを断ったら、あとでやっかいなことになる。だれもが彼の一挙手一投足に注目しているなかで、女のために商売をないがしろにすることはできない。そんなことをしたら彼も焼きが回ったと噂になり、だれかが競争相手、つまりボウエンを消すことで自分のビジネスを拡大しようとするのは時間の問題だ。

ボウエンは背をかがめてセラの耳元で言った。「少しだけバーで待ってられるか？」

彼女は安心させるように、うなずいた。「だいじょうぶ。行ってきて」

「よかった」ウェインは鼻を鳴らした。「お許しが出たじゃないか」

その皮肉を無視して、ボウエンはセラをバーに連れていって、席に坐らせた。バーテンダーがすぐにやってきてダーティー・マティーニのグラスを置いていった。セラは自分ではこんなものぜったいに注文しないだろうが、その対比がいまはぴったりに感じられた。くずどもでいっぱいのバーに天使が坐って、なんとか溶けこもうとしている。ちくしょう、このまま連れて帰れたら。

「どこにも行くな、わかったか？　ここにいれば、だれもおまえに話しかけてこない」

セラはバーカウンターの上に円を描いた。「どうしてだれも話しかけてこないの？」なぜわかりきったことを訊くんだ？　安心させてほしいのか、それとも知らないふりをしなければならないからか？「おれといっしょのところを見てるからだ。おれが戻ってきたとき、だれかがおまえに話しかけていたら、なにが起きるかみんなわかっている」

「話しかけるだけでだめなの？」

「セラ、おれはここにいる全員、目が見えなくなればいいと思ってるんだぞ」バーカウンターの下で、彼はセラのひざに手を置いた。「おまえのセクシーなキスの仕方がやつらの興味をかきたてると思わなかったら、いますぐキスしている。思いっきり。おまえがだれといっしょか、はっきりさせておくために」彼は無精ひげの生えたほおで彼女の耳をこすった。「だがおまえのその唇の動きをやつらに見せたら、おれは戦って追いはらわなきゃならなくなる、そうだろ?」

セラの首の脈が速まっている。「喧嘩しないで、お願い。わたしのためになんて」

ボウエンは顔をあげて、彼女の断固とした表情を見つめた。彼が喧嘩するのをいやがり、その可能性があるということに動揺している。「もしおまえのために喧嘩するなら、おれはこの拳を初めて価値のあるものにつかうことになる」

彼女の目のなかに一瞬、罪悪感が浮かんだ。

「すぐに戻る」ボウエンはまわりにいる男どもをにらみつけた。「いい子にしてろ」

15

セラはマティーニをひと口飲んで、むせそうになった。その名前のとおりの味がする。ダーティー。賞味期限が切れた材料でつくったか、ずっと日なたに置かれていたのかという味だった。まわりに注目されているのはわかっていたので、お酒が喉を焼いたときも、たじろいだ様子は見せないようにした。ああ、口直しにスナップルが飲みたい。

男性のグループがこちらをちらちら見ているのに気づいた。酔っぱらって、退屈している。危険な組み合わせだ。じっさい、みんなでだれが彼女に話しかけるか決めているように見える。ボウエンが戻ってきたときに起きることを見たくなかった。

ボウエンがさっき言っていたことは、一字一句、本気なのだから。彼のセラにたいする嫉妬、独占欲はどんどん強くなっている。そしてそれを望む彼女の気持ちも、おなじように強まっている。けれどそれはおかしい。ボウエンが喧嘩すると考えるだけで、心がひどく痛むのに。ボウエンが彼女にキスして、ふたりで世の中と戦っているかのように言うとき、彼女はほんとうにそうだったらいいのにと思う。彼といっしょに過ごすにつれて、ボウエンはセラがよく知らないころに思っていたような人間ではまったくないとわかってきた。彼はこの世界の住人じゃない。彼も生まれ育った環境の犠牲者なのだ。

ボウエンを救いたい。でも自分にそれができるだろうか？　でも自分も彼とおなじように、環境の犠牲者ではないのだろうか？　これが終わったとき、ふたりは敵として別れる運命なのだろうか？

きょうは信じられないほど愉しかった。いままでの人生でいちばんといってもいいくらい。期限や、目的を気にせずに、看護師でも、警察官でも、兄の死を悼む妹でもなく、ただのセラでいられた。寄宿学校では厳しく監督され、たまに会う叔父ともうまく関係が築けず、いままでただの自分でいることなんて不可能だった。自分がどんな人間なのかさえわかっていなかった。潜入捜査で自分ではないだれかのふりをしながら、ようやくありのままの自分になれるなんて、なんて皮肉なんだろう。

「おかわりをおごってやろうか？」

右側から、ろれつの回っていない声がした。酔っぱらい退屈本部を代表してやってきたらしい。セラは礼儀正しくほほえみ、首を振った。ウエイトレスの経験から、酔っぱらいに理を説いても、話が複雑になったり不適切な反応が返ってくるだけだとわかっていたから。

「おれはボウエンのダチなんだ。あいつは気にしないよ」

「もしそれがほんとうなら、気にするってわかるでしょ」

「かわいい声だね」

口を開いた自分を心のなかで叱りながら、ボウエンを探してバーエリアを見渡した。数分前に消えた奥の部屋から、まだ出てこない。でも化粧室の外に集まっている若い女性たちが目に入った。ボウエンが戻ってきたときに、この男性に話しかけられているところを見られるのだけは避けたかったし、女性用化粧室は安全で、それほど離れていない。

セラはスツールから滑りおりた。「失礼」

なるべく目立たないように、女性のグループのうしろの列に並んだが、とたんに強烈な花の匂いの香水で涙が出てきた。女性たちはセラをちらっと見て、寄りあつまり、声をひそめた。さいわい、〈マルコズ〉のほかのお客とおなじく、彼女たちもすでにけっこう飲んでいた。その声は、自分たちで思っているほど、小さくなかった。

あの人、まるで大統領夫人みたいに気取って店に入ってきたわね。

ほんとね、でもその大統領は、もう長くないって。

彼はだれよりも自分が偉いと思ってるけど……もうすぐ、だれがほんとに偉いのか思い知るでしょ。

最近の彼は弱腰になったわ。ボウエン・ドリスコルのことでそんなことを言う日が来るなんて、思ってもみなかった。

あたしのニッキーが言ってたけど、九日の取引が終わったら、なにもかも変わるだろうって。

セラは彼女たちの口さがない言葉の意味することを理解して、嘘だと叫びそうになった。九日……。九日。〈ラッシュ〉の廊下で、ホーガンが同じ日付を口にしていた。いまの女性たちの話と合わせれば、考えられることはひとつだ。ホーガンは五月九日になにか計画していて、ボウエンたちもそれにかかわっている。これでいくつかの点がつながり、なぜボウエンがホーガンとつきあいがあるのかもわかった。でも、それよりも大きな、おそろしいことがはっきりした。

彼らはボウエンを殺そうとしている。

ひざががくがくして、それがからだの上にも伝わり、セラは震えながら壁にもたれた。生気にあふれたボウエンが冷たくなって歩道に横たわっているところが目に浮かび、胸のなかで心臓が締めつけられるように感じた。喧嘩をするために鍛えられ、壁画を描き、彼女のからだを燃えあがらせるあの手が、もう二度と動かなくなって。彼が命を狙われていると耳にするまで、セラは自分がこんなにも深く彼を愛していたと気づいていなかった。

いいえ、彼を殺させたりしない。兄を助けることはできなかったけど、今度は自分にもできることがある。

ラメ入りピンク色のスマートフォンが、ある女性のバッグのなかからのぞいていた。セラはすばやく心のなかで、どうか盗みをお赦しくださいと祈った。セラはバッグのなかから電話をとった。女性たちが、次はどのバーに行くかという話で盛りあがっているあいだに、こっそり列を離れた。何気ない足取りで混雑したバーエリアを横切りながら、ボウエンはもういつ戻ってきてもおかしくないから、急ぐ必要があると考えていた。もし彼が戻ってきて、セラがいないと知ったらどうなるかは想像したくなかった。ここにいるほぼ全員が彼女に注目しているのだから、彼女がどこに行ったかはすぐにわかる。人々は彼女が一服しにいったと思って、電話をかけにいったとは思わないはず。その電話をかけたら、たぶんセラの潜入捜査は終わりになる。

〈マルコズ〉のそとの歩道には、ありがたいことにだれもいなかった。でもいつまでもそうとは限らないのだから、もう覚悟を決めないと。この電話をかけたら万事休すだ。彼女が独断で潜入捜査していることを叔父に知られてしまう。きっと叔父はやりすぎだと言うだろうし、たぶん無理やりにでもセラを連れもどそうとするだろう。

しかたない。ボウエンの命がかかっているのだから。セラの選択ははっきりしていた。深呼吸して集中し、署の叔父のデスク直通の番号に電話をかけた。平日の夜はいつも遅くまで残業しているし、たぶんいまごろ、残っている部下たちのために中華料理の出前をとっているころだ。

思ったとおり、叔父は最初の呼び出し音で電話に出た。「ニューソムだ」

セラの手のなかで、電話が急に重くなったように感じる。「叔父さん。わたしよ」

沈黙。「セラフィナ。いったいどうなっているんだ?」

叔父の声はどことなくおかしかったけど、よく考えている暇はなかった。「あまり時間がないの。だからお説教は短くして」〈マルコズ〉の入口のほうに目をやると、路肩に車がアイドリングのままでとまっていた。だれが運転しているのだろうと思って目を凝らすと、驚いたことにコナーが彼女を見ていた。セラは思わず手をあげて挨拶したが、コナーは返さなかった。会釈ひとつなく、彼が車を出してブロックの角を曲がっていったとき、セラはやりきれない感情に襲われた。

「セラ」叔父のいらだった声にはっとした。「コリンの誕生日の一週間前に急に休暇をとって、署に連絡もしなかっただろう? いまどこにいるんだ? ちゃんと答えなさい」

「コリンの誕生日だからというわけではなかったけど……」セラは目をつぶった。「よかったのかもしれない。いま、ホーガンのところに潜入しているの」電話からザーッという干渉音がしたが、叔父はなにも言わなかった。てっきり怒鳴られるだろうと思っていたのに。「帳簿。ホーガンがもっているのを見たわ。彼がわたしの兄を――叔父さんにとっては甥を――殺したってわかっているでしょ」思わず気持ちが昂って、声の調子が変わった。「だからその証拠を手にいれるためにここにいるのよ。ほかの人はみんな、ホーガンがしたことを忘れてしまったみたいだけど。わたしはちがう。わたしは――」

「セラフィナ」叔父の声は冷ややかだった。「自分がどれほど危険なことをしているのか、わかっているのか?」

セラは捜査を切りあげるように命じられると思っていた。でもその命令はこなかった。あとで考えよう。ボウエンを助けるのよ。「五月九日」セラは早口で言った。「その日になにがあるのかはわからないけど、なにか大きなことがあるのは確かよ。ホーガンは周囲の用心棒を増やしているし……警戒している。ホーガンの縄張りのブルックリン北部の通常の配置に人を増やしたほうがいい」喉が詰まるように感じる。「ブルックリンの南部でも。偵察を送りこみ、手持ちの情報屋もつかったほうがいい。わたしははっきりした情報をつきとめるわ」

叔父の怒りが回線の向こうからひしひしと感じられた。「おまえが〝跳べ〟と言ったら、わたしが〝どれくらい高くですか〟と答えるとでも思っているのか？　署はおまえの勝手な捜査を許可してもいないんだぞ」

「ボウエン・ドリスコルもかかわっているのよ」セラは自分の気が変わる前に、言った。

「そうなのか」叔父はゆっくりと答えた。

また、セラが予想したような反応ではない。「そう」

カップルがひと組、たがいに抱きあうようにして、笑いながら歩道に出てきた。セラは〈マルコズ〉からさらに離れ、店のすぐ横の路地に身を隠した。「聞いて。この状況で叔父さんに無理を言っているのはわかってるけど、頼みがあるの。なにも訊かないで同意して。いい？」

「わたしにそんな頼みをできると思っているのか。今回のことでおまえのバッジをとりあげることもできるんだよ、お嬢さん」

見くだすような呼びかけに、思わず肩に力が入ったが、流さないと。ボウエンを避難させることが第一で、叔父と口論になっていてはそれができない。それに、この潜入捜査を始めるときに、警察を辞めることになる覚悟はした。でもいまそれを叔父に言ったところで、怒りをかきたてるだけだろう。「お願いだから同意して。重要なことでなければ、こんなことを頼んだりしない」

しょうがない、というため息。「頼みというのは?」

いっきに安堵が押しよせてきた。「なにかの容疑で、それはなんでもいいから、五月九日の午後にボウエン・ドリスコルを逮捕して。その日になにが起きるにしても、彼をそこに近づけないように。彼を殺す計画があるのよ。ひと晩でいい。次の日に釈放して」

沈黙。「いつから犯罪者の安全を心配するようになったんだ?」

彼を愛してしまったときから。「市民を守るのがわたしたちの仕事でしょう? 命が危ないとわかっていて、黙って行かせるの?」

叔父は冷笑した。「セラ、おまえはあまりに理想主義でこの仕事には向かない。わたしが前から言っているとおりだ」机を叩く大きな音が響いた。「今すぐおまえを引きあげさせる。きちんとした捜査がおこなわれるまで、どこかのセーフハウスに閉じこめておく」

「そんなことできない」セラは自分の声の鋭さに驚いた。「叔父さんはどうしてもホーガンを逮捕したいし、わたしはもう少しのところまできている。それにとっくの昔にこの捜査は終わってなければならなかったのはわかっているでしょう」なんとかいらだちを抑えた。「九日にボウエンを逮捕してくれるの？」

「わかった」叔父は事務的な口調に戻った。「必要なものを手に入れるんだ、セラ、事件解決のために。この潜入捜査は完全に異例で、わたしはおまえのことが心配なんだよ」

「わたしは捜査官として有能よ。そう扱って」セラは指で鼻梁をぎゅっとつまんだ。「もう行かないと」

「あと一日だ、セラ。一日。もう言い訳は聞かない。電話を待ってるからな」

　セラはさまざまな相いれない感情をかかえたまま電話を切った。なかでもいちばんうんざりしたのは、叔父が心配していると知ってうれしいと思ってしまったことだ。たしかに父代わりになったとき、叔父はまだ若かった。だがあとになっても、セラにたいして父親らしい心遣いを見せたことは一度もなかった。その叔父がわたしのことを心配している。恐怖が心に忍びこんでくるいまはとくに、その心地よさにひたりたかった。でもそんな時間はない。

車が一台、路肩にとまって、セラは物思いから覚めた。なかに乗っている人間を見て、彼女はすぐに〈マルコズ〉に戻ろうと早足になった。四人、いずれも見たことのない顔だ。ひと目見ただけで、彼らが車からおりる前に、店に入ったほうがいいとわかる。そのうちのひとりは、野球のバットでダッシュボードを軽く叩きながら、にやりと笑ってセラを見つめた。いやな予感が背筋を伝いのぼり、彼らは〈マルコズ〉に騒ぎを起こしにやってきたこと、自分はまずいときにまずい場所にいたことがわかった。

店の入口にたどりつく前に、車の助手席側からおりてきた男がふたり、彼女の前に立ちはだかった。最初にセラが気づいたのは、彼らの怪我だった。ひとりは目の下が赤黒くあざになっている。もうひとりは腕にギプスをはめている。頭のなかで警告ベルが鳴り響く。「そんなに急いでどこにいくんだい、かわいこちゃん？」

「失礼するわ」三人目の男が背後にやってきて、セラは壁に背中を押しつけた。「通して」

バットをもっている男はそれを無視した。「この店にいるだれかの女なのか？　それはついてなかったな」

まずい。思ったとおり、彼らは地元の人間ではない。つまりなにかの意趣返しをするつもりでここに来ている。セラはそのとき思いだした。ウェインがアパートメントにやってきた日にボウエンとふたりで話していたこと。その夜、彼女が〈ラッシュ〉で働いているとき、ボウエンが出かけたこと。この男たちはそのときの報復にやってきて、彼女は不注意にもそこに居合わせてしまったんだ。護身術の心得はあるけど、人数が多すぎるし全員武装している。セラは心のなかでだれか、だれでも、店から出てきて割りこんでくれるようにと祈った。

「あたしはだれの女でもないわ」セラはわざとちぢこまり、彼らの膨れあがったうぬぼれに訴えかけ、彼女を過小評価させようとした。車に連れこもうと思っているなら、死に物狂いで抵抗する。驚きは彼女に有利に働く。「お願い、通して」

バットをもっている男は笑って、がさがさした先端で彼女の脚の内側をなであげた。「いや、おまえはだれかさんの女だろう。そいつはおまえがいなくなったらどう思うかな？」

バットが脚のつけねに届く前に、セラはそれを払いのけた。うまくいかないかもしれないと思ったが、もう一度、逃げだそうとした。目が青あざになっている男がセラのひじをつかんで、引きとめた。「おれたちはこの先に車をとめて、おまえがドリスコルといっしょに店に入るのを見ていたんだ。わかったら、車に乗るんだ」

車のなかにいた男が後部座席のドアをあけて、ヒューッという声をあげた。「今度はおれたちがメッセージを送る番だ、そうだろ？　乗れよ。おれがあいつの代わりに温めてやるから」

セラは車へとひっぱられながら、形ばかりの抵抗をして、深呼吸した。男たちは彼女が暴れずについてくると誤解して、セラのひじをつかんでいた手を離した。いまだ。セラは男の手からバットをひったくり、思いっきり振りまわした。ふたりはふいを衝かれてとびのいたが、バットは目に青あざ男の肋骨を直撃した。そいつが悪態をついて片ひざをついたので、セラはほかのふたりに集中できた。腕にギプスをはめた男は彼女の抵抗に笑いながら、背後に回りこんだ。セラはふたりから目を離さないようにしようと、少しあとじさり、どちらが先にかかってくるかと待ちかまえた。あいにく、うしろにさがると〈マルコズ〉から遠ざかることになり、あまり離れられなかった。

「あいつ、自分の女をちゃんとしつけておくべきだろう。威勢がいい」

「ああ、そうだな」ギプスの男は唾を吐いた。「おれたちといっしょに来るんだ。時間をかけさせるなよ」

車のなかから、笑い声が聞えてきた。彼女をおとなしくさせられない仲間の無能ぶりを笑うかのように。男たちは一瞬で目の色を変えた。青あざ男は地面から跳ねるように立ちあがると彼女に突進してきた。思いっきりバットを振りおろしたけど、男はそれをよけ、太い腕をウエストに回した。セラは間髪いれずに男の足を踏みつけ、頭を勢いよくそらして男の鼻にぶつけた。あとのふたりが彼女ににじり寄り、青あざ男は悲鳴をあげて腕をおろした。

「このあばずれ」

セラの手からむしりとられたバットは、数メートル離れた地面に落ちた。ふたたび心のなかで〈マルコズ〉からだれか出てきてくれますようにと祈り、セラはいちばん近くにいた男を殴りつけ、拳が骨にあたる手ごたえを感じた。でもよろこんでいる暇はなかった。うしろから伸びてきた手で首を締められ、息ができなくなったからだ。反射的に手を首にやって引きはがそうとしたが、うまくつかめない。酸素不足で視界が揺れはじめる。なにかしないと。いますぐ。一撃で最大のダメージを与えられるように、敵のからだの位置を判断した。次はぐったりとしたふりをする。相手が油断したところで、からだをひねり、たまを狙う。三……二……。

バタン！〈マルコズ〉の入口のドアが開き、板が割れそうな勢いで壁にぶつかった。セラのぼやけつつある視界に、ボウエンをふくめて数人の人影が映る。次の瞬間、耳をつんざく彼の絶叫がセラのまわりの空気を引き裂いた。彼女の首を絞めていた男が驚いて手をゆるめたので、セラは貴重な酸素を肺に吸いこむことができた。コンクリートにひざからくずおれそうになったが、なんとか踏みとどまった。でもその安堵はすぐに恐怖に代わった。

双方がすぐに銃を抜いた。ボウエンも伸ばした手に拳銃を構えている。避けられない発砲とボウエンの表情、どちらが最悪かわからなかった。見違えてしまいそうだった。からだを張りつめ、瞳孔は開かれ、こんなにも殺気をみなぎらせた人間を見たことがなかった。近くにいる全員がそれを感じている。だれもがボウエンを見つめ、彼の動きを待っていた。

どうして。セラはくやしさのあまり、天を罵りたかった。彼の命を救おうとしただけなのに、彼を人殺しをするような状況に追いこんでしまうなんて。彼女の前、潜入捜査官の目の前で。いけない。「ボウエン」セラは小声で言って、彼のほうに一歩踏みだした。

ボウエンのなにかにとり憑《つ》かれたような目を見て、思わずたじろいだ。セラには、その表情の裏で感情が戦っているのがわかった。引き金に指をかけ、彼女を捕まえていた男を撃ち殺したいと思っている。ボウエンはなにも言わず、彼女から目をそらし、あごの動きで彼女を捕まえていた男を示した。「とり押さえろ」

その凍てつくような口調に、セラは震えた。ボウエンのうしろにいた男たちがよそ者に銃口を向けたまま、じりじりと車に迫る。ボウエンの手下ふたりが銃をおろして、セラを捕まえていた男を力ずくで地面に押さえつけた。彼の仲間はなにもできずに見ているしかなかった。銃をおろせば撃たれる。ついにひとりが罵り声をあげ、ジーンズのウエストに銃をつっこみ、ほかの仲間もそれに続いた。全員、捕まったひとりを見捨てて車に乗りこみ、急発進して逃げていった。

ボウエンは手下のふたりにあごをしゃくった。「つけるんだ。今夜でカタをつける」

ふたりが命令を実行するために走っていくと、ボウエンはゆったりとした足取りで前に出た。ふと思いついたというように、転がっていたバットを拾いあげて、残された男に近づいていった。〈マルコズ〉から出てきた何十人もの野次馬が、ボウエンがバットを自分の手のひらに打ちつけるのを、固唾をのんで見つめていた。彼がバットを打ちつけるたびに、セラは自分が叩かれているように感じた。彼に抱きついてやめて言いたいのに、動けなかった。この人——この怒りに満ち、凍てつくように冷たいボウエンは……知らない人だった。

彼はとり残されたひとりのすぐ手前で立ちどまり、見おろしながら、手のなかでバットを回した。短く、重苦しい一瞬、彼はセラと目を合わせ、次の瞬間、バットを振りかぶり、ものすごい勢いで打ちおろした。彼女は思わず息をのみ、とびのいた。心臓がとんでもない速さで鼓動し、耳のなかで浅い息が響く。見るのがこわかった。自分が引きおこしてしまった死を。

バットは男の頭をかすめるようにして歩道にあたり、折れて四方八方に木っ端を飛び散らせた。野次馬の一部は安堵し、一部はがっかりしていた。セラは残酷な野次馬根性に胸が悪くなると同時に、神への感謝で胸がいっぱいになった。ボウエンは殺さなかった。

でもそのすばらしい安堵は長続きしなかった。ボウエンはしゃがみこむと、おびえた男の目をのぞきこんだ。「おまえ。死ぬ覚悟をしておけ」ゆっくり、意図を示すように立ちあがると、こちらに手を差しのべた。とってみろと言わんばかりに。セラは固唾をのみ、ボウエンの冷たい手のひらに手をそっと滑らせたが、彼が低いうなり声をあげたときは思わず手をひっこめたくなった。あっという間に彼に抱きあげられて、車へと運ばれていた。セラは無言で、わたしの目を見てと懇願したが、ボウエンは彼女を助手席に坐らせるとドアをしめた。ウインドウ越しに、彼が手下に命令をくだす声が聞こえてきて、そのひと言ひと言が丸太のような重さで胸にのしかかった。

「そいつをどこに連れていけばいいか、わかってるな。おれもすぐに行く」

彼がそこに行ったときになにが起きるのかは明白だった。あの男に命で償わせるつもりだ。

セラはそのとき、なんとしてもボウエンをとめてみせると誓った。

16

　彼は人生で二度、こわいと思ったことがある。

　最初は、親父がルビーの頭に銃をつきつけたときだった。腕を折られて床に倒れていたボウエンは、妹と銃弾のあいだに立ちふさがることができなかった。彼は床から、あきらめがルビーの顔――彼とそっくりな顔――を変えるのを見た。あまりにもわかりやすい死の受容。そんなものから目をそらし、記憶に刻みこまれるのを防ぎたかったが、彼は見つづけることを自分に課した。そうすれば、妹だけを死なせることにはならないと思ったからだ。なんて不公平なんだ――自分がそう思っていたのを憶えている。ふたりで何度も危ない目に遭い、切り抜けてきたのに、妹には戦うチャンスさえ与えられないなんて。そういうことすべて、ひとつひとつの悲劇のすべてが、一瞬のうちに彼の頭で再現された。人生でもっとも長い一秒間だった。

　今夜までは。

ボウエンは恐怖を憎んでいた。恐怖はまるで生き物のように血管のなかを這いすすみ、心を遮断させようとする。彼は自衛本能から、みずから恐怖によって心を遮断し、燃えあがり、煮えたぎる怒り以外のものを締めだした。怒りを歓迎した。怒りに慣れ、それに集中した。セラが首を絞められて、足が地面に届かず、両手で首をひっかいているところが目に浮かばなくなるものなら、なんでもよかった。考えてしまったら、自分の世界が爆発するのは確実だとわかっていた。

怒りはいくつかの形をとっていた。最初は自分への怒りだ。セラをひとりにするべきじゃなかった。その機会に捜査を進めるとわかっていたのに。彼の判断ミスで、そのために最悪の結果になるところだった。セラを失い――

だめだ。考えるな。集中するんだ。

怒り。セラにたいする怒りもあった。その怒りを感じていれば、車をとめて彼女をひざの上に乗せ、揺すって、その髪に顔をうずめたいという衝動をこらえることもできるかもしれない。彼女がどれほど無謀で、愚かで、いまいましく、美しい女か、言ってやりたいという欲求も。怒鳴りつけ、キスして、ぐらぐら揺さぶりたいという激情も。彼のなかの氷が融けて心が鎮まるまで抱きしめてくれと言ってしまいそうになる自分も。

だがいまは、そんなことをしている場合ではない。怒りを保つこと、貴重品のようにそれを大事にすることがどうしても必要なのだ。セラにふれるたびに、ボウエンは自分の悪人の部分を見失ってきた。だが今夜、その部分がおもてに出てきて、手下どもをよろこばせた。暴力と報復を約束した彼を見て、ウェインでさえいかにも満足げな表情を浮かべていた。明日になれば、ウェインの期待どおりに行動したことを悔やむかもしれないが、今夜はそんなことどうでもいい。この煮えたぎる怒りには出口が必要で、それはセラに手をかけた男だった。

〈マルコズ〉から出たときに見た光景を思いだして、ハンドルを握る手がこわばり、車が急にそれた。横に坐っているセラが喉に手をやる。そのとき、赤いあざに気づいた。喉笛のすぐ上に、五つの指の痕が。かなりの時間、強い力で肌に食いこんでいたということだ。ボウエンはそのあざを見つめ、怒りをさらにかきたて、彼と目を合わせようとしている茶色の目を無視した。もしその目を見てしまったら——もう二度とその目を見られなくなるところだった——抑えられなくなる。どうかしてしまう。一時間にも思える、じっさいには三分間のドライブが終わり、ボウエンは車を家の前にとめた。車を回りながら、コナーの車がないか周囲を見渡したが、彼の影はなかった。

くそっ。あまりにも危険が多すぎる。セラが狙われるシナリオがいくつも考えられる。今夜やるべきことを片付けたら、この茶番は中止にする。明日警察が迎えにきて彼女をブルックリンから連れだすか、彼が自分で連れていってもいい。セラは抵抗するだろうし、どうすればいいのかわからないが、どうしてもやらないと。警察が彼女を連れもどしたら、自分はもう二度と彼女に会うことはないだろうと思うと、腹に刃を突きたてられるような痛みを感じた。手放したくない。ふたりでアパートメントに閉じこもり、どこにも行かない。行くとしても教会か。セラがよろこぶことならなんでもする。だがボウエンは、自分の愚かなファンタジーがけっして現実にならないことを知っていた。ふたりにはそれぞれ現実の立場があり、目の前には秒読み時計が置かれているからだ。そのファンタジーを実現しようとするのは身勝手だし、それで彼女が殺される危険もある。

セラの目を見ないように気をつけながら、彼女を助手席からおろして建物のほうへ連れていった。すぐにアパートメントに入り、四方を壁に囲まれたが、ボウエンはそれで安心しなかった。意識を怒りの一点に集中しておけば、セラにふれて彼女が無事だと実感する前にこの部屋から出られるだろう。もし彼女にふれてしまったら、自分が途中でやめられるかどうかわからなかった。

鍵をかけたドアの前にセラを立たせて、ボウエンはアパートメントのなかを飛びまわり、だれも侵入していないことを確認した。そのあいだずっと、セラは彼を見つめていた。そのまなざしは彼を引きつけ、それに溺れたいと思わせたが、彼は断固として拒否した。アパートメントを隅々まで調べおわってから、彼女の手をとって自分の寝室に連れていった。彼の部屋を見て、彼女がどんな反応をするか見たかった。だが彼は、クローゼットに入ってかがみこみ、金庫の押しボタン式錠に数字を打ちこみはじめた。

「銃のつかい方を知ってるか？」ボウエンは声に皮肉がにじみ出ないように気をつけて訊いた。もちろん知っているに決まってるが、嘘をつくならつけばいいと思った。自分の怒りに油を注ぐために。彼女にまた嘘をつかれたらばっちりだ。

「知ってるわ」

金庫からグロックをとりだそうとしていた手がとまり、心ならずも胸が温かくなるのを感じた。そのひと言の真実が、彼女に嘘をついてほしいと思っていた気持ちを鎮めた。なにもかも話してくれ、ベイビー。頼むから、もう隠しごとはなしだ。「へえ。どうして知ってるのか教える気は？」

「ボウエン、お願い。こっちを見て」

セラがうしろにいるのがわかった。「おれが戻るまでこの部屋にいるんだ。ドアに鍵をかけて。おれではないだれかが入ってこようとしたら、撃て。わかったと言ってくれ。今度はちゃんと言うことを聞くと」

立ちあがってセラと向きあったとき、彼女は思ったよりずっと近くにいた。すぐに抱きしめ、味わえるほどに。彼のベッドはほんの数歩先にあり、シーツは今朝起きたときのままくしゃくしゃだ。だが彼のベッドの向こうの壁を埋める死と破壊の壁画が、セラの輪郭を縁どり、それで彼女がどれほどの危険に囲まれているか、あらためて実感した。

ボウエンは、ありもしない場所に注目するかのように、彼女の頭の上を見つめつづけた。「答えは」セラが深呼吸する音が聞こえた。彼女が近づき、彼のなかのあらゆるものがとまった。「やめろ」なにを？　自分がなにをやめろと言っているのか、わからなかった。わかっているのは、それが彼をだめにするということだけだ。

その頼みを無視して、セラが胸に手を置いてきた。ボウエンはつむじからつま先まで震えた。彼女の手が胸から首、髪のなかにのぼっていくのに抵抗するように目を閉じた。彼女の足元にひざまずいてしまいたかった。彼は必死に暗闇のなかの怒りを探して、命綱のようにそれにしがみついた。

セラが首に唇をつけたとき、その命綱は手からもぎとられた。「お願い、置いていかないで。いっしょにいて」なにも言えず、ただ首を振ったが、それで彼女の唇が彼の首の肌を滑ることになった。思わず口からうめき声が洩れる。心を閉ざしたままでいようとする決意が、彼女の言葉で弱まっていく。「こわいの。そばにいて」

ああ、ちくしょう。セラは彼が張りめぐらした鋼の壁を倒すかもしれないただひとつの言葉を口にした。壁がかろうじてまだ立っているのは、これも演技かもしれないという疑いがあるからだ。ほんとうにこわがっているのか、それとも彼を行かせたくないだけなのか？　彼はついにセラのきれいな茶色の目を見るミスをおかし、壁に修復不可能なひびが入るのを感じた。彼女はほんとにこわがっていた。そう知った瞬間、なんとしても彼女を守り、その恐怖を消してやりたいという気持ちに駆られた。それでもボウエンは踏みとどまろうとした。今夜やらなければならないことを思いだそうとした。報復。仕返しだ。この恐怖をいだかせた男たちを罰する。

セラの唇が唇にふれる。一度、二度。彼女はボウエンの髪に差しいれていた手をおろし、ベルトバックルのあたりにとまった。彼のからだは緊張でいまにも折れてしまいそうに感じた。自分には望む権利もないものを期待して。

「おれは行かないといけないんだ、セラ」

彼女が息を吐きながら言った。「どこに行くの？」

「おれがどこに行くか知ってるだろう。言わせないでくれ」ファック。セラが目に涙を浮かべている。ボウエンは心がむき出しにされるように感じた。寄せつけまいとしていたさまざまな感情がまわりからどっと押しよせてきて、思わず一歩さがり、心の奥で決意を探したが、見つからなかった。代わりにあったのは、先ほど感じた焦燥と無力感だった。「自分がどうなっていたか、わかってるのか?」叫んでいるのはわかっていたが、気にしていられなかった。「おれが間に合わなかったら? 一分でも遅かったら、セラ。たった一分でも!」

「わかってるわ、わたし――」

「連れ去られていた。おれはどこを探せばいいかもわからず。見つけたときには――」ボウエンはおぞましいイメージを言葉にできなかった。「ちくしょう、おまえはまったくわかっていない。だがいくら腹を立てても、おれに考えられるのはおまえを思いっきりファックすることだけなんだ」

口に出して認めたことで股間にどっと血が集まってきた。まるでひそかな欲求を言葉にすれば、彼女を自分のものにできるかのように。そんなことすべきではない。だめだ。彼のなかでたぎるものが出口を求めているときに、そんなことはできない。だが、セラのぼうっとした表情、濡れて少し開いたピンク色の唇は、欲望をあおるだけだった。セラが一歩前に出て、彼女はその気だとわかったのもいけなかった。

「最初に会った夜、あなたはヴァージンとは遊びのファックはしないって言ったわ」

いままで一度も彼女が汚い言葉をつかうのを聞いたことがなかったし、その小さな堕落に興奮すべきではなかった。だがボウエンは興奮した。セラと出会ってからずっとあらがいつづけて募らせた抑えがたい欲望と、彼女のセクシーな唇から〝ファック〟という言葉がこぼれるのを聞いて、その言葉どおりにしたくなる。そんなことをすべきじゃない。だめだ。「ああそうだ。本気で言ったんだ」

セラがワンピースの裾をもちあげて首をくぐらせ、小さな布きれふたつしか着けない姿になったとき、ボウエンの自制心はすべて消えた。「よかった、ボウエン。それなら、もうお遊びは終わりにしましょう」

セラは大胆な気分だった。

ボウエンの視線が彼女の全身をなでまわし、太ももの上、脚のつけねにとまった。速くなった呼吸のたびに胸が大きく膨らみ、脇におろした拳は握ったり開いたりしている。ほお骨の上に色が差し、まるで熱がある人のように見えた。あとひと息だ。最初は、彼があとで後悔するようなことをしないように、彼が自分自身を傷つけないように、とにかく引きとめなければという一心だったが、すぐに強烈な欲望に代わった。彼とすべて結ばれたい。ふたりが最初から向かっていたところまで行きつきたい。

決意が血管を駆けめぐり、セラはブラをはずして床に落とした。ボウエンはあらわになった胸を見つめ、口を動かしたが、下唇を嚙んで男のうめき声をあげた。

「ああ、まったく。すごくセクシーだよ」ジーンズの上から自分のものをつかむ。「これを見たか？　おれがけっして自分のものにできないものに心を奪われてどうなってるか、知りたいか？」

セラはもっと彼に近づいて、シャツのなかに手を滑りいれ、引き締まったお腹を爪でひっかいた。指先で彼の筋肉が収縮するのを感じて、自分の力を感じる。この美しい男が、まさか彼女に抵抗できないなんて。ああ神さま、どうか彼が抵抗しませんように。自分がはじめたことの必然を考えると、全身の脈が速くなり、脚のあいだをうずかせる。「知りたいのは、わたしがあなたをどうしているのかだけ。あとはほんとうではないもの」手をさげて、ジーンズを押しあげている彼のものをつつみ、ぎゅっと握った。「わたしをあなたのものにして、いますぐ」

ボウエンはその手を離そうとするかのように手を重ねた。だが彼はそのまま力をこめて自分のものを握らせ、低い声で彼女にしかわからない言葉をささやいた。「いいぞ。くそ気持ちいい。上下にこすってくれ。そうだ。こんなふうになってるのはおまえのせいだよ。こんなにずきずきしてるのもな。おまえのきれいなあそこにつっこみたいよ、セラ、でもできないんだ。おれにはできない」

わたしがこんなにたまらなくなっているのに、なぜボウエンはこれをとめようとするの？　正気を失いそうなほど高まった欲望で、セラのからだは震えた。これを否定することは、いままでおかしたどんな悪いことよりもひどい罪だと思えた。どんな結果になってもいい。今度だけは、気にならなかった。どうしても彼が欲しい。彼だってきっとそう。

「どうしてできないの？」セラはつま先立ちをして彼に口づけ、彼がキスに気をとられているうちにベルトをはずしてジーンズのジッパーをおろした。「答えて」

セラが昂りをしっかりと握ると、彼はその唇から飢えたうなり声を発した。ボウエンはまるで怒っているように乱暴にセラの顔を両手でつつんだ。彼が発散する強烈な思いに、セラは息ができなかった。「わからないのか？　これがおれをまともな人間にしている最後のものなんだって？　おれには誇れるものなんてなにもなくて、これだけだってことが。おまえを抱かないこと、おれにはそれだけなんだ。それしかおまえに与えてやれない」彼は優しくセラを揺すった。「おれよりもっといいやつを見つけろ」

嗚咽《おえつ》がこみあげてくる。胸が大きく張りさけて痛む心臓が放りだされてしまいそうだった。いっそそうなれば、彼の言葉でつけられた傷の鋭い痛みを感じなくてもすむのに。これ以上彼に、自分を無価値なもののように思わせておくことはできない。そんなのは思い違いだ。癒してあげたいという思いと、彼への気持ちがあふれて、あらゆる方向に流れて染みこんでいく。

セラは手のなかのもので、震える息で、彼の欲望を感じた。彼の自制を崩すのはそんなに大変ではないはず。彼女は手を上下に動かしながら、熱いキスをした。今度はやめなかった。舌を絡め、彼が洩らすつらそうなうめきを聞いた。ボウエンがキスをリードしはじめて、セラは勝利のよろこびにくらくらした。片手を髪に差しこまれ、彼の乱暴で濃厚なキスで唇をむさぼられる。ボウエンがもう片方の手を彼女のパンティーに滑りこませ、お尻をつつむようにもんだ。セラの脚のつけねがうずき、どんどんあふれて熱くなってくる。

ボウエンがいったん引いて息をついだとき、一瞬、切迫した表情が見えたが、すぐに頭をさげ、セラが思わず一歩さがるほどの勢いでキスしてきた。セラは流れに身を任せ、ベッドのほうに近づくと、彼が激しいキスを続けながらついてきて、ほっとした。セラはなけなしの思考力をつかってジーンズをボウエンの腰から引きおろし、彼が脱ぐのを見て興奮で全身がどきどきした。

ベッドに倒れこんだとき、彼が頭をシャツにくぐらせて脱ぐのが見えた。それで逆立った彼の髪は心臓がとまりそうになるほどセクシーで、セラはうずきをやわらげるために脚をすりあわせた。彼はとてつもなく危険なオーラを発していて、頭のなかで思わず〝アベマリア〟を唱えそうになって、あわてて祝詞を脇にやった。いまはその出番じゃない。このとびきりセクシーな男が、どこから始めようかと考えているような目で彼女を見おろしているときは。

手を伸ばそうとしたとき、ボウエンが鋭い悪態とともに乗しかかってきて、彼女の脚のあいだに腰を入れてふたたび唇を奪った。「このあいだとおなじだ、いいな？」ブルックリン訛りが強くなっている。「おれがおまえのきついあそこをファックするふりをするから、おまえはその百合の花みたいに白いパンティーをはいたままでいくんだ。いいか、ベイビー？」

「だめ」思わず口に出ていた。彼のいうやり方ではだめだ。最後までしないと。セラの彼にたいする思いの強さを考えたら、それ以下はごまかしだった。ふたりにはふさわしくない。ボウエンは額に汗を浮かべて彼女を見おろし、彼女がブレーキをかけたことが信じられないような顔をしたが、セラがパンティーをおろしはじめると、その顔に理解が浮かんだ。

「ああ、頼むよ。なあ、スイートハート、よせって――」昂りがセラのむき出しの入口にこすれて、ボウエンは荒々しく叫んだ。どうしようもないという感じで腰を動かし、近づける。「おお、なんてこった。こんなに濡れてるなんて。おれのために。そうだろ、セラ？　言ってみろ」

「あなたのためよ」もう少しだと思ったセラは、両手で彼のお尻をつつんで引きよせ、ふたりともその接触に声をあげた。「あなたが好きなの。抱いて、ボウエン」

セラの両側についた彼の力強い腕が震え、その肩に汗が浮かんでいる。「頼むよ」彼は歯を食いしばりながら言った。「もうだめだ。おまえをファックしたくてたまらない。思いっきり」

「ええ」セラは彼のウエストに脚を巻きつけ、全力で彼を引きおろした。「そうしてほしい」

ボウエンがふたりの湿った額をくっつけると、温かい息がセラの顔にかかった。「おまえにつらい痛みを与えると思うとたまらないんだ」彼はかすれ声でささやいた。「今夜のおれはすでに少しいかれている。優しくできると思えない。たぶんできない」

「ボウエン」セラは彼の髪を手で梳かした。「あなたに断られるほうがずっとつらいわ」

その目のなかに燃えあがった光で、そう言われてよろこんでいないのだとわかった。たぶん聞きたくなかったのだろう。彼が頭のなかで考えているのがわかった。そしてセラに激しくキスして、上下を逆にした。セラはあおむけから彼のウエストにまたがる体勢になり、これまで会ったなかでいちばんハンサムで、とんでもなく複雑な男を見おろした。彼の高いほお骨に赤味が差し、スレート色の目は欲望にけぶっている。

「こうじゃなきゃだめだ、セラ。でないとおれはおまえの足首を首にかけ、激しく突きあげることになる」ボウエンは下唇を嚙んだ。「それにそれは序の口だ。いきそうになったら、おれはそれをこらえて、おまえに両手両ひざをつかせて、また始める」

彼は両手でセラの肋骨をなぞりあげて胸をつつんだ。「だが考えてみれば、おまえは気に入るかもな。カトリックの娘はいつもひざまずいて祈ってるんだから、そうだろ？」

なんてことを。どうしてわたしは腹が立たないんだろう？　どうして彼の挑発でますます興奮してしまうの？　セラは両手をボウエンの肩に置いて、彼のものの上を滑り、それから戻って腰を振ってみた。彼の悪態と鋭い呼吸で気に入ったのだとわかり、もう一度くり返した。「わたしはこの体勢が気に入ったわ」あえぎながら言った。

ボウエンは彼女の髪をつかんで引きおろし、唇をむさぼった。「もう一度言ってくれ。おれがおまえをファックしないほうがつらいって。これでいいんだと思わせてくれ、セラ」

「つらいわ」彼の引き締まったからだに胸をこすりつける。「ほんとに」

ボウエンはセラを乗せたままベッドの上のほうに移動し、両手で錬鉄製のヘッドボードをつかんだ。「できるだけ動かないでいるよ、おまえがおれに慣れるように。だが……ああ、ベイビー、おまえには動いてほしい。できるだけ動いてくれ、いいな？」握った指の関節が白くなっている。「もう引き返すことはできない。いいのか？」

「ええ、わたしはこれが――ボウエン、あなたが欲しい」

彼の目が燃えあがった。「おれも引き返せない、セラ。ひとたびおまえを抱いてしまったら」

セラは指先をボウエンのからだに滑らせた。彼の反応を見ながら、彼の硬いものを両手につつみ、脚のあいだに導いて、かすめた瞬間、切ない声をあげた。

「待て」彼はひどい苦痛をこらえているように、あごでベッドサイドのテーブルを示した。「コンドーム。抽斗に入っている。くそ、早くしてくれ」

　避妊のことをまるで考えていなかった自分を心のなかで叱りつけ、ボウエンの上にかがんで抽斗をあけた。セラが銀色のつつみをとりだしたとき、彼は舌で乳首のまわりを舐めてから口に含み、強く吸った。すごく激しく吸われて、彼の上につぶれてしまいそうになる。両手でヘッドボードをつかんでバランスをとりながら、快感に貫かれた。脚のあいだで、大きな彼のものが入口に押しつけられているのを感じる。

「かせ」ボウエンはセラの手からつつみをひったくると、歯であけた。なめらかな動きでつけながら、燃えるような目でセラを見つめた。「おれがくたばる前におまえのなかに入れようか。どう思う？」

　セラは震えながらうなずいた。「いいわ」

　ボウエンはふたたび両手でヘッドボードを握りしめ、セラは彼のものを手にとった。一度、二度と握りしめると、彼のあごの力がゆるんだ。「おまえの感じやすい芯にこすりつけてくれ。そこはおれのものだろ？　おれので愛撫してみろ」

　言われたとおりにして太ももを震わせ、息が浅くなって耳のなかでこだまする。すぐに下半身がうつろに感じられた。彼といるといつも感じる、満たされたいという欲求。「もう……欲しいの――」

「おまえの欲しいものはわかってる。いいよ」

できるだけ彼に近づきたい。彼のすべてが欲しい。ぐずぐずしてこわくなる前に、セラは入口に先を迎えいれて、いっきに腰を沈めた。痛みのショックがからだを貫き、思わず叫んでいた。

「ファック」ボウエンは枕の上で頭をそらし、その首と腕をこわばらせた。両手でつかんでいるヘッドボードが壁にぶつかり、彼は何度か深く息を吸った。「ったく、セラ」苦しそうな声。「おれを殺す気か?」

「ん……」セラは答えようとしたが、少しずつ鈍くなる痛みに気をとられていた。最悪の痛みはすでに消えて、なかにいる彼の圧迫感が残っていたが、どうしたら気持ちよくなるか試してみたいという欲求がわいた。ゆっくり腰を回してみたら、蕾が彼のものつけねにこすれ、思わず息をのんだ。快感が神経細胞を伝わって広がっていく。

「ああ、か……みさま。もう動けると思う」

「いい子だ」ボウエンの唇から原始的なうめき声が洩れる。「気持ちいいところを見つけてみろ。もっと気持ちよくしてやるから。おれを信用しているか?」

「ええ」前かがみになってボウエンの左右に手をついてみたら、不快感はほとんど消えた。セラは唇をボウエンの唇のすぐ上に近づけ、腰を浮かせては沈める動きをくり返した。最初は少し気持ちがよくて……それからすごくよくなった。圧迫感で動きにくく感じることはなくなり、いちばん感じやすいところを彼にこすりつけ、完璧な角度を見つけた。ボウエンは半分閉じた目でセラを見あげながら、ヘッドボードをつかんだまま、からだを動かした。彼はいまにも粉々に砕けてしまいそうに見えた。言葉では説明できない理由で、セラは彼を粉々に砕きたかった。ふたりいっしょに粉々になりたかった。ボウエンの胸に手を置いて、ペースをあげ、大きく腰を振ったり、ゆっくりと回したりした。

「ファック。さわるぞ」片手をヘッドボードから離して彼女のお尻をつかみ、もっと速く動くように彼女をあおる。もう片方の手を身をよじる彼女と自分のあいだにもぐりこませて、親指で蕾をなでた。セラは声をあげ、下半身がきゅっとなりはじめてそれが太ももまで達し、とつぜんそのあいだの場所に欲しくてたまらなくなった。「そのままつっぱしれ、セラ。おれにくれよ。ぜんぶ」

本能に導かれ、この切望が行きつくところになにがあるのか、どうしても知りたくなった。こんな熱情は初めてだった。ひとりで得たことがある快感よりずっと強烈だった。いまにも飛びおりるというところで、ふと不安になった。これはきっと自分のなかのなにかを変えてしまう。それは完全な確信だった。でも引き返すことも考えられない。セラは混乱して、思わず情けない声を洩らした。

ボウエンは、まるで彼女の混乱した考えに反応するように上体を起こした。激しくキスして、がさがさの手でセラの腰を押さえて、ペースを落とさせた。「おい、おれのことを見ろ。どこに行ったのか知らないけど、ここに戻ってくるんだ。いますぐ。おれをこんなに狂わせておいて、消えるなんてなしだ。おまえが泣きわめいても引きずりもどす」

彼の温かいからだに密着して、そばに彼の口があって、安心させるような言葉をかけられて、欲望が戻ってきた。ボウエンの粗野でぶっきらぼうな言い方さえ、彼女に自信をとり戻させた。セラはもう一度あの高みに戻りたくて腰で円を描くようにした。彼のうなるような声が全身の血を熱くする。

「わたしがあなたを狂わせているの？」セラはささやいた。

「言わせたいんだろ？」ボウエンは彼女の下唇を歯で挟んでひっぱった。「おれがおまえと、おまえのここにどれだけいかれているか聞くと興奮するのか？」

セラの腰の動きがひとりでに激しくなる。「ええ」

ボウエンが拳で髪をつかんでセラを引きよせ、耳元でささやく。熱い息が彼女の首をなでる。「おまえのファックはぜんぜんヴァージンみたいじゃないよ、セラ。おまえがひざまずいてしたこともな」少し背をそらした彼に新しい角度で突きあげられ、セラは頭がくらくらした。ボウエンの表情は百パーセント欲望で、こんな顔で見つめられたいと自分が思っていたなんて、知らなかった。「こんなにきつく締めつけられていなかったら、とうてい信じられなかった。おまえは生まれつきの天才だよ、ベイビー。きつくてかわいい天才だ」

セラは大きな声をあげ、頭をそらした。解放されたいという欲求が戻ってきて、ボウエンと彼が与えてくれるはずのもののこと以外、なにも考えられなくなった。背を弓なりにして太ももを大きく開き、彼の硬くてすべすべしたものの上で腰を浮かせては沈める。ボウエンが片手で胸をつつみ、ぎゅっと握った。貪欲な口が乳首を捕える。うなり声を発しながらなめたり吸ったりされて、激しい快感がからだを貫き、セラは昇りつめた。まるで溺れているようなのに、同時に助けられているような感覚。息ができないのに、肺はこれまでにないほど満たされている。ボウエンはお尻に置いた手でセラが速く激しくこの波を乗りきるように急きたてながら、奥まで激しく突きあげ、セラに叫び声をあげさせた。

彼はセラを胸板に抱きよせ、罵りながら彼女の下で果てた。たくましいからだを震わせながら、彼女の首に歯を立てて。「ああ、セラ……ベイビー、よかったよ。くそ完璧だ。おれのもの。おまえはおれの女だ」

セラは両腕を彼の首に回して、固く抱きしめた。まだ息が切れている。「ええ、あなたの女よ」

ボウエンはしばらくセラを抱いたまま優しく揺すっていた。彼がこんなことをするとは思っていなかったけど、なぜだか完璧に必要なことだと感じられた。この場所、彼のぬくもり、煙草の香りの混じった彼の匂いから離れることなど考えられなかった。ふたりの現実が割りこんでこようとしたけど、セラは押しのけ、ふたりのからだがひとつになったこの瞬間を味わっていた。

それでも、現実はいつの間にか忍びこんできた。ひょっとしたらそれは、ボウエンの肩のこわばりや、彼の長い無言にともなっていたのかもしれない。彼は静かになり、これまでセラが見たことがないほど、じっと動かなくなった。パニック、そして自分の思い違いだったのかもしれないという恐怖が、セラの心に侵入した。動いて、彼の変化に直面する勇気をふるいおこすのに数分かかった。彼の顔になにが浮かんでいるのか見るのがこわくて、ゆっくりと顔をあげると、〈マルコズ〉のそとにいたときとおなじ、氷のまなざしが戻っていた。

「ボウエン？」

彼は一度うなずいたが、目を合わせようとはしなかった。「さっき言ったことを憶えているな。ドアに鍵をかけてこの部屋から出るな。だれかが押し入ろうとしたら、そいつを撃て。わかったって言ってくれ、セラ」

セラは彼の醒めた声にたじろいだ。「行ってしまうの？　でも……」

ようやくボウエンが彼女を見た。その表情に、セラは血の気が引いた。純粋な殺気と決意。「もしおれたちが寝たら、おれが殺しを厭うようになると思ったのか？」彼は顔を近づけ、思いっきり自分のものだというようなキスをした。彼女の脚のあいだをふたたびうずかせるような。「もしそれがおまえの狙いだったとしたら、逆効果だったよ。おれはおまえを抱いた。おれの女にした。おれからおまえを奪おうとしたやつには、その代償を払わせる」

17

セラ。

ボウエンは重い頭で目が覚めた。

憶えていない理由でからだが痛むし、転がっていたのが硬い木の床だったというのも、よくなかった。太陽の光に目がくらみ、頭蓋骨が割れそうな頭痛がした。目をつぶるとすぐに、記憶はまるで津波のような勢いで襲いかかってきた。がばと上体を起こし、すぐに胸がむかむかして、動いたことを後悔した。両手で頭をかかえようとして、血に気づいた。血みどろだ。

ちがう。血じゃない。絵の具だ。

帰ってくると、セラは客用の寝室で眠っていた。あまりにもきれいで、残りの一生、ずっとそこに立って彼女を見ていてもいいと思った。光輪の下、彼女がいるべき場所で、その胸が上下するのを見ていた。どれくらいそこに立っていたのかわからないが、それから自分の部屋に行って、絵を描きはじめた。それに酒も飲んだ。そうだ、したま飲んだ。自分がしたことを忘れるために。置いていかれると知ったときのセラの顔を忘れられるように。あんなものを与えられたのに、自分は彼女を置き去りにしていった。

頭がややすっきりして、目のくらむような復讐心は消え、ボウエンはいまさらだが自分の大きな間違いに気づいた。自分はセラにふさわしくない男だと証明したも同然だ。彼自身はずっとそう思ってきたが、セラはずっとそれに目をつぶっていた。もうそんなことはしないはずだ。彼女はボウエンの人生最高の夜をくれた。彼はそれを、内なる悪魔に駆られて台無しにしてしまった。

いったいどうして自分が彼女から離れることができたのか、よくわからない。くそっ、まったく憶えていない。一生あれ以上すばらしいことはありえないという経験を彼女がくれたあとで、彼のなかの保護本能が膨れあがり、ほかになにも考えられなくなった。世界でいちばん大事なものを腕に抱きながら、そのよろこびを味わうのではなく、朝まで彼女を抱きしめてやるのでもなく、目に浮かんだのは男が彼女の喉を締めているところだった。もしあのままだったらやつらが彼女になにをしていたか、どんなふうに痛めつけたかを想像して、彼は逆上した。

ちくしょう。もし時間をさかのぼって、彼女の隣で眠ることができるなら、なんでもする。もう二度とそんな機会がなかったらどうする？　いや、彼はそんな機会を与えられるべきじゃない。もし彼女がそうすると言っても、そんなことはするなと説得する。そして結局、そうさせてくれと懇願する。ああ、なんてこった。おれはひどく情けない男になりつつある。夜中すっかり酔っぱらって、よろよろと自分の部屋から出て、番犬のように、彼女の寝ている部屋のドアの前に陣取った。いま彼がいる場所だ。セラが出てくる前にからだを洗わないと。コーヒーを淹れておいてやってもいい。彼女はコーヒーが好きだ。もしかしたらそれで、少なくとも口はきいてくれるかもしれない。

だが……それでどうなる？　ゆうべ彼は、セラが帳簿を手に入れても入れなくても、トロイに電話して迎えにこさせると決めたんじゃなかったのか？　彼女のまわりには危険が多すぎる。昨夜、彼自身もそのひとつだということが、証明されてしまった。セラがこの界隈にいるかぎり、ボウエンの敵はセラのことも敵と見なす。ボウエンはセラが自分にとって大事な女だということを、目が見えるやつだれにでもわからせてやった。いずれまただれかが、彼にダメージを与えるためにセラを狙おうとするだろう。

そこまで考えて、こめかみに新たな頭痛を感じた。いまは、セラはベッドで安らかに寝ている。彼がいてほしいと思い、そこにいなければならない場所に。今夜は〈ラッシュ〉のシフトに入っているはずだが、店に行かせないようにする理由がなにかあるはずだ。もう一日だけ。神よ、お願いだ。もう一日だけいっしょにいたい。

なにも考えず、客用の寝室のドアノブに手を伸ばしていた。セラが安らかに、安全に眠っているのを確認したいという衝動が抑えられなかった。できるだけ音をたてないようにノブを回し、ドアを押しあけた。

いない。

ボウエンのひざから力が抜けた。ドア枠をつかみ、すでにずきずきしている頭のなかで否定が爆発した。ベッドのシーツは乱れている。彼女の服はまだそこにある。彼女は出ていくつもりはなかったはずだ。彼が床で意識を失っているすきに、だれかが入ってきて彼女を攫《さら》ったのか？　だめだ。嘘だと言ってくれ。

落ち着け。まだ出ていったと決まったわけじゃない。彼は急いでバスルームに向かい、ドアをあけたが、あやうく蝶番から引きちぎりそうになった。暗い。いない。

踵を返し、アパートメントのなかを探しまわったが、セラはどこにもいなかった。

集中しろと自分に言い聞かせて、トロイの携帯電話の番号にかけた。最初の呼び出し音で彼が出て、背後で署内の物音が聞こえた。「なんだ？」

「彼女を攫ったのか？」ボウエンは叫んだ。「おれから攫っていったのか？」

電話の向こうで沈黙が長引き、ボウエンは髪をひっぱった。ようやく、トロイが言った。「落ち着いて説明しろ。セラがいなくなったのか？」

視界に赤い点が踊った。「しらばっくれるな、くそ野郎。彼女はどこだ？　警官は来るなといったはずだ。警官は……おれのやり方でやると」耐えられない。息ができない。「彼女がなにも言わずに出ていくはずがない。彼女に言ったんだ。もう引き返すことはできないって」

「言ってることがよくわからないな」トロイが息を吐いた。「いいか、おれは嘘をつく理由はない。セラからはなにも連絡が入っていない」

ボウエンは痛む頭でトロイの説明をようやく理解した。セラは署に連絡していない。そしてここにはいない。おれは彼女を守れなかった。失敗した。ああ、なんてことだ、おれは彼女を失ってしまった。

「ドリスコル」

トロイの声ではない。だれかほかの人間。ニューソム？　そのいらだった口調から、相手はしばらく前から自分の注意を引こうとしていたのだとわかった。ボウエンは心が麻痺して話を聞いていなかった。「なんだ」

「あの子が行ったのはたぶんあそこだと思う」

セラが人気《ひとけ》のない草地をぼんやりと見つめていると、ジップロックのビニール袋が風に飛ばされて宙を舞っていた。スウェットシャツのフードをかぶり、ひざを曲げて胸に引きよせ、坐っている古いベンチの軋む音を無視した。前にここに来たときは、家族連れもいたし、十代の子たちはサッカーに興じ、お年寄りたちがグループで散歩していた。

そういう人々の活動があったから、コリンが撃たれた公園もそれほど荒廃しているように見えなかったし、もっと明るい雰囲気だった。少し肌寒いせいか、きょうは草地にあるのはごみだけだった。だれかが忘れたスウェットシャツ。割れたフリスビー。そのせいか、兄が息を引きとった場所が、耐えがたいほど悲しい場所に感じられた。

視界のところどころに黒い部分があらわれた。睡眠不足の症状だ。ボウエンは行ってしまった。なにも言わずに……。それからどのくらい、彼はきっと戻ってきて抱きしめてくれるはずだと信じて、ひりひり痛む心をむき出しにしたままベッドに坐っていたのか、憶えていない。やがて彼女は重い足取りで客用の部屋に行った。だめだった。彼は報復を選んだ。自分が彼を救えるかもしれないという希望はこぼれて、心のなかはびしょびしょになった。やがて凍りつき、けっして融けることのない厚い氷になった。

午前三時ごろ、ボウエンがアパートメントに戻ってきた。部屋に入ってきたのに気づいたけど、彼女のためにといって彼がしてきたことの証拠を見るのがこわくて、眠ったふりをした。その数時間後、ドア越しに、ボウエンが彼女の名前を、まるで悪態のように、祈りのようにつぶやいているのが聞こえてきた。ガラス瓶を床に置く音も、いっしょに聞こえた。心のどこかでは、それでも彼を癒したいと思う気持ちがあった。そばに行って、抱きしめたい。でも朝になり、セラはその衝動を必死にこらえて、暗い廊下に寝ている彼と空き瓶をまたいで、アパートメントを出た。衝動に負けてしまう前に。

もうやめないと。

生きていたら、兄はきょう二十九歳になっていた。わたしはどんな誕生日プレゼントをあげただろう？　自分は男にすっかり夢中になって、兄に下された不正義を忘れていた。兄が奪われた未来のことも。身勝手。わたしは身勝手だった。もっと悪いのは、その原因となった人のことで思い違いをしていたことだ。昨夜のあとでは、彼の名前を考えるだけで胸が痛んだ。彼のことを好きになって、家族のことをおろそかにしてしまった。彼を信用して、自分の一部を捧げたのに、彼はわたしの思っていたような人ではなかった。考えてみれば、自業自得だ。のみで胸を大きく割られたように感じたとしても、それは自分のせいだ。叔父は最初から、彼女にはこの捜査を成功させてコリンの仇をとる能力がないと疑っていた。そしてセラは、叔父が正しかったと証明してしまった。

もうそうじゃない。自分の判断ミスをとり戻すためなら、どんなことでもする。すでに人々に注目されてしまっているから、かなり危険だけど、ほかに選択肢はない。叔父の予想どおりに失敗するわけにはいかない。けっして、兄の死を犬死にはしない。たとえ兄がミスをしたり、賄賂を受けとっていたとしても。もし兄が生きていたら、その間違いを正そうとしたはずだ。それなら自分が、兄に代わってそうしなくては。今夜の〈ラッシュ〉でのシフトが最後のチャンスとなる。失敗は許されない。

とりあえずは、戻らないと……ボウエンのところに。まだ彼への気持ちが残っているのに、そのそばにいるのはつらいけど。ほんとうは、残っているどころではない。心のなかに彼への気持ちが充満していて、息苦しいほどだった。セラは彼のことをわかっていると思っていた。暴力的な上辺の下に別の男がいるはずだと信じていた。でもボウエンは、それが間違いだと彼女にわからせた。もう彼を信用してはいけない。彼の魅力に惹きつけられてわれを忘れてもいけない。

セラは足を地面におろして立ちあがった。でもどうしてか、まだ帰れなかった。自分がなにをしているのか考える前に、セラは公園のなかを歩きまわり、ごみを拾っていった。からのパック入りジュース、チョコレートの包装紙、紙皿二枚をごみ箱に入れ、また拾いはじめた。単調な作業で手足を動かしていると、ゆうべからずっと頭を圧迫していたものがやわらぎ、気分がよくなってきた。公共交通機関しかつかえないことを考えると、兄のお墓は遠すぎた。だからこれが、お墓に花を供える代わりになる。この場所を少しでもきれいな場所にすることで。

数分ごとに、セラは周囲を見渡した。ここはベンソンハーストからはかなり離れているし、彼女はボウエンに渡された銃をもっている。でもだれかが彼女を見つけないとも限らない。ゆうべコナーがあんなふうに彼女を無視したことから考えて、彼に信用されていないのもわかった。彼のことも、いい人だと思っていたのに間違っていた。わたしには人を見る目がないのかもしれない。頭のなかで小さな声が、〝叔父の言うとおりだ〟とささやく。おなじみのその思いをふり払ったとき、背後の駐車場に車が急スピードで入ってくる音がして、心臓が喉から飛びだしそうになった。

セラはフードで顔が隠れるように気をつけながら、ほんの少しだけふり向いた。ボウエンがこちらに向かってくるのを見て、手にもっていたアルミ缶が落ちた。頭のなかで警告音が鳴り響いた。彼の目のなかの狂気じみた光だけではなく、そもそも彼がここに来た事実に。コリンのことを話したことは一度もない。少なくとも、この場所につながるようなことは。つまり……。

ボウエンは彼女の兄がここで殺されたと知っている。

ありとあらゆる可能性が頭のなかを飛びかい、セラは胃がひっくり返るように感じた。彼とした会話の断片がものすごい速さでよみがえってきて、わけがわからなかった。なぜわたしがここにいるとわかったの？　この公園に、きょうこの日に？　兄が死んだこの公園に、ボウエンはやってきた。つまり……彼はコリンのことを知っている。彼女のことも。彼女の正体を知っている。

セラはこみあげる涙をこらえた。いったいいつから知っていて、黙っていたの？　それにこの公園を知っているということは、ここに来たことがあるということ？　ああ、まさか、彼は兄の死にかかわっていたのだろうか？

胸の悪くなるようなその最後の可能性に頭のなかを占領されて、セラは駆けだした。考えなさい、考えるのよ。こんな真っ昼間に銃をとりだすことはできない。通りのこんなそばでは。でもそうしたかった。彼に銃口を向けて、なにがあったのか真実を聞きだしてやりたい。それなのに――彼のまわりは疑いと謎だらけなのに――彼に銃を向けるのはぞっとするほどの間違いだと感じる。セラはいらだちのあまり、声をあげた。

「セラ」ボウエンが追ってくる。「おれから逃げるな」

彼女は無視して、公園から通りを渡った歩道へと向かった。このあたりはかつては栄えていたが、不景気のせいであちこちの建設が途中でとまっている。セラはそんな建物のひとつである、コンクリート打ちっぱなしのビルのなかに飛びこみ、軽量コンクリートブロック、置き忘れられた工具、伸びた雑草を跳びこえて走った。すぐうしろで歩道を駆けるボウエンの足音、彼女の名前を呼ぶ声が聞こえる。セラはもう通りからは見えないと思ったところで立ちどまり、銃を構えて、彼が建物に入ってくるのを待った。

数秒後、ボウエンは暗がりに足を踏みいれ、とつぜんとまった。その視線が銃を、そしてセラの顔をとらえた。彼女は彼の目に浮かんだ苦痛を認めまいとした。「レディバグ、銃をおろせ」

「いいえ、あなたが銃を地面に置くのよ」

彼は躊躇することなく、片手をあげ、もう片方の手を背中のくびれにやって銃をとった。地面に置いて、蹴とばすあいだも、セラから目を離さなかった。「さあおまえも銃をおろして、話しあおう」

「どうして、わたしがここにいるとわかったの？」セラは自分の歯の根が合ってないのに気づき、ぞっとした。

ボウエンのためらいに、まるでほんとうに殴られたように感じた。出会ってから初めて、彼がまったく知らない人のように見えた。署のファイルに書かれていたとおりの人物だったんだ。

「答えなさい！」セラは叫んだ。構えた銃がにじんでいる。「どうして知ったの？あの夜、あなたも……まさかあなたが……」

「くそっ」彼の声には痛々しいほどの感情がこもっていた。「やれよ。いますぐ引き金を引け。その続きを聞くよりよっぽどいい」

セラは首を振った。「やめて。やめてよ」

「なにをやめるんだ？」

「そういうことを言うのは。あなたにとって、わたしがなにか意味があるようなふりをするのは。最初からわたしをだましていたくせに」伸ばした手が震えはじめる。

「おまえだって嘘をついていただろう、セラフィナ」ボウエンは沈んだ声で言い返した。

「そうでしょ?」

自分の本名で呼ばれて、セラのなかのすべてがとまった。思ったとおり、彼は最初からわたしの正体を知っていた。自分がタフな犯罪者だから彼女を危険だと見なさず、ずっと調子を合わせていたのだろうか? そう思ったらたまらなかった。セラは昨夜のことを考えた。ボウエンは彼女の目の前ではなく、あとで報復を実行した。そうすればセラはその犯罪について証言できないから。わかっていてそうしたんだ。

「まだ答えていないわ」セラはささやくように言った。決定的な事実をはっきりさせておきたかった。いつか彼を過去のことにできるように。「どうしてわたしがいる場所がわかったの?」

ボウエンのあごがぴくりとした。「ニューソム委員長がおまえのいるところを教えてくれたんだ」

セラは腕をあげていられず、銃を脇におろした。あまりの困惑に、からだのなかから空気が全部抜けてしまった。「え?」彼女は息を切らした。

彼は一歩前に出て、セラがさがると、悪態をついた。「こみいってるんだ、セラ。

だが、説明しようにも頭がまともに働かない。そんな、怪物を見るような目でおまえに見られていては」

「怪物じゃないの？」

彼は顔をゆがめた。「半分だけだ。その半分をおまえには見せたくなかった」

「わけのわからないことを言ってないで、説明しなさい」セラは命じた。彼の言葉の意味を受けとめきれなかった。ボウエンと叔父。叔父とボウエン。

ボウエンがいらいらと手で髪をかきあげたとき、その指と手の甲がさまざまな色の絵の具に覆われているのに気づいた。ゆうべ彼は、自分の部屋で絵を描いていたの？自分の世界が崩壊しようとしているときにそんなことを知りたがるなんておかしいけど、なぜかそれが大事なことに思えた。

「ルビーの彼氏のトロイは」彼は言った。「刑事だ。おまえが単独で潜入して連絡が途絶えたとき、委員長たちは彼を引きいれた。警察はトロイとおれのつながりをよく思っていないが、黙認している。とくに今回のように、それを、つまりおれを利用しようってときはな」

彼はそこで言葉を切ったが、たったいま、自分が彼女のなかのなにかを壊したことには気づいていない。叔父は最初から彼女の潜入捜査の計画を知っていたの？　なぜ知らないふりをしたの？　調子を合わせていたんだ。叔父は出来の悪い姪に調子を合わせながら、監視していた。

「おまえを守るように頼まれた。無事に脱出できるように」

純粋な疲労に襲われた。だれもいない。この世界にはだれひとり、彼女の能力を信じてくれる人はいないんだ。「それであなたはただ同意したの？　代わりになにを提供されたの？」

ボウエンはおもしろくもなさそうに笑った。「もし協力しなかったら、おれの人生を地獄にしてやるって言われたよ。おれの妹の人生も」彼はあらためて意を決したように、彼女に近づいた。「それでもおまえの写真を見るまで、やる気じゃなかった。だが写真を見て、なんでもしようと思った」まるで記憶に刻みこもうとするように、彼女の顔を見つめた。「一度も会ったことがないのに、おまえに夢中になったんだよ、セラ。信じてもいいし、信じなくてもいい。もうどうでもいい。おまえがおれのことを怪物だと思っているなら」深く息を吸った。「だが知っておいてほしい。おれは一生おまえに惚れたままだ」

いいえ、そんな言葉を、せっかくつくった硬い殻のなかに入れたりしない。「つまり引きうけたのは、警察に脅されたからではなかった。わたしをものにするために引きうけたってことね」

彼女のその言葉にボウエンは歩みをとめ、たじろいだ。「おれたちのことをそんなふうに言うな」

「〝おれたち〟ってなに？」セラの怒りはくすぶっていた。彼女はもてあそばれていた。ボウエンだけでなく、叔父と、署全体にも。悪名高い犯罪者に助けられるなんて、いい笑いものだ。最初からずっと、彼女は決められた役を演じ、ボウエンはそのことを知っていた。自分はいったいどんな空想の国に住んでいたの？　警察委員長の姪がギャング組織のボスとデートするような国だ。ばかばかしい。「〝おれたち〟なんてなかったわ。わたしは潜入捜査官で、あなたは警察にとって便利な道具だっただけ」セラは銃をからだの脇におろした。「委員長は、姪を守っているのが殺人犯だと知っているの？」

18

ベンソンハーストへの帰り、セラはボウエンの車の助手席側のウインドウからそとを眺めながら、自分の世界がきのうとは完全に変わってしまったことに驚いていた。きのう、この席に坐っていた彼女は、ビーチで焼けた肌をまだほてらせていた。ボウエンの手の感触に満ちたりてうとうとしながら、夕食はなんだろうと考えていた。

彼女の横で、ブルックリンの細い道を運転しているボウエンの表情は読めなかった。ありがたいことに、建設途中のビルのなかでたがいの秘密を明かしてから、彼はひと言も口をきかなかった。セラはもう、彼になにも言ってほしくなかった。どうせその言葉は、すでに存在する疑いを引きのばすだけだから。ボウエンが自分のことをどう思っているかなんて、知りたくなかった。彼の言葉は本気だったなどと、期待したくなかった。そんな考えは、ふたりの嘘の前ではなんの役にも立たないとわかってしまった。ひょっとしたらボウエンは、彼女の叔父に認められたかったという気持ちには気づいていないのかもしれない。でも彼もペテンに加担したことは変わらない。まるでベビーシッターのように、わたしの面倒を見ていたんだ。セラの考えでは、それだけで許しがたいことだった。なにを言ってもその偽りをなかったことにはできないし、ふたりが何者かも変えることはできない。だから彼の——ふたりの——沈黙はいちばんいいことなのだ。今夜の〈ラッシュ〉のシフトで結果を出せば、捜査は完了する。これ以上長引いたら、叔父がやってきて強制終了させるだろう。

ふたりのシートのあいだのコンソールで、ボウエンの携帯電話が震えてカップホルダーのなかで踊った。彼はまるで無意識に電話をとり、耳にあてた。

「ああ、ウェイン」しばらく相手の話を聞いている。「わかった。やっておく」また長い間。「おれが商売のトラブルを解決するのに、そんなに驚くことはないだろう。払わなかったらどうなるか、あいつはわかっているはずだ」車は赤信号でとまった。「いや、おれが自分でやる。ああ、だいじょうぶだ」

彼の声の生気のなさや話の内容にたいする警戒を抑えつけながら、彼が説明してくれるのを待ったが、ボウエンはなにも言わなかった。「どこに行くの？」

「ちょっと寄るところがある」唇をほとんど動かさずに言った。「すぐに済む」

車がぼろぼろの白い家の前にとまり、セラの胸のなかの不安は高まった。庭には汚れた〈売家〉の看板が斜めに立っていて、ポーチへの階段の一段は完全に陥没していた。ボウエンがいったいどんな商売のトラブルを解決しようとしているのかはわからなかったが、いまの彼はなにかを解決できるような状態には見えなかった。わたしが心配することではない。あんなことがあったあとで。でも心配だった。すごく。彼が単独で、しかもなにを考えているかよくわからない状態で、危険かもしれない場所に入っていくと思うとたまらなかった。

いままでボウエンは、上辺だけとはいえ、自分の不法行為を彼女には見せないようにしていた。それがどうでもよくなっているという事実が……正直、すごくこわかった。

「行かないで」

彼女の言葉が聞こえたかのかどうか、わからなかった。「車のなかで待ってろ。なにがあっても出るな」

「お願い」

彼女のほうを見ようともしないで、ボウエンは車からおりて勢いよくドアをしめた。セラは目的を感じさせるしなやかな身のこなしで家に向かい、ドアを二度ノックした。セラは息を詰め、耳のなかでは心臓の音が鳴り響いていた。自分のなかのすべてが、彼をとめるべきだと叫ぶ。でもまるでひどい事故の目撃者のように、席にはりつけられているようにも感じていた。しばらくして、ドアが少し開いた。男のおそれおののく顔がちらっと見えたが、ボウエンがすき間に足をつっこみ、片手で男の喉をつかんで、力ずくで家のなかに入っていった。

いけない。家の玄関ドアはうつろな音をたててしまり、聞こえるのは彼女の震える呼吸音だけになった。これはなにかの挑発なの？　おれをとめてみろよ、警官なら、ということ？　セラにはそうは思えなかった。ボウエンは、彼女にたいするいらだちから自暴自棄になっているようだった。

ゆうべ、まるで宝物のようにボウエンに抱きしめられたときのことを思いだした。建設現場では、おれは一生おまえに惚れたままだ、と言っていた。あのときの彼の、苦痛にゆがんだ顔を思いだし、喉が締めつけられるように感じた。いいえ、この無謀な行動はどこかおかしい。きっとふたりともあとで後悔することになる。ボウエンはよく考えていなかったから。そしてセラは目の前で起きていることになにもできなかったから。なにかするのよ。

心を決めて、セラはコートの深いポケットに入れてあった武器を点検して、車をおり、そっとドアをしめた。平日の昼間の通りには人影もなかった。このあたりに住む工場労働者はすでに出勤してしまったのだろう。彼女は家を縁どっているコンクリートの基礎をぐるっと回って、なかをのぞけそうな窓を見つけた。そのへんにあったバケツをひっくりかえして上に乗り、よごれた窓から室内をのぞきこんだ。そして凍りついた。

戸口に出た男の前に立っていたボウエンは、顔じゅう血だらけだった。少しよろけて、その目は生気がなく、焦点が合っていなかった。両脇に拳を握りかためている男は、いまもおそれおののいているように見えた。彼が怪我をさせている側なのに、わけがわからない。男は首を振って、ボウエンから離れるようにあとじさったが、ボウエンは前に出た。彼の唇が動き、唇を読んだセラは、その言葉にぞっとした。

おれを殴れ。もっと。

彼は殴られたがっている。痛みを欲している。涙で視界がぼやけるなか、セラはバケツからおりた。彼の苦しみは自分のせいだと思うと、なにも考えられず、玄関へと走っていた。彼女の責任でないとしても、彼女の叔父の責任はぜったいにある。でもちがう、これはわたしのせいだ。わたしがこうさせているんだ。

ドアにたどりついたとき、なかから不気味な鈍い音が聞こえてきて、セラはすぐに鍵のかかっていないドアを押しあけ、ドアは室内の壁にぶつかって音をたてた。銃を抜きたかったけど、蒼白な顔をした男は武装していなかった。それでも彼女は、ボウエンを——彼が頼んだとはいえ——殴りつづけた男に仕返ししてやりたいと思い、そんな自分に愕然とした。

「彼から離れなさい」男はさっとセラを見たが、まだ少しぼうっとしているように見えた。彼女の命令どおりにしなかった。「聞こえたでしょ、彼から離れなさい！」

ボウエンがぐらりとよろめき、男はうしろに飛びのいた。「車に戻ってろ、レディバグ」

濁った平板な声で呼ばれた愛称は、ナイフのようにセラの心臓を切り裂いた。彼の血でよごれた顔を近くで見るのはこわかったけど、近づいていってボウエンのひじをとった。「行きましょう。車に戻るならあなたもいっしょよ」

「まだ終わっていない」

「いいえ、終わりよ」セラはボウエンをくるりと回して自分のほうを向かせ、目の下の裂傷から血が流れているのを見て顔をしかめた。唇も二カ所切れている。出会ったときにすでに青あざになっていた彼の目は腫れあがり、ほとんどあいていなかった。涙がこみあげてくる。「くそったれよ、ボウエン、なんでこんな」

「おまえの悪態は聞きたくない……おまえはそんな子じゃない。おれの女はそんな子じゃない」彼は手でセラのほおをつつみ、ぐらっとよろけた。「だがおまえはもうおれの女じゃない、そうだろ？　おれの夢だったんだよな？」

セラは彼の重みと、彼の言葉でくずおれそうになったが、いまは彼をここから出すことが重要だ。「いいえ、夢じゃないわ。うちに帰りましょう」

「うち。おまえがそう言うのを聞くとうれしくなる」ボウエンのあいているほうの片目が彼女を射るように見た。「おれはやらなかった。ゆうべ……おまえをおれから奪おうとした男。できなかった」

セラは驚くべきだった。ほっとするべきだった。アパートメントを出ていったときのボウエンの状態を考えれば、彼が男を生かしておいたなんて、信じられなかった。でもセラは心から信じた。

「どうしてやらなかったの？」セラはささやいたが、男がまだそばにいるのは意識していた。

「わからない」ボウエンの喉の筋肉が動く。「おまえにおれのことを誇りに思ってほしかったからかもしれない」

セラはうつろに感じられる胸を手でなでた。「思うわ。あなたを誇りに思う」

ようやくボウエンは彼女にひっぱられてドアへと向かいはじめた。戸口をくぐる前に、彼は少し前に自分を殴りつけていた男のほうを見た。「借金は帳消しだ」

男は大きく息を吐いた。「ありがとう」

ボウエンは首を振った。「もうない。金をするなら、どこかほかのところでやるんだな。おれはもうたくさんだ」

あなたを誇りに思う。

ボウエンはその言葉に集中して、あごと、頭の痛みといっしょに実感した。彼にそんなことを言ってくれた人は、いままでだれもいなかった。じっさいに聞くまで、気づかなかった。少なくともひとつは正しいことをしたと言えるだろうか。いまとなっては、それで状況が変わるわけではないが、少なくともセラは彼のことを完全な怪物だとは思っていない。彼は心のどこかでは、まだあの家にいて、顔に拳を受けていたかったと思っていた。痛みを渇望していた。彼から逃げるセラ、彼に銃をつきつけて怪物と呼ぶセラ、彼を憎むセラを忘れさせてくれるなら、痛みはすばらしいものに思えた。

はじめは、男に一発だけ殴らせるつもりだった。だが喪失以外の痛みは、あまりにも気持ちがよかった。〝おれたち〟なんてなかったわ。

彼女はこの潜入捜査を完了したらすぐにいなくなる。彼女がいたという記憶と、彼女が感じさせた安らぎを得ることはもう二度とないという事実だけを残して。ボウエンの頭のなかでは、彼女はもうすでに出ていったも同然だった。胸がむかつき、ずきずきして、たまらない気分だった。車をUターンさせてくれとセラに頼み、現実をかすませる痛みをさらに求めたくなる。

セラは角を左に曲がって、彼のアパートメントのある通りに車を進めた。「どうして警察に協力しているって言わなかったの？」

彼女の言葉で、どうしようもない怒りから現実に引きもどされたが、怒りを忘れられたわけではない。あまりにもその存在は大きかった。自分のなかで怒りが集まり、膨らみ、増えていくのを感じる。セラはいなくなる。もう出ていったも同然だ。「どうしておれがそんなことをするんだ？　いいやつに守られているんだとおまえを安心させるためにか？」ボウエンは苦々しい口調で言いながら、自分の髪をひっぱった。「おれはいいやつじゃない。おまえの兄を殺した男ではないが、おれはおまえのいる側ではなく、そっち側の人間だ」

セラがびくっとするのを見て、彼は走っている車から飛びおりたくなったが、なんとか席にとどまった。重苦しい沈黙のあとで、彼女が静かに言った。「理由はそれだけ？　もしあなたがわたしの味方だとわかっていたら、そのほうがずっと楽だったのに」

もうひとつの、セラが帳簿を手に入れたら、彼がそれをとりあげて警察委員長に渡すという命令を明かすわけにはいかない。どうせもう、そんなことはできないのだから。セラから、自分の力を証明する機会を奪うようなことはしない。なにより、帳簿は彼女の、脱出用チケットだ。ボウエンがいつも望み、けっして与えられなかったもの。セラは彼のもとからいなくなるが、少なくとも、安全にここから出ていける。

もうすぐ彼女がいなくなるという苦しみをこらえて、なんとか息をした。ホーガンの帳簿に、ほかの犯罪者たちと並んで彼の名前を見つけたら、セラはきっとよかったと思うだろう。「味方だとおまえに明かさないというのは、提案じゃなかった。命令だった。やつらはそれに同意するようにおれを脅した。おまえが助っ人をありがたいとは思わず、性急なことをするんじゃないかとおそれていた」ボウエンは、セラをじっと見つめて、彼女にこっちを向かせた。「ところで、しないよな。性急なことなんて」

「わたしがなにをするか、あなたに指図はされないわ。もしはじめから正直に言ってくれたら、ものごとは変わっていたかもしれないけど」彼女は車をボウエンのアパートメントの前の路肩に寄せ、駐車した。「失敗しても成功しても、わたしの仕事よ。あなたのじゃない」

ボウエンの腹の底でいらだちが燃えあがった。自分がどれほど危険な状況にいるのか、まるでわかっていないセラに。彼女の言葉の真実を悟り、最初の日に打ちあけておけばよかったと思った自分自身に。彼女に話しておくべきだった。『失敗しても成功しても』か」彼は冷笑した。「失敗がなにを意味するのか、わかっているのか？やつらはおまえを生かしてブルックリンから出さないだろう。これほど接近したあとで。これほど大きな――」彼はセラが取引のことは知らないのを思いだした。いまそれを明かしても、ますますふたりの溝が深まるだけだ。

「これほど大きな、なに？」

ボウエンはあごの力を抜いた。「おまえは重要なことを耳にした。ある日付だ」彼にはセラが頭のなかで計算しているのがわかった。ここでなにも知らないふりをするなら、やはり彼のことを信用していないということになる。

セラはイグニッションからキーを抜き、ボウエンに渡した。「日付の話なんて聞いたことないわ。だれがそんなことを言ったの？」

その表情から、もうだれかはわかっているのに、彼に確かめているのだとわかる。

「コナーだ。おまえはもう目をつけられている。ホーガンはほつれた糸をそのままにしておくような男じゃない」

「コナー」セラの顔に一瞬、くやしさがよぎった。「それなら、きのうの夜、わたしを始末してしまえばよかったのに」

ボウエンは凍りついた。「きのうの夜？」

セラは疲れた目つきで彼を見た。「〈マルコズ〉のそとにいたわ。あんなことになった直前に」

セラはふたつの勢力に命を狙われていた。ひとつではなく。彼がウェインと、地元の新たな店にたいして、保護と引き替えにみかじめ料をとることを話していたあいだに、セラはそとにいて、どちらに殺されてもおかしくなかった。ひざの上で握りしめた拳が震え、なにかを壊したい衝動に襲われた。なにを言ってしまうかわからなかったので、無言で車をおりた。彼女のいる運転席側に回りながら、おかしなものがないか通りを見渡し、ぎこちない彼女を車からおろした。彼のぼろぼろの顔を見た茶色の目のなかに浮かんだ後悔が見えたような気がしたが、気のせいだと思いなおした。

一分後、ふたりはボウエンのアパートメントに入り、鍵をしめた。ボウエンは台所から、正体がばれて、彼の前でどうふるまえばいいのかわからない様子で歩きまわるセラを見つめた。ようやく、彼女はスウェットシャツを脱いで、客用の寝室に入っていった。

自分の荷物をまとめにいったのではないかとおそれながら、ボウエンはあとを追っていった。ところがセラはベッドに横になって、正義の天秤を見あげていた。彼のからだは、その上に重なり、からだじゅうにキスして無理やりにでも反応させたいという欲望でうずいた。「それで、どうするつもりだ、セラ？　おれの協力を受けいれるのか、それともおれを締めだすのか？　おれはどこにも行かないから、一番目を選ぶんだな」

答えは返ってこないのだとあきらめようとしたとき、彼女の声が重い沈黙を破った。「七歳のとき、父が亡くなる一年くらい前、兄は父の車に乗せてもらうことになっていた。兄は十歳だった」彼女は乾いた咳払いをした。「その日の朝、わたしもいっしょに連れていってって頼んだの。泣き落として、懇願して、ようやく父に『わかった』と言わせた。いまでも、そのときどんなにうれしかったか、父が同意してどんなに驚いたか、憶えている」ゆっくりと、セラは上体を起こして、ひざのあいだで両手を握りしめた。「でも父は、通信指令係にわたしを預けていってしまった。一日じゅう。兄がパトロールカーに乗せてもらっているあいだ。通信指令係はわたしの髪の毛を三つ編みにしてくれた」

ボウエンは七歳のセラのことを思って、胸が締めつけられるように感じた。自分の子供時代はまったく正反対だったが、自分が受けいれられないという気持ちは理解できる。「かわいそうに、レディバグ」

「ほんとうにそう思う？　いまのわたしは、そのときと同じ気持ちなのよ」彼女はかすかに笑った。「父が帰ってきたとき、わたしは警察官になりたいって言ったの。最高の警察官になるって。それなのに父はわたしの三つ編みがかわいいよって」

彼女がこんなに悲しそうにしているのに、どうしてふれないでいられる？　とても耐えられない。なにもかもつらい。「おれが、おまえにそういう気持ちにさせたひとりでなければよかったと思うよ。おまえには想像もできないほど。だが、そういうふうにおまえを守りたいと思う気持ちが理解できないふりはできない」

「わたしが理解できるように教えて」セラは目で懇願していた。「わたしはそんなに無力に見えるの？」

「無力じゃない、ベイビー」いい言い方を思いつかなかったので、彼は真実を言った。「どう説明したらいいかわからない。おれはいつもおまえの隣を歩いて、悪いものすべておれが吸収したい。おまえにそれがふれないように。おまえがそれで変わって、おれのようにならないように」

セラの目がうるむのを見て、いつか自分は彼女を泣かせないようになれるんだろうかと思った。彼女が立ちあがって近づいてきたとき、ボウエンは彼女がさわってくれるよう祈った。彼女はぶつかる寸前で立ちどまり、彼の顔の傷をじっと見つめた。「こういうことをしたのは初めてじゃないのね?」彼女は目のあざに手を伸ばしたが、ボウエンはその手にほおをすりつけた。「喧嘩に負けたことがないって言ってたのに、どうしていつもあざだらけなんだろうと思っていたの。どうしてこんなことをするのか教えて」

ボウエンは息をのんだ。もし動いたら、彼女が手をひっこめてしまうのではないかとおそれた。「わからない。ほかのやつらのように麻痺しないために。感じるために。感じないために。どっちでも好きなほうを選べ」

セラの顔に苦悩がにじんだ。「感じるのには、ほかの方法もあるのよ、ボウエン」「そうか?」性的なことを言っているのではないとわかっていた。だがボウエンは、セラをそういうふうに思わずにはいられなかった。こんなに近くにいて、彼を心配し、ふれていてはなおさらだ。彼の手はひとりでにセラの腰をつかみ、親指で感じやすいところを円を描くように愛撫した。「おれが感じるのを手伝ってくれるのか、セラ?」

19

脈が速まり、ウエストから下の半身がぴりぴりと張りつめる。耳のなかでは冷静な声が、一歩さがりなさい、この男から離れるのよ、と叫んでいる。壊れていて、ややこしくて、その世界に彼女の居場所はけっしてない男。彼女の世界にも彼の居場所はない。今度は、その声のいうことを聞かないと。最近彼女はからだのいうことばかり聞いてきた。彼の痛みを癒してあげたいという気持ちは心のなかに息づいているけど、それに従うわけにはいかない。そうしたくてたまらなくても。荒れくるう感情にとりかこまれたいま、彼はセラの救命ボートになるだろう。兄の誕生日という悲しみ、彼女を信用しない叔父への怒り、当惑。今夜がもたらす結果へのおそれ。ボウエンは彼女の集中をすべて求めて、しばらくは完璧だ。きっとすばらしい。でも終わったとき、ものごとはそれまで以上にややこしいことになる。心が麻痺しそうにつらかったけど、セラは彼から離れ、手の届かないところまでさがった。「血を洗わないと」

「手伝ってくれ」

くぐもった声はすごく意味深で、思わず胸がどきどきした。「いいえ、ボウエン」セラには彼のふるまいが変化するのがわかった。一瞬にして魅力的なバッドボーイから、自信満々の女たらしに変わった。彼はセラの顔に自分への欲望を見てとった。そのことによる自信と彼女に拒まれたくやしさが、態度の変化の理由だ。わたしが彼に惹かれている気持ちをどのように利用するのだろう、とセラは少し警戒した。いまはいらだった様子で彼女を見おろしているが、そのあごのこわばりに、意思が感じられる。

「おれたちはファックしなくてもいいよ、セラ。だがシャワーにはおれといっしょに来るんだ」セラが口をあんぐりあけてボウエンを見つめると、彼はこわばったほほえみを浮かべた。「さっき訊いただろう。性急なことはしないだろって。おれの協力を受けいれないなら、おまえから目を離すことはできない。バスルームから出てきたらおまえがいなくなっているかもしれないからな」

「あなたといっしょにシャワーを浴びたりしない」セラはあきれたように言った。

ボウエンは肩をすくめた。「それなら血はこのままだ」それ以上なにも言わず、彼は寝室から出ていった。数分後、マッチを擦る音がして、煙草の匂いが漂ってきた。

きょうのような朝を過ごしたあとでは、セラは彼のあからさまな挑発に乗らないわけにはいかなかった。できるだけ何気ないふりをして彼のいる台所に行って、カウンターの上に置かれていた煙草の箱をとった。ボウエンが怪訝な顔で見守るなか、コンロを着火して、煙草の端に火を点け、唇にくわえて火が消える前に深々と吸いこんだ。煙が喉を焼くように感じたけど、なんとか咳きこまなかった。セラは彼のほうに長く細く煙を吐きだした。

「いったいなにをやってるんだ？」ボウエンは怒って言った。「煙草を消せ」

「どうして？」

「からだに悪い」セラがふたたび煙草を吸うと、彼はうなった。「やめろ、セラ」

「いいえ、あなたが煙草を一本吸うたびに、わたしも一本吸うから」こんな反抗は子供っぽいとわかっていたが、すごく気分がよかった。彼女は小さなころからずっと守られてきて、自分が思いきったことをすると悪い結果になると学んだ。でもいまは、考えられるかぎり最悪な事態になっているんだから、どんどんやってやる。ボウエンはさっき、彼女がいい子だと言っていた。悪いものをすべて自分が吸収してやりたいと。彼女はそんなことを望んでいないのが、これでわかるだろう。

三回目を吸いこむ前に、ボウエンが自分の煙草をシンクに放りなげ、近づいてきた。

唇にもっていこうとした煙草は指から奪われ、彼の指にはさまれた。「そういうことなら、おれは二度と煙草なんて吸わない」

彼をこんな近くに感じて、セラはつむじからつま先まで熱くなった。うしろにさがろうとしたけど、カウンターにぶつかってしまった。「そう」彼女の笑い声はあえいでいるように聞こえた。「そんなに簡単じゃないでしょ」

「そう思うか？」ボウエンはシャツの裾をまくりあげて、割れた腹筋と、なめらかな肌のところどころに残る傷痕を見せた。おなじみの恐怖が胃の腑にこみあげてくる。「おまえが悪いものにふれないのがおれにとってどれほど大事なことか、知りたいのか？　これでもう忘れない」

彼は火のついた煙草を腹に押しつけた。

セラは驚愕して悲鳴をあげ、やめさせようとしたが、手遅れだった。彼が手をおろしたとき、ジーンズのウエストバンドのすぐ上に丸い焼け焦げがあった。彼女はぐったりとカウンターにもたれ、ボウエンが煙草をシンクに投げこむのを見ていた。彼はセラから目を離さなかった。一度も。身じろぎさえしなかった。

とつぜん頭にきて、セラは彼の胸を強く押したが、びくともしなかった。「わたしを理由にして自分を傷つけるのはもうやめて。どこかおかしいんじゃないの？」

「それはいい質問だよな？」

彼の腹の黒く焼けた痕、顔の血、もう見ていられなかった。いますぐなんとかしないと。ボウエンの行動が理性的か否かなんて関係なく、セラはただ、自分が彼にさせたことの痕跡を消したかった。自分がとめられたはずの彼の痛みを目の当たりにするのは、耐えられなかった。セラはいらだった声をあげて、ボウエンの手をひっぱってバスルームへと向かった。彼の目が勝ちほこるように輝いているのをできるだけ無視して。まったく、正気なのだろうかと思わずにはいられないけど、その顔をしてくれたのはよかった。彼に抵抗する理由になるからだ。きょうは、いまは、ぜったいに彼の魅力に屈してはいけない。どれほどの意志力が必要になろうとも。

セラは小さなバスルームの照明スイッチを入れた。ボウエンがすぐに手を離そうとしなかったので、引きぬかなければならなかった。鏡に映った自分たちが見えた。彼の長身でたくましいからだがすぐ近くにあり、心配そうな目で彼女を見ているのが見えて、セラの決意はすぐに揺らぎそうになった。感情に蓋をして、シャワーの蛇口をひねり、新しい傷のことを考えて湯温をぬるめに調整した。

鏡を見ると、ボウエンがシャツに頭をくぐらせ、床に落としたのが見えた。それから手をジーンズの合わせにもっていったが、セラは完全にふり向くことはしなかった。

鏡のなかでなら、彼が脱ぐのを見ても平気だとでもいうように。どうしてボウエンは、血まみれで自分でつけた火傷痕のある姿でも、彼女の全身の脈を速めることができるのか、セラには謎だった。ゆうべからあんなにいろいろとあったのに、いまでもボウエンがこんなにもセラのからだを昂らせるのなら、その力は、きっとこの先なにがあってもなくなることはない。

だからといって、なにも変わらない。「入って」彼女は言い、かすれた声になっているのに気づいて内心身をすくめた。彼女のうしろで、ボウエンがジーンズとボクサーをいっしょに引きおろして脱ぎ、美しすぎるからだをあらわにした。傷痕やあざや血がついていても、こんなにすばらしい肉体は見たことがない。「わたしは一日ここにいるほど暇じゃないのよ」

彼の唇の端が吊りあがったが、切傷のせいで不自然に見えた。「おまえは看護師だったんだろう、セラフィナ。それが患者にたいする接し方か？」

「それがおもしろいと思ってるの？」セラは思いきってふり向いた。「あなたが最初から知っていたわたしの過去を、いま蒸しかえすのが？」

「いや」おもしろがっていた表情が真剣に変わった。「このくそ茶番はなにひとつおもしろくない。おまえの命があぶないのも。おまえがいなくなるとわかっているのも、ぜんぜん、おもしろく、ない」

熱のこもったその言葉に思わず一歩あとじさり、いらだたしくなる。「あなたの言うとおりよ、おもしろくない、でも現実だわ」

彼女の言葉でかっとなったようだ。「忘れるなよ、おまえもおれのよごれた人生をすべて知っていたんだろ、セラ。おれの名前を知ったとき、目に嫌悪を浮かべていたじゃないか。自分が脚を巻きつけていたのがだれの腰で、おまえが舌をつっこんでいたのがだれの口かを知って」シャワーカーテンをつかんで引きあけた。「おれを求めるのがいやなんだろ。おれはそれをよろこばないとな。おまえを悪いものから守りたいって言っただろ？　その最悪なのがおれだよ」

いいえ、ちがう！　セラはそう叫び、そんな低くゆがんだ彼の自己像は間違っていると憤慨したかった。でもこらえた。彼を励ます言葉を口にしたら、ボウエンはセラの決意の割れ目に気づき、くさびを打ちこみ、彼女の決意をくじいてしまうだろう。最終的にはそうなるにしても、先延ばしにすることはできる。彼がじっと見ていないところで。

ボウエンはシャワーの下に入り、お湯が彼の胸、腹、脚を流れおちた。セラは彼がシャワーカーテンをしめるのを待ったが、彼はそうせず、シャワーを浴びる姿を彼女に見せつけた。石鹸を泡立てた手で顔と首についた血をこすりおとす。手がもりあがった胸筋にさがり、石鹸水が筋肉のうねに沿って流れる。セラは元看護師としてプロの目で平然と見守ろうとして、完全に失敗し、代わりに脚のあいだが熱くなった。それが彼を興奮させている。彼女の顔になにを見たのかはわからないが、それが気に入っているのだ。この自分だけの儀式をセラに見せるのを愉しんでいる。まぶたをなかば閉じたまなざしに昂りが感じられる。セラは平然とした表情を保ち、彼の手が下に、ついに屹立したものにふれるのを見た。それまでは見つめないようにしてきたが、彼が自分のものを握ったとき、目が離せなくなった。彼は片手を壁について自分をしごきながら、目をそらしてみろと挑むようにセラを見つめた。

「おれはおまえにとって悪いものかもしれないが、気持ちよくさせてやるだろ、ベイビー？」

ブラのなかで乳首がとがり、タンクトップの生地越しでもわかるはずだ。手を太ももからお腹へ滑らせ、胸にやりたくてたまらない。感じやすい頂をつまみ、脚のあいだにこだまする快感を味わいたかった。

ボウエンは下唇を嚙み、喉の奥で低い音をたてた。「いまおれがなにを考えているか教えてやろうか。ゆうべ、背をそらしてプロみたいに腰をふっていたおまえのことだよ」彼は目をとじてうめき声をあげた。「自分でもなぜあれだけもったか、わからない……すごくきつくて、すぐにいきたくてたまらなかったのに」

セラは手をシンクについてからだを支えた。彼が発する言葉に、ひざも、決意も揺さぶられていた。「やめて」小さな声で言ったけど、シャワーの音で自分でもよく聞こえなかった。彼女のからだはいますぐシャワーに入っていって彼に抱かれたがっていた。激しく抱かれて今朝のことをぜんぶ忘れてしまいたかった。

「コンドームをつけててよかったよ、セラ。そうでなかったらぜったいにおまえを押し倒していた」硬くなったものをしごく彼の手の動きが速くなる。「いまおれがなにを考えているか、わかってるんだろう？　なにもつけないで。おれそのものを深く沈めて、激しくファックする。叫び声をおれの口でふさぎ、おまえは声を出せない代わりに狂ったように腰を振る。目に見えるようだよ、ベイビー。おまえがおれに、どんなにみだらにファックさせるか」

背中が壁にあたり、浅くなった息で胸が大きく上下する。自分でさわりたくてたまらない。その欲求に圧倒されそうだった。セラは目をとじて彼の姿をブロックした。自分が自制を失い、そもそもなぜ彼に抵抗しようとしたのか忘れてしまう前に。シャワーの音がやんだとき、パニックが迫ってきた。彼が浴槽から出て、濡れた足音が自分の前でとまるのが聞こえた。近い。近すぎる。セラは断固として目をつぶっていた。彼の体が発する熱につつまれ、石鹸の香りをかいでも。なにより、彼が自分のものをしごいている音、かすれたうめき声で、頭がどうかしてしまいそうだった。

「そういうことか、ベイビー？　欲しいけど、拒むんだ？」唇に彼の舌を感じた。かすかに開いたすき間を、ゆっくりと、官能的に、なぞるようになめていく。どうしようもなく、頭をそらしてもっと求めていた。お腹に湿気を感じて、タンクトップをめくりあげられたのがわかった。なめらかな濡れたものが彼女のお腹を滑り、ボウエンの切れ切れのあえぎ声でそれが彼の昂りだとわかった。支えにシンクをつかんでいる手が震える。セラはこれまで生きてきて、この瞬間のボウエンほど欲しいものはなかった。彼にしがみついて、深くつきあげられ、その言葉を現実にしてほしかった。

もう欲望に屈してしまおうと思ったそのとき、ボウエンは下半身を彼女から離した。

「ふたりとも欲しくてたまらないのに、これでいいのか？　それならそれでいいよ、セラ」その唇が彼女の耳をかすめる。「ひとつだけ忘れるな。なにがあっても、おまえがどこに行っても、おれがおまえの初めてだった。おまえのきついなかの奥まで入れたんだ。おれの名前を呼びながらいくところも見た。なにも――いいか、なにもだ――それを変えることはない。おまえがおれのことを欲しがらなくても、おれが死ぬまで、おれはおまえの男だ」

セラはその言葉にぱちりと目をあけた。あまりにも心臓がどきどきして、胸から飛びださないのが不思議なくらいだった。あごをこわばらせ、炎のようなまなざしのボウエンは、赤く光る焼印だった。彼女の肌を焼き、その痕は永遠に消えることはない。彼はいつもより背が高く、肩幅も広く、彼女の視界を占めるように見えた。逃げられない。本物。彼女のなかの、ボウエンに夢中になった一部は、彼に抱きついて、約束を返したがっていた。それでも、こんなに昂った状態でも、あとで後悔するのはわかっていた。それは守れない約束であり、もっとつらくなる。

セラが黙っていると、ボウエンの顔が無表情になっていった。ひたむきさが苦い受容に代わった。彼女の震えるからだを一瞥して、彼はメタルラックからタオルをとり、腰に巻いた。

「こうしよう、ベイビー、おれはこのまま硬くしておく。おまえがその気になったときのために」

そう言うと、ふり向くことなく、バスルームから出ていった。

20

ボウエンはノンアルコール・ビールのグラスの縁越しにセラを見つめた。小便のような味だが、最近小便以外の味のするものなんてあったか？　ゆうべの酒の二日酔いがまだ少し残っていることに加えて、反射神経を鈍らせたくなかったから、我慢して飲んでいた。セラが男たちばかりのテーブルに飲み物のおかわりをもっていくのを見て、ガラス瓶を握る手に力が入る。酔っぱらいたちは、彼女を観賞するように見とれている。

セラはもうすぐ動くはずだ。さっきから何度もクラブ内を見渡し、あとどれくらいしたら地下におりられるか、見極めようとしている。時間が遅くなってきて、音楽の音量があがり、人々は彼女がしばらくホールにいなくても気にしなくなる。ボウエンはちがう。彼はセラの動きひとつひとつを気にしていた。呼吸、ためらい、しぐさ、なんでもだ。

拷問のような午後、ボウエンはいいから誘惑してしまえという欲求に負けないよう、絵を描いて過ごし、セラは客用の部屋で作戦を練っていた。その耐えがたい五時間、すぐそばに彼女がいるとわかっていることで、ボウエンの感覚は大混乱をきたした。もっと速く、もっと深くファックしてと頼む彼女の声が聞きたかった。いまでももちろん聞きたいが、こうなったいまでは彼とちゃんと話をして計画を教えてくれるだけでもいい。今世紀最悪のおあずけを食ったシャワーのあとで、ふたりはそれぞれの部屋にこもり、彼女の仕事に送っていく時間を決めた以外は、なにも話さなかった。

今夜はなにがあっても彼女は捜査を終わらせるというのが、暗黙の了解だったが、セラは彼を巻きこむつもりはないらしい。だから彼はみずから巻きこまれることにした。バーでまずいノンアルコール・ビールを飲みながら、セラが彼を必要とするまで待機する。胸のなかではいくつもの感情が覇権を争っていた。彼女が成功して、彼には与えられなかったチャンスでみずからを証明することを望む気持ち。彼女が失敗して、もう少し彼といることになるというかすかな期待にすがる自分への嫌悪。彼の協力を拒絶する彼女への怒り。彼女が殺されるかもしれないという恐怖。

そんな悪夢のような結果になるのを許すつもりはないが、もし彼女が十字砲火にさらされたら？　ボウエンは下唇を嚙み、セラが傷ついて苦しんでいるイメージをかき消すために、もっと強い酒を注文したくなるのをこらえた。五十年たって、そのあいだ一度もセラと会わなかったとしても、そのイメージは彼のもっとも忌まわしい夢として残るだろう。彼は今朝、セラにそう言ったし、血を流す胸を開いて骨を見せるような告白をした。だがセラは彼を拒んだ。からだが彼を欲しがっていても関係ない。物心ついたときからずっと、女は彼を欲しがった。いま、それはなんの足しにもならない。セラのように、それ以上のもの、それ以上のだれかを求める女には。

ホールをはさんで彼の考えが聞こえたかのように、セラはゆっくりとテーブルから背筋を伸ばして、彼を見た。ただ……見つめた。最初は、なにを言おうとしているのか、わからなかった。だが少しして気がついた。さよなら？　これが彼女のさよならなのか？　胸のなかを列車が疾走していったように、肺から酸素がなくなった。ボウエンはスツールからおりた。セラのところに行きたかった。どうしても。だが彼女はかすかに首を振って、彼をとめた。

そんな、だめだ。こんなふうに終わるなんて。バスルームで言ったことが彼の最後の台詞になるなんて。そんなのは耐えられない。あのときセラは彼の愛撫に身を縮めていた。まるで彼が一度でも傷つけたことがあるかのように。だが彼は傷つけたんだ。たがいに惹かれあう気持ちを無理やり思いださせた。ノーと言ってみろと挑発した。

彼女がそうするのが正しいことだとわかっていたのに。

ボウエンは首を振って、ちゃんとしたさよならを言いたいと伝えようとした。彼女は一生、彼のなかに生きつづけるのだと。だがセラは視線をはずして、厨房に入っていった。ボウエンはその場に立ちすくみ、彼女を追いかけていきたいという気持ちと、自分が追えばだれかに気づかれるという常識の板挟みになった。一分、二分がたち、狂気が忍びこんでくるのを感じた。セラが光をすべてもっていって、自分は、現実よりもホラー映画のように感じられる、ひどい赤い色の世界にとりのこされている。

「ドリスコル」

背後から呼ばれた自分の名前が、赤いもやを突きぬけてきた。ふり向いて、まるで傷ついた獣のように、そこにいるのがだれであれ、殴りつけてやりたかった。だがそのとき、それがだれの声かに気づき、血が凍りついた。コナー。セラが地下に消えると同時にコナーがあらわれる確率は？　深く考えている暇はなかった。ただ、彼を引きとめておく必要がある。セラを助けるチャンスが巡ってきた。これで二度と彼女に会うことができなくなるとしても。その皮肉に、ボウエンはバーカウンターに頭を打ちつけたくなった。

「コナーか」自分にもしわがれた声に聞こえた。「どこかの陰にシャツなしで隠れてなくていいのか?」

　コナーは彼をうさんくさそうに見た。「組合規定の休憩だ」

　ボウエンは自分の隣のあいたスツールを示して、バーテンダーを呼んだ。「仕事中でも飲めるんだろ?」

「だれが気にする?」

「ちがいない」

　バーテンダーがコナーの前にジョッキを置き、ビールを注ぐのを、ふたりは黙って見ていた。空気が張りつめていたが、どちらも相手が話を始めるのを待っていた。ボウエンはこの力学を理解していた。ウェインや親父にたいしても働く。ベンソンハーストでは友好的として通用する受動攻撃性な態度だ。だがボウエンは、いままでコナーとまともにかかわったことはない。こいつが欲だけでないなにかに動かされているのはわかるが、それがなにかは知らなかった。

「〈マルコズ〉のそとであったことを小耳にはさんだよ」コナーはビールを飲みながら言った。「骨を二、三本折っただけで帰したんだってな」

　その骨が折れた音を思いだして、胸がむかついてきた。「それがおまえになんの関係がある?」

コナーは肩をすくめた。「そんなに優しいのはおまえらしくない。セラの影響か?」

二度と彼女に会えない。二度と。「おまえが彼女の名前を言うのは気に入らない」

「それがどうした」

ボウエンは拳が震えはじめるのを感じて、バーカウンターの下に隠した。挑発されることはめったにないし、それを許しておくべきではないが、いまはセラのほうが大事だ。それに、コナーの口調には、これがあざけりではないと感じさせるものがあった。おもしろがっているような。少なくともだれかは愉しんでいるってわけか。だがこのくそ野郎にふいをつかれっぱなしは気に食わない。「優しいっていえば、おまえが従兄のホーガンのために働きはじめたのは、おまえのおふくろの医療費を肩代わりしてもらったからだってな」

コナーが口にもっていこうとしていたビールがとまった。「どこでそれを聞いたか、教えてくれるか?」

「おれは告げ口はしないんだ」

コナーの唇がひきつったが、ボウエンはその目に浮かんだ殺意に気づいた。「いいだろう、だれがぺらぺらしゃべっているのか、言いたくないなら言わなくていい。自分で見つけるからな」張りつめた間があった。「ノンアルコール・ビールなんて、どうしたんだ？　心を入れ替えたのか？」

「ウエストを気にしているだけだ」

「セラはどこにいる？」

いない。もう行ってしまった。胸の悪くなるような考えが、頭のなかを賽子《さいころ》のように転がったが、なんとか笑ってみせた。「勤務中だ。だからおれがここにいる。この店はべつに雰囲気がいいってわけじゃないからな」

「いま、どこにいるか訊いたんだ」

ボウエンはコナーの視線をじっかりと受けとめた。彼の知るかぎり、コナーは〈ラッシュ〉に入ってきてから一度もホールのほうを見ていないはずだ。「もし彼女に話があるなら、まずおれに言えよ」

コナーのほおの筋肉がぴくりと動いた。「ホーガンは明日の朝、予定より一日早く帰ってくる。おまえと話をするように言われた」彼は身を乗りだし、声をひそめた。「海外の仲介業者がホーガンに連絡してきた。入港が明日の夜に変更になった。危険だが、ホーガンはやるつもりだ。おなじ計画で、一日前の夜になる。あんたもそれでいいいか、確認したいとホーガンは言っていた。もしあんたが手を引くなら、今回は中止して来月を待つことになる。あんたのところの人手が必要だからな」

ボウエンのうなじの毛がちくちくした。いやな予感がする。「おれが直接聞いたわけでもない、その仲介業者の言葉を信用しろというのか？」

コナーはうなずき、ジャケットのポケットから一枚の紙をとりだして、カウンターの上を滑らせて寄越した。「あんたはそう言うだろうとホーガンに言っておいた。これが彼の電話番号だ。なんでも必要だと思うことをして、明日の午後までにおれに返事をくれ」

ボウエンはジーンズのポケットに紙をつっこんだ。明日。もう少しで笑ってしまうところだった。今夜だけでも乗りきれるかどうか定かではないのに。彼の現在がふり返ることもせずに去っていったのに、明日なんて、遠いどこかのようにしか思えない。「ドリスコル」ボウエンが赤いもやにまた完全に吸いこまれてしまう前に、コナーに引きもどされた。コナーは頭をさっと動かし、五分前にセラがいなくなったホールのほうを示した。「もしまだなら、手に負えなくなる前に、このちょっとした問題に対処したほうがいい」

階段の上にだれかいるといけないので、セラはホーガンの机の抽斗をそっとしめようとした。抽斗が途中でひっかかり、彼女は懐中電灯を机の上に置いて、慎重に上下に動かしてみた。ホーガンが戻ってきたときに、すぐにおかしいと気づかれるのは避けたい。抽斗の底のはずれかかった木材が手のひらに刺さり、小さく声をあげてしまった。セラは顔をしかめて、懐中電灯でその部分を見てみた。抽斗のひとつの角の薄板がはずれている。すき間からなにか黒くて硬そうなものが見える。

しゃがみこんで、そっと底をはずしたら、薄いノートパソコンが出てきて、びっくりした。隠しパソコン。貴重な情報が入っているはずだ。時間がない。ゆっくり中身を調べてはいられない。セラはすばやく決断して、机の上にあったレターオープナーでノートパソコンの底のカバーをこじあけ、ハードディスクをとりだした。神経質になって腕時計を見ながら、ハードディスクをうしろポケットに入れ、スマホをとりだした。

最初の呼び出し音が鳴りおわる前に、そっけない声が応えた。

「セラフィナ・ニューソム巡査です。ピックアップをお願いします。場所は――」

正確な住所を言う前に回線は切れた。

なんとなくいやな予感がするのを無視して、セラはホーガンの机を元どおりに整えた。帳簿を脇の下にかかえて、部屋を出る。よし。あとは階段をのぼって厨房をとおり、路地に出ればいいだけだ。電話が切れたのは、彼女の居場所をすでに知っているからだろう。そうに違いない。数分後にはだれかが目立たない車で迎えにくる。その車で警察本部に連れていかれる。もうここに戻ることはない。永遠に。

自分がまったく安堵を感じていないことに気づいて、セラは立ちどまった。ようやくホーガンの金銭取引記録を手に入れたのに、よろこびも、プライドも感じなかった。彼女は自分の目で、帳簿に書かれた名前、日付、場所を確認した。これがあればホーガンの組織だけでなく、ブルックリンのほかのマフィアも摘発できるかもしれない。叔父はきっと彼女を誇りに思ってくれるはず。ホーガンがほかの人々を食い物にする不正義を終わりにできる。

ボウエンの顔が頭に浮かび、安堵があるべき場所に刺すような痛みをもたらした。いいえ、そういうことではない。彼のせいで、この成功がこんなにも虚しく感じられるわけじゃない。こんなにも……つまらないことに。ホーガンは兄を殺した犯人だ。そしてわたしは、そいつを破滅させる道具を手に入れた。

階段の下で、セラは急にとまった。頭上の暗い電球の明かりを頼りに、帳簿を繰って、兄の名前が書かれていた部分を探した。彼が賄賂を受けとっていたことを示す書きこみだ。セラは深呼吸して、階段の最下段に坐りこみ、初めてその数字をじっと見つめた。コリンは週に三千ドルを六カ月にわたって受けとっていた。新人警察官にとっては大金だ。誘惑に駆られたとしても、兄がじっさいに賄賂を受けるとは想像できなかった。でもコリンは受けとっていた。六カ月間。セラは乱雑な書きこみをじっと見つめた。六カ月で賄賂の支払いはとまり、そのあとはゼロが並んでいる。日付を確認する。兄は殺される二カ月前に賄賂の受けとりをやめていた。

セラの胸に希望が生まれた。自分の間違いに気づいて、やめたのだろうか？　数字はそう見える。ホーガンが兄を殺したのはそれが理由だったのかもしれない。ただの仮説だが、出発点にはなる。

ようやく心のなかによろこびに似たものが生まれたが、それも思ったほどではなかった。ボウエンが上のバーエリアにいる。もうこれで彼のもとを去るのに、それがひどくつらく、間違ったことに思えてしかたがない。店を抜けだしてあの路地に出ることが、まるで自分の一部を置いていくように感じられる。初めて会った夜、ふたりでミセス・ペトリセッリがオペラのアリアを歌うのを聴いた路地。そのあとで彼にキスされた。

セラはなんとか動く意思をふるい起こし、帳簿をウエストバンドの背中に差しこみ、その上にシャツの裾を垂らして隠した。それから階段をのぼったが、自分の足が五百キロもあるかのように感じた。ドアをくぐるとすぐに、住居ビルから見えないように路地の奥にとまっている車が見えた。駆けよっていくと、見覚えのある長身の人物が車の横で背を丸めているのが見えて、思わず立ちどまった。

「叔父さん？」

「セラ」叔父のほほえみは一瞬だったが、その視線は温かかった。「探していたものは見つかったか？」

セラはうなずいたが、ピックアップにきたのが叔父だったということに、まだとまどっていた。広く顔を知られているのに、叔父は重大で不必要なリスクをとっている。なぜ？　黒いセダン車に近づきながら、セラの背骨におののきが走った。「ええ、見つけたわ」

「よかった。こっちに渡しなさい」

手渡したとたん、帳簿は叔父のコートの内ポケットに入っていた。理由は説明できないが、セラはうしろのポケットのハードディスクは渡さなかった。心のなかで、まだ渡してはいけない、という声がしていた。

叔父は助手席を指した。「家に帰ろう」

「家？」セラは首を振った。「署に、でしょ？　ただちに報告するのがプロトコルのはずよ。潜入捜査のあとは――」

「それは明日の朝でもいい」叔父は路地の奥をさっと見た。「セラ、この帳簿のことはだれにも話してはいけない。わたしがよく見る前には」

いいえ、これはひどく間違っている。プロトコルどおりに処理しなければ、手に入れた証拠はどれも裁判で認められなくなってしまう。それに神経質な態度はまったく叔父らしくない。叔父は自分の姪がおこなっている捜査に乗りだしてくるべきではない。それでは客観性はどうなるの？　これはまったくおかしい。

答えは破壊槌のように彼女を打ちのめした。

「知っていたのね」自分の声が聞こえた。「コリンのこと。隠蔽するつもりなの？」セラは息をのんだ。「だから正式な捜査をしなかったの？　明らかにしたくなかったから？」

叔父は否定しようとしたが、セラの表情のなにかを見て思いとどまった。「この話は、おまえを安全な場所に送ってからしよう」

「わたしはずっと安全だったわ」セラは言い返した。「コリンは賄賂を受けとっていた。それは驚きだったけど、でも途中でやめたのよ。大事《おおごと》にしなければいいわ」

「いや、それはできない」叔父は長いため息をついて、鼻梁をつまんだ。「この賄賂はわたしまでたどれるのだ。この帳簿……これをネタに、何年も前からわたしはホーガンに脅されていた。ここに書かれている情報を利用すれば、これ以上やつに脅迫されずにすむ」

セラは頭がくらくらするように感じた。「どうしてお金を？　必要ないでしょ。わからない」

「金をとっていたのはおまえの兄だ。わたしはそれに目をつぶった。コリンのパートナーが報告したが、わたしは隠蔽した。そのパートナーを辞めさせてまで」叔父の顔に後悔が浮かび、急に年をとったように見えた。「コリンには、なにもかも簡単に手に入りすぎた。結果というものを考えることがなく、最後はそれで命を落とした。おまえたちのどちらが警察官に向いているのか、わたしは間違っていた。すまない、セラ」

セラはその謝罪をじっくり受けとめ、叔父に認められたことをよろこびたかった。叔父からの承認、もっといえばだれからの承認も、久しぶりだった。でもその時間はなかった。セラの考えは彼が言ったこと一点に集中し、その意味を考えて、視界が涙で曇った。最後はそれで命を落とした。「あの裁判で」彼女はかすれた声で言った。「ホーガンを見逃したのは、彼に弱みを握られていたからなの？　賄賂の証拠があったから？」

沈黙がじゅうぶんな答えになっていた。セラは車からあとじさった。自分という存在がふたつに引き裂かれてしまったように感じる。これまでずっと自分を律してきた基準がとつぜん無意味になり、基礎から崩れてしまった。叔父は腰に手をあて、恥じいった顔で彼女を見た。叔父のこんな顔はいままで見たことがなかった。そのとき、もうひとつのおぞましい事実が頭の前面に押しだされてきた。

「叔父さんは……」彼女は小さな声で言った。「わたしが潜入するって知っていたの？　知っていて……自分のよごれ仕事をやらせようとしたの？」

ふたたび、叔父は彼女の目を見られなかった。決定的だった。「車に乗りなさい。うちで話そう」彼は運転席側のドアをあけた。「明日、おまえが報告書を作成したら、セーフハウスに移す。ほとぼりが冷めるまでそこにいて、それから先のことを考えよう」

また自分の人生をだれかに決められるのか。彼女がまったく知らなかった人間によって。自分の仕事と名声を守るために、兄を殺した犯人を見逃した男によって。正しいことをする代わりに、なにも悪くない警察官を辞職させた男。もっとひどいことに、自分の姪を、利己的な理由で利用した男だ。いいえ、わたしはこの人といっしょには行かない。その瞬間、自分がいたいところはこの世界にひとつだけだと気づいた。

ボウエンのところに戻ることを考えて、その日初めて心臓が動きだしたように感じた。彼女はボウエンのことを、叔父がつくったものさしで計っていた。黒と白に分かれ、そのあいだの灰色がまったくないものさしだ。でも叔父は灰色だった。ボウエンとおなじ。その片方は自分で選んでそうしたけど、もうひとりには選択肢は与えられなかった。チャンスも。

「ひとりで帰って。わたしは行かない」

叔父は鼻を鳴らした。「おもしろくない」

「よかった。これはジョークじゃないから」セラは〈ラッシュ〉のほうへ戻りはじめた。「だれかに見られる前に行ったほうがいいわ」

「おまえなしでは帰らない。車に乗るんだ」セラは歩きつづけ、叔父から聞けると思っていなかった口汚い罵り言葉を聞いた。「あの男か？　セラ、まさか本気じゃないだろうな。あいつは人間のくずだぞ」

セラは立ちどまった。「そんな男を、姪を守らせるために利用したの？」答えが返ってこなかったので、彼女は冷ややかに笑った。「そのくずは、叔父さんよりもずっと、ほんとうのわたしがどんな人間かを教えてくれたわ。あなたはわたしにわが家をくれなかった。彼はそれをくれるかもしれない」

叔父は彼女を追ってこようとしたが、そのとき近くのアパートメントに照明がついて路地が照らされると、陰に飛びこんで身を隠した。警察委員長ともあろう人物が、こんなところで彼女と話しているところを見られるわけにはいかない。家にテレビがある人間ならだれでも、彼の顔を知っているからだ。最後にうんざりした一瞥をくれて、叔父はコートの襟を立てた。「これで終わりではないぞ、セラ。こんなふうにおまえの人生を台無しにさせるわけにはいかない。それではおまえの父に顔向けできない」

「父さんはわたしに嘘つきになってほしくなかったはずよ」これでおしまいだ。もう引きかえすことはできない。「わたしのバッジは、アパートメントのベッドサイドテーブルの上に置いてある。くそ食らえよ」

叔父が青ざめるのを見られたのはうれしかった。「後悔するぞ」

「今夜わたしが後悔することはひとつしかない」ボウエンと離れたこと。「わたしに黙っていてほしいんでしょ、叔父さん？　わたしを探さないで。ボウエンのことも」ボウエンが自分といっしょに姿を隠すかどうか、わからなかったけど、セラは彼が同意してくれるよう祈った。「そうしたら、もう二度と叔父さんの前には姿を見せない」

叔父はなにも言わなかった。あごをこわばらせて、車に乗りこんだ。

　セラは陰に隠れて、車が路地の奥から通りに出て、角を曲がり、赤いテールライトが見えなくなるのを見ていた。もっと不安や喪失を感じてもよかった。自分はたったいま、家族よりもボウエンを選んだ。安全を捨てて。ほかのことはあとで考えればいい。ふたりでなんとかする。

わたしは彼を愛している。ああ、神さま、こんなにも、彼を愛しています。

厨房のドアがばたんとあいて、ボウエンが飛びだしてきた。両手で髪をかきむしり、必死の形相で路地の左右を探している。セラは自分が正しい選択をしたのがわかった。自分のすべてが彼に引きつけられている。彼を癒したい。彼を助けたい。

　セラはボウエンのほうに駆けだした。

21

ほんとうに行ってしまった。

コナーがクラブをあとにしたとき、ボウエンはまだ彼女をつかまえるチャンスがあると思っていた。つかまえてなにを言う？　行かないでくれ？　おまえに必要な男になれなくてすまない？　わからない。もう一度だけ彼女の顔を見ること以上の計画はなにも考えていなかった。でも間に合わなかった。路地はところどころ明かりで照らされていたが、だれもいなかった。足元の地面がぐらりと揺れて、彼は煉瓦の壁にもたれてずるずるとさがった。ひとたび地面にくずおれたら、はたしてまた立ちあがる力が出るだろうかと思った。

「ボウエン」

セラが視界に飛びこんできて、彼の心臓は大きく鼓動した。美しい輪郭が白い明かりに縁どられてて、彼女は現実なのか、自分の想像の産物なのか、わからなかった。

そういうことか？　おれはおかしくなったのか？　もしそうなら、このままでいい。ちがう。セラが彼の名前を呼びながら走ってくる。急な動きで彼女を追いはらってしまうのをおそれて、ボウエンはゆっくりと立ちあがり、彼女がほんとうに近くに来るのを待って、初めて希望をもった。次の瞬間、彼女がからだごとぶつかってきた。背中が煉瓦の壁にあたったのは、憶えているかぎり最高にうれしい現実の証拠だった。セラの唇が彼の唇にふれたとたん、すべてはっきりと焦点が合った。セラがいて、おれにキスしている。続けるんだ。

ボウエンはふたりのからだを入れ替えて腰で彼女を壁に押しつけ、人間として可能なかぎり近づいた。ウエストに、あるべきところに彼女の脚が巻きつけられる感触に思わずうめき声を洩らす。「もう行ってしまったのかと思った」彼女の唇にささやく。「おまえがおれに、さよならを言わせてくれると思わなかった。時間はどれくらいある？」

「もう迎えは来たのよ」セラの両手が髪に差しいれられる。「あなたと離れられなかった。行けなかったの」

「なんだって？」聞き間違いだ。それとも彼は地面に坐りこんで、このすべてを想像しているだけなのか？「いったいどういう意味だ、離れられなかったって？」

「ここにいることにしたのよ、ボウエン」セラが彼の口に舌を差しいれ、眩暈《めまい》がするようなキスをして、ボウエンは飢えた男のように応えた。「わたしにはあなたが必要なの」

信じられない気持ちが全身を駆けめぐるよろこびに水を差そうとした。いったいなぜこんなことが？　彼は疑いたくなかった。自分にはもったいないこの運命のいたずらを受けとり、自分のものにしたかった。だがそういうわけにもいかなかった。完全には。セラは安全に逃げるチャンスをふいにした。彼のために。そう思うと幸福に心配の影が差した。彼女に後悔させたらいけないという責任感も。独占欲と彼女を守る役を与えられた誇らしさで、血がたぎるようにも感じた。セラがおれを選んだ。このすばらしい子がおれを選んでくれた。彼女が正気に返るまで、彼はその一秒一秒を大事にすると誓った。

セラが両手で彼の手を握ってひっぱった。「もう一度言うわ。わたしにはいま、あなたが必要なの」そう言ってセラが彼と壁にはさまれた腰を動かすと、ボウエンのものは一瞬で硬くなり、彼はキスしながら息をのんだ。「考えないで、お願い」

「ここじゃだめだ、ベイビー」言葉ではそう言いながら、彼女の脚のあいだにぐっと押しあげる。セラの唇からこぼれた切ない声が、彼の下半身に血を集める。昼間、ボウエンは最後までしなかった。それがいま彼を苦しめている。いまこの瞬間、彼をセラから引きはがすには神でもないかぎり無理だ。それにもし引きはがされても、すぐに戻ろうとするだろう。「ああちくしょう、路地でおまえを抱くようなことをさせないでくれ、レディバグ」

「いいえ、ここでよ」彼女は自分でスカートの裾を太ももより高くもちあげた。彼女も死ぬほど昂っているのだとわかり、これはセラにとってもただのセックスではないのだと気づいた。胸のなかで彼の心臓は手がつけられないペースで鼓動している。

「待てない」彼女があえいだ。「欲しくてたまらない」

彼女の懇願は麻薬のようにボウエンの神経終末を刺激し、いますぐ彼女のなかに入りたいと思わせた。さまざまな思いが駆けめぐる頭のなかで、彼女を守るんだ、という声が聞こえた。腰で壁に押しつけたまま、尻のポケットに手をやり、財布からコンドームのつつみをとりだした。セラはすでに彼の革のベルトにとりつき、震える手でバックルをはずしている。ボウエンはいままで自分を幸運な男だと思ったことはなかったが、いまこの瞬間、セラにこれほど求められて、世界で自分ほど幸運な男はいないと思った。

彼女がジーンズのなかに手を滑りいれて彼のものを握り、ボウエンの頭から最後の理性をふっとばした。うなり声をあげながら切羽詰まった彼女のキスに応え、その脚のあいだに手をおろしてつつみこんだ。おれの、おれのだ。

「きのうの初めてでまだひりひりしてるか、ベイビー？」ボウエンは手首のひねりで彼女のパンティーを引きちぎった。「だからといって、おれが手加減なんかできないって、わかってるだろう？　こんなに興奮して優しくするなんて無理だ。優しくなんて、もう二度とできないかもしれない」

「わかってるわ」彼女はあえいだ。「いいから……お願い」

ボウエンはコンドームのつつみを彼女の歯にはさませた。「じゃあ、つけてみろ。自分の男がファックする準備をするんだ。それが見たい」

セラはまっすぐ彼を見つめかえして、歯ではさんだつつみを破った。ボウエンは声をこらえるのに唇を噛まなければならなかった。まったく、おれはこいつなしでどうやって生きてきたんだ？　セラといると自分が生きていると強く感じて、耐えがたいほどだった。彼女がゴムをかぶせるあいだ、ボウエンは中指を彼女のなかに挿しいれ、深く押しあげた。それでセラは途中で仕事を中断し、彼の肩に頭をもたせてハスキーな声をあげた。

「最後までかぶせるんだ、セラ。これで満足なら別だが」彼は指を半分引き抜いては押しあげ、それを何度もくり返しながら、きつくて熱い感触に歯を噛みしめた。完璧だ。くそ完璧だ。指の関節を芯に押しつけると、彼女は唇をあけてボウエンの首に押しつけ、歯を立てた。「おれの指で満足か?」

「ええ……いいえ。わ、わからない」セラはふたたび手を動かし彼のものを完全にコンドームにつつんだ。彼女がそうするのを見て、ボウエンはますます興奮した。ぎこちない動きで、彼を自分のなかに入れる準備を急いでいる。

ボウエンは片手でセラのあごをつかんだ。なかに沈めるとき、彼の顔を見ていてほしかった。最後は自制を失うのに決まっているが、錨として彼女のまなざしが必要だった。「おまえの男に、どんなに欲しいか言ってみろ。激しくしてほしいって」

「あなたが欲しいの、ボウエン」セラの目は欲望にけぶっている。「激しくして」

ボウエンはいっきに突きあげ、彼女を壁に押しあげた。セラが人目を忍ぶために声を抑えようとして唇を震わせ、喉の奥で発した声は、彼がいままで聞いたなかでいちばん色っぽい声だった。彼自身も叫び声をあげないようにこらえる必要があった。セラのなかの感触にどうかなりそうだった。「くそっ。きつすぎるよ。おまえのなかにいると息もできない。考えることも」

セラは彼の腰の上で足首を交差させ、ボウエンのものを深く受けいれ、彼にうめき声をあげさせた。「か……考えないで、動いて」震える声で言った。

すぐに自分はコントロール不可能になるとわかってたから、彼女の背中が傷つかないように、セラと煉瓦の壁のあいだに腕をはさんだ。それからあいている手を彼女の頭上の壁に突き、腰を突きあげはじめた。ゆっくり始めたりしなかった。容赦のないペースで、ふたりの必要なものを与えた。

「おまえのように感じさせる女はいないよ、ベイビー」ボウエンは彼女の首にささやき、敏感な肌に歯を立てた。「こんなに深く入っているのに、まだじゅうぶんじゃない。けっしてじゅうぶんにはならない。同時におまえのすべてにふれるのは不可能で、気が狂いそうになる。おまえのすべてが欲しい。もっと、もっと、もっとだ」

「あなたはわたしを抱いてる」彼の突きあげでセラの声が震える。「わたしはここにいる」

「おまえはいなくなった」ボウエンは額と額をくっつけて、欲望でぼうっとしている茶色の目を見つめた。「おまえが離れていくのを見た。もう二度としないでくれ」

「しないわ」彼がペースをあげ、セラはうめくように言った。「約束する」

ボウエンの腰はひとりでに動き、より深く、容赦なく突きあげた。激しさのあまりセラが背中で組んでいた足首がほどけて、おろした足が地面から少し浮いたところでとまった。セラはボウエンの首にしがみつき、その声はだんだん大きくなって、もうすぐいきそうなのだと彼にはわかった。最初のときのように、なんとしてもセラに彼のものを締めつけて震えさせたいという欲求は、あまりにも強くボウエンを圧倒した。自分がセラをそこに連れていく男になりたかった。

ボウエンは彼女の首の横をなめて、耳たぶを噛んだ。「おれのために帰ってきたんだろ、セラ。ありがたいことに、おれがおまえになにか意味があるから」壁についていた手で彼女の右脚をもちあげてウエストにひっかけ、ふたりとも新しい摩擦に声を洩らした。「だがおまえが帰ってきたのにはもうひとつ理由があって、いまおれは、それでおまえをファックしてる。そうだろ、ビューティフル？　おまえはおれがおまえの脚のあいだにつっこんでるものが好きなんだ。認めろよ、おまえが帰ってきたのは、これがほかでは手に入らないからだって。おれがするようなのは」

セラが背中に爪を立て、彼がもっている脚が震えはじめる。「ええ、そうよ。これが欲しいの」

「ほかではだめだと」彼はセラの唇にうなった。「言ってみろ」

「ほかではだめなの」セラは息をのみ、彼のものをぎゅっと締めつけた。ボウエンは痙攣する彼女のなかに激しく突きあげるしかなかった。抑えることなんてまったく不可能だった。背骨から腰、脚のあいだに、ぴりぴりと電気のような刺激が走る。一瞬、視界が暗くなってパニックになったが、髪をかき乱すセラの手と清潔な匂いに集中した。

セラの首に顔をうずめて、奥まで突きあげ、圧倒的な歓喜にひきずりこまれた。

「セラ、セラ、セラ。すごくいいよ、ベイビー、もらってくれ、ぜんぶ。おまえがおれをどうしたか、わかるか？　おまえとすてきなあそこが。息ができない」

長いあいだ、彼はそんなふうにからだを密着させたまま、脈がある程度普通になるまでそうしていた。セラといっしょにいると、完全に普通に戻ることはない。現実が、まるでポラロイドカメラの焦点合わせのようにゆっくりと戻ってきたが、ボウエンは動くのがこわかった。もし動いたら、自分は地面に坐りこんでいて、彼女の夢を見ていたのだとわかってしまうかもしれないと思って。「だいじょうぶか、レディバグ？」彼はつぶやき、息を詰めて彼女の返事を待った。

セラは唇を開いてボウエンのほおに押しつけた。「だいじょうぶ。だいじょうぶなんてもんじゃないわ」

ボウエンは顔をあげて、彼女の紅潮した顔を見た。まるで攻撃されたように見えた。自分がそうしたのだし、彼女もそれを望んでいたのだが、それでも理不尽な不安に襲われた。「いつもこんなふうではないと言ってやれたらと思うけど、言えないんだ。おまえはおれをどうかしてしまうんだよ、セラ。おれを変えてしまって、いったんそうなると……その感覚が欲しくて自制できない」

「ボウエン」セラは彼の唇に指を立てた。「うちに帰りましょう」

ああ、神よ。男の心臓が胸のなかで張り裂けることもあるのだろうか？「おまえがそう言うのを聞くとうれしくなる」

手をふれあわせ、唇を重ねながら、ふたりはたがいの服を元どおりに直した。ボウエンは自分たちが――どれくらい？――無防備になっていたことに気づき、警戒でうなじの毛が逆立った。まったく、セラに溺れているあいだになにがあってもおかしくなかった。もっと気をつけなくては。ホーガンは明日の荷揚げのために早く帰ってくる予定だ。セラの危険はぐっと高まる。

おれがなんとかする。きっと。セラに危害が及ばないよう、命をかけても守りぬく。おれはブルックリンを出ることができるだろうか？ああ、できる。なんのためらいもなく。彼女がいるかぎり、なんでもできる。

22

ボウエンのアパートメントに入ったとき、セラは決意していた。最近ではほんとうに久しぶりに、だれかのためにではなく、自分のために決めた。ボウエンの腕のなかに飛びこんでいくと決めたのはこわかったけど、彼に抱きしめられてその力強さにつつまれたとき、おそれは消えた。セラには彼が自分に感じる欲望が必要だった。自分を求めてほしかった。刻一刻と、彼への愛情が強固なものになっているからだ。すべてが明らかになり、ふたりのあいだに秘密がなくなれば、セラが彼に感じている絆はもっと太くなる。

でも自分のこの行動がどんな意味をもつのか、将来にどんな影響があるのか、まだ考える準備ができていなかった。そしてそれは、ボウエンもいっしょの将来だ。叔父のことも、彼女がしたことによる深刻な問題も……なんとかする必要がある。すぐに。セラはボウエンが、その問題を解決するのに協力してくれるようにと願った。いいえ、祈った。でもそれは今夜じゃない。路地でわかった叔父のことがあまりにもショックで、今夜はこれ以上なにも考えられなかった。何年間も悲嘆に暮れ、何カ月間も準備して、兄の仇討ちを計画したのに、それはすべて、腐敗した人間を守るための隠蔽工作に利用されただけだったなんて。彼女は叔父のことをまったく知らなかった。これまでずっと知っていると思っていたのは大きな幻で、テレビに映るカリスマをもった男だと思いこんでいただけだった。

「おい」ボウエンは彼女のあごをあげた。眉根を寄せている。「なにを考えているんだ?」

「お腹が減ったなって」

彼の目がセラの肩の向こうを見つめた。「おまえまさか……もう後悔して――」

「ちがうわ」セラは首を振って、彼の手に手を重ねた。「今夜はあなたとふたりでここにいたい。ほかのことはなにも考えたくないの。いいでしょ?」

ああどうしよう。ボウエンは反論したがっている。セラにはわかった。もし彼女を床に押さえつけて、考えていること全部話せと言えたら、彼はそうしていただろう。でも彼は黙って説明を待つタイプじゃない。こんなことは初めてのはずだ。でも彼は、それ以上追及することなく、あごをこわばらせて、うなずいた。「しばらく買い物に行ってない。気が散っていたからな」ウインクして、冷蔵庫のほうに歩いていった。「卵サンドウィッチは？　なにかケータリングを頼んでもいい」

「卵サンドウィッチがいいわ」セラはカウンターによりかかり、この粗野で傷痕だらけの男が、卵をボウルに割り入れるのにうっとりと見とれた。そのしぐさの男性的な優雅さに、こちらの肌がほてってくる。彼はサンドウィッチをつくりながら、真剣な顔で何度か肩越しに彼女を見た。消えてしまうとでも思っているのだろうか？　でも彼を責めることはできない。セラの計画は初めから消えることだった。というか、いまでもそうだ。もっともいまは、ボウエンにいっしょに姿を消してほしいと頼むことになる。もし彼に断られたら、そのさびしさは昔とはくらべものにならないだろう。なぜなら、彼のそばにいるのがどんなことか、もう知ってしまったから。

「レディバグ」ボウエンがカウンターに身を乗りだし、彼女の目の前に顔を近づけていたのに気づいて、セラはびっくりして飛びあがった。「おまえの〝考えない〟ルールに乗ってもいいが、おまえも協力してくれないと」

彼女はサンドウィッチをとった。「協力してるわ」

ボウエンも自分のサンドウィッチにかぶりついた。「おまえのウエイトレスのキャリアはもう終わりだろう」ほおばる合間にまた言った。「警察官の技能があってよかったな」唇の片方の端を吊りあげているが、その目は真剣だった。彼女が警察に残るかどうか、わりとあからさまな探りを入れているのだろうか？　「〈ラッシュ〉からいい紹介状がもらえるとは思えないしな」

「わたしがいいウエイトレスじゃなかったというの？」セラは逃げた。

「そうじゃない。ひどいウエイトレスだったたって言ってるんだ」

　軽い雰囲気を保つことにして、セラは紙ナプキンを丸めて彼にぶつけた。「見ているより難しいのよ。〈ラッシュ〉の客のなかには、救急外来の患者が骨折した脚を気にするより、ホットウイングのことを気にする人もいるんだから」

「ホットウイングは大事だろ」

「ふーん」彼女はサンドウィッチの最後のひと口を食べ、胃が落ち着いてだいぶリラックスした。「とにかく、あなたはわたしのいちばん喧嘩っ早いお客で、なにも食べる物は注文しなかったでしょ」

「したかったよ。おまえがおれに夕食を運んでくるところを見たかった。いまでも思う」彼は片手で頭をかいた。「まったく、頭のなかで思っているときは、こんなくそばかげた考えには聞こえないのにな」

「いつかつくってあげる」セラは急いで言った。彼の顔にふいに浮かんだ不安を消してあげたかった。「卵サンドウィッチをつくってくれた借りがあるし」

「おまえはおれに借りなんてない。ひとつも」ボウエンは彼女の皿と自分の皿をシンクに置いた。彼女のほうを向いたとき、なにか考えている様子だった。「いや、ひとつおまえがおれのためにできることがある。来いよ」

セラは準備する間もなく、彼の寝室にひっぱられていった。「さりげなさとか、ぜんぜんないのね、わかってる?」それでもよかったけど。すでに彼女の肌に鳥肌が立ちはじめ、下腹部に熱いものがたまりつつあった。彼と、彼女のからだの反応を操る彼のやり方に、慣れることなんてあるんだろうか?

ボウエンは寝室のドアの前で立ちどまって、たしなめるような目で彼女を見た。「そういう意味じゃないよ、ベイビー。おまえたちカトリックの女子はみだらでいけない」

セラは口をあんぐりあけたが、手を引かれて部屋に入り、彼が証明のスイッチを入れた瞬間に、口をとじた。壁画が……なくなっていた。すべて。彼の部屋の壁はすべて真っ白なペンキで塗られていた。床に置いてあったペンキ缶や、よごれたドロップクロスが彼の仕事の証拠だった。まるで竜巻が部屋を通過して、壁のすべての色をはがしていったようだった。いいえ、すべての色じゃない。ボウエンが部屋のなかに進んだとき、セラは気がついた。いちばん奥の壁に、彼は女性を描いていた。

わたし？　それは……セラだった。

描かれたセラは口がなかったが、その目も、髪も、完璧に細かく描きこまれていた。彼女がその絵を見ると、まるでいちばんいい日の自分が映った鏡のようだった。ボウエンは彼女を……こんなふうに見てくれていたのか。彼はセラの目が愛情に満ちてほほえんでいるように、彼女の髪はまるで雲のようにふわりと浮いているみたいに描いていた。

セラは喉が締めつけられて痛いほどだった。ボウエンが自分を見て、なにか反応を期待しているのがわかったけど、この気持ちをどう言葉にしたらいいのか、わからなかった。でも彼のために、なんとか試みた。「きれい。ほかの壁画を消さなければよかったのにと思うけど、でもすごくきれいだわ」

ボウエンは白くなった壁を眺め、ぞっとしたように顔をゆがめた。「おまえのそばにあんな絵は置いておけない。消さなきゃいけなかったんだ」

「そう」もし彼女が床に丸くなって、しばらくその言葉に浸っていたら、ボウエンはどうするだろう。「いつこんなふうにしたの？」

彼はブーツで床板を軋ませながら、ふたりの距離を縮めた。「あの夜おれは……おまえを置いていった。戻ってきたら、おまえは光輪の下で眠っていた。だがそれから眠れなくて、だから絵を描いていた」ボウエンは親指でセラの下唇をなでた。「あの夜、おまえを置いていくべきじゃなかった。すまない」

セラはなにも言葉が出てこなくて、うなずいた。「もういいわ。なぜあなたがそうしなくてはならなかったのか、わかってきたし」彼女はボウエンの指にそっと唇を押しつけた。「でも次は、あなたはそんなことはしない。そんな状態になる前に、自分はそんな人間じゃないと気がつくはずよ」

「おまえにそういうふうに思わせておくのは悪いことか？」ボウエンはつぶやいた。「たぶんそうだろうけど、そういうことにしておこう。おまえが少しでも長くここにいるように」

彼がこんなふうに話しつづけたら、きっととろけてしまうだろう。「どうしてわたしには口がないの？　絵のわたし、ということだけど」

「ん？」ボウエンが目の焦点を合わせるのに少しかかった。「ああ、そうだ。それを手伝ってもらおうと思っていたんだ。おまえの口をうまく描けなくて」彼はセラを絵の前にひっぱっていった。「モデルになってくれるか？」

彼がひざを曲げてセラの唇を観察したので、彼女は笑った。「どうして目はこんなに正確に描けたのに、口を憶えていないの？」

「憶えていないんじゃないよ、レディバグ。おれはただ……」ボウエンは喉の奥でうめいた。「おまえの唇を見るたびに、おれをくわえてほしいと思ってしまう。上唇のなだらかな曲線のことは考えていない」彼の灰色の目がきらりと光り、一瞬、青く見えた。「つきあった相手が詩人じゃなくてがっかりしたか？」

「いいえ」セラは笑顔にならないように気をつけた。「詩人はあまりにも悩んでばかりだもの。画家のほうが精神的に安定しているわ」

「ああ、おれがつきあったのは生意気女だ」ボウエンはセラのあごをつかんで、角度をつけた。まだ唇を観察している。どきどきしてくる。思わずあえいでしまいそうになる種類のどきどきだ。「おれたちは、もしかしたら、たがいにバランスをとれるかもな？」

　ボウエンと目が合ったとき、そのまなざしの激しさにセラは足の裏まで震えた。喉にこみあげてくるものをのみくだす。「ほかに選択肢があるの？」

「おれにはないよ」ボウエンは彼女のあごを放してきれいな絵筆をとった。セラは彼が木のパレットの上で赤とベージュの絵の具を混ぜるのを見ていた。あまりにも集中しているから、静かにしていなければいけないと感じた。次に彼が口を開いたとき、静かな寝室に響いたその深くハスキーな声に驚いたほどだ。「最初に会ったとき、おまえは口紅を塗っているんだと思っていた。だがキスしても、その色は落ちなかった。あんなキスをして落ちない口紅はない」彼は下唇を歯ではさんだ。「おまえの唇はピンク色だ。いままで見たことがない色だった。まるでなにかのキャンディーをなめたばかりのような。まったく、それがおれの欲情の理由なのか？　その唇を見ると、しゃぶってるところしか考えられない」

「さあ」その言葉は吐息のようだった。セラは絵の右側の壁にもたれていた。彼が次に言う言葉で、いよいよ倒れてしまうかもしれないと心配だったから。「どちらかといえば、わたしは甘くないもののほうが好きよ。そうよ、ええと、卵サンドウィッチとか……」ああ、もう。いいかげん黙って。

ボウエンは絵筆に絵の具をつけ、おかしそうに官能的な唇をほころばせた。「赤くなってるのか、レディバグ？　何度もおれにいかされたあとで？　階段で、写真撮影ボックスで、路地で――」

「もうわかったわ。いいからわたしの口を描いて」

セラはボウエンの手が動き、薔薇色の絵の具を壁に塗っていくのを見つめていた。数秒ごとに彼は唇に目をやり、昂ったセラにはそれがまるで稲妻のように感じられた。

彼に唇を見てほしくて、自然と唇を開き、舌で濡らしていた。首のつけねで脈が速まり、耳のなかでその音が何倍にも増幅されている。

ついにボウエンは、彼女の変化に気づいて、目をそらすのをやめた。「少しでいいから、そんな色っぽくならないようにしてくれないか？　これはおれにとって大事なことなんだよ、セラ」

欲望でぼうっとしていても、彼のいらだちはわかった。「どうしてそんなに大事なの？」

彼は悪態をついてパレットと絵筆を落とし、セラの頭を両手ではさんだ。キスするくらい顔を近づけ、そこでとまった。「おまえがここにいたっていう証拠が必要だからだよ。わかってハッピーか？」

「いいえ」彼が顔をしかめたので、説明した。「あなたといっしょにいるのはハッピーよ。でもあなたが、そんなにわたしが出ていくのを心配しているのはハッピーじゃない」

ボウエンはばかな、というふうに笑った。「そうするしかないだろう、おまえがなにも話さないんだから。〝話さないゲーム〟をすると言って」彼は頭をセラの肩にもたせた。「おまえがここにいて、それはくそうれしいけど、その理由も、なにがあったのかも、おれにはわからない。それがわからなければ、おれは自分がどうすればそれが続くのかもわからないだろ。おまえのせいで頭がおかしくなりそうだよ、セラ」

「ごめんなさい。そんなつもりはないのに」セラは彼の情熱的な言葉に揺さぶられて言った。いままでにあったできごとを、話してしまいたい。わたしはたったひとり残った家族に操られ、利用されたのだと。ずっと尊敬していた兄は、想像してもいなかった欠点の持ち主だったと。からだで感じるボウエン以外なにも信じられなくて、いまは彼に溺れたいと思っていると。今夜だけは、なにもかも忘れたい。あしたになったら、もう一度人生を信じる方法を見つけて、彼になにもかも打ちあける。でもいまは？　まだ心の痛みが生々しすぎる。

セラは彼の腕のなかから抜けだして、絵筆を拾いあげ、薔薇色の絵の具がたっぷりついているのを確かめた。壁に向かって、大きな文字で書いた。「セラはここにいた」そこで絵筆を置こうとして、考えなおした。その下に、「ボウエンがいたから」と書き足した。

ボウエンにはこれでは足りないだろう。でも今夜は、どうしてもこれ以上言葉が出てこない。彼はセラを見つめている。背中に視線を感じる。とうとう沈黙に耐えられなくなって、セラはふり向いた。

いきなり床に押し倒された。

驚きであいた口を彼の口でふさがれ、すぐに彼のからだが重なってきて、セラはうめき声を洩らした。いままで一度もこんなふうに感じたことはなかった。男の重みで堅木の床に押しつけられて、動けない。すごくすてき。くらくらする。完璧に女らしい気分で、頭をそらしてその感覚をぞんぶんに味わった。

もっと近く、もっと感じたくてセラが脚を広げると、ボウエンは脚のあいだに腰を押しつけてうなり、すぐに彼女の中心に突きあげた。それでは足りず、彼はセラのスカートをもちあげて、切羽詰まった声をあげてからだを密着させた。

「たしかにおまえはここにいるよ、セラ。おれが見るところどこでも」彼が指を二本、唇に入れてきて、セラはその指を強く吸った。彼がその大胆さに驚いたのが、鋭い悪態と、目がきらりと光ったのでわかった。「おまえが赤くなるたびに、おれがどう感じるか、わかってるんだろう？　抱いてほしくてたまらないのに、お願いの仕方も知らないときとか？　硬くなりすぎて痛くなるよ。わざとやっているのか？」

彼の指をくわえていて話せないので、セラは首を振った。

「ちがう？」ボウエンは指を引き抜き、腰を強く押しつけた。「どうしてほしいか言ってみな、ベイビー。いますぐ」

「わたしの口に入れてほしい」考えずに言った。彼の指を入れられたことで、セラの前に立ち、その顔に苦痛と快感を同時に浮かべながら彼女の唇に自分のものを押しいれたときの彼を思いだしていた。彼が懇願し、震えながら、いったときに感じた自分の信じられない力も。いま、あの力をもう一度感じられるなら、なんでもする。

ボウエンは彼女がほんものだと信じられないような顔で息をとめていたが、やがてあごをこわばらせると、ゆっくりとたくましいからだを上に、ずっと上にずらしていった。筋肉がやわらかな肌にこすれ、ふたりとも息を切らす。彼がひざまずいた。そのひざは彼女の頭の左右にあり、セラが考えられる最高に官能的な体勢だった。

ボウエンは震える手でベルトをはずし、ジーンズのジッパーをおろした。「おれがそれにノーというほど気高いと思ってるのか？　おまえの口がなにをできるか知ってるのに？」彼はジーンズから自分のものをとりだし、唇を噛んでうめきをこらえ、張りつめたものをセラの開いた唇のすぐ上にもってきた。「そんなに欲しいなら、ベイビー、なめてみろ。おれが絵に集中しようとしていたときに、唇をなめたみたいにな。さあ、セラ」

彼の切迫した様子とそのひどい言葉に欲望でいっぱいになったセラは、なんのためらいものなく言われたとおりにした。舌を回すように先端をなめ、下に移動し、つけねから頭までゆっくりとたどった。そのあいだずっと彼の顔を見つめていて、その喉が発する音や荒い息でさらに欲望が押し寄せてきて、両手で頭の左右にあるたくましい太ももを爪でひっかいた。

「お願いしてみろ、今度は」彼はなめらかな先端でセラの唇をなでた。「こう言うんだ、『お願い、ボウエン、わたしの口を好きにつかって。あなたのものにして』」

セラはすぐにその言葉をくり返した。いますぐ彼を狂わせたくて、手で彼のたかぶりをつつんで自分の口に導いた。奥まで受けいれ、彼の味、感触、大きさを思いだした。頭の上の床に、彼が手をついた音がした。手とひざをついて、ふたりが接しているのは、彼女の口にと彼の硬くなったものだけ。すごくいけない、いやらしい感じがするけど、セラは安心して新しい経験に飛びこんでいった。ボウエンといっしょならなにもこわくない。

「おまえがだいじょうぶだと思うものだけを与えるよ、ベイビー」彼の声がしわがれている。「おれを信用しているだろ?」

ボウエンはセラが返事できるように、腰をあげた。「信用しているわ、ボウエン」

ゆっくりと、彼はまたからだを沈め、硬いものを唇のすき間に押しいれた。

「ファック、ファック、こんなことしちゃだめだ。自分の女に」浅く出し入れしている。すごく自制してこらえているのがセラにはわかった。「ああ、もう。おれにやめさせてくれ」

セラはそうする代わりに唇をすぼめ、片手を彼の腰にやって、もっと深く入れるように促した。彼のものが喉の奥をついたとき、少し涙が出たけど、彼が引いたときに鼻から深く息を吸って、自分のしたことへの彼の反応を見た。手に感じる彼の筋肉は収縮し、強く吸うたびにその唇から汚い言葉がこぼれる。それでまた、もっと彼を感じさせたいという欲望が高まり、ついに彼のすべてを受けいれ、彼は根元まで沈めた。

深く挿入して、そこでとまった彼の太ももが震えているのを、セラは耳で感じた。

「おう、ファック、おう、ファック。おまえはその完璧な唇でおれのぜんぶをのみこんでる。おれは……もう死にそうだよ」彼は腰を引き、ふたたびくぐもった悪態とともに自分のものを彼女の喉に滑りいれた。もう一度。もう一度、リズムができるまで。

「おまえの男を見ながらしゃぶってくれ、ベイビー。欲しいって見せてみろ。おれとおなじくらい、堕ちたいって」

堕ちる。そう、セラは堕ちたかった。彼と。永遠に。セラは目を合わせたまま、彼の太ももに爪を食いこませ、硬いものを吸った。彼の全身がびくっとして、震えた。片方の手が床を滑り、彼はひじで体重を支えたが、腰の動きはそのままだった。

「自分でさわるんだ、ベイビー」上擦った声で命じられた。「準備しておいてくれ、もうすぐおまえの頭がおかしくなるほどファックしてやるから」

下腹部が期待でかっと熱くなり、セラはすぐに言われたとおりにした。太もものあいだに手を入れてパンティーを横にどける。濡れていたのは驚きでもなんでもなかった。からだがたまらなく熱くなり、猛火のように高まるほてりが解放を求めている。ボウエンは最後にもう一度、彼女の口に押しこみ、それから荒い息を吐いて引き抜き、手に握った。

セラのからだの上を滑るように下に移動して、シャツを脱いでよだれの出そうな筋肉をあらわにする。セラが心の準備をする前に、ボウエンは彼女をひっくり返してはらばいにさせ、腰をもちあげて自分の腰と高さを合わせた。コンドームのつつみを破る音、それをつける彼のうなり声が聞えた。「覚悟しろよ。激しくするぞ」

「ええ、そうして。お願い」

くらくらさせるような動きで、彼はパンティーを脇によけ、深くうがってきた。一度、二度、角度を確かめて、それからまた深く突きあげた。彼の手でひざを広げられるのを感じた。「激しくしてほしいって？　それなら動くスペースをくれないと、ベイビー」

たこのできた指でうなじをつかまれて、ほおを床に押しつけられた。こうすると腰を高くあげることになり、彼に激しく突かれるしかなかった。「自分を見てみろ、スカートをウエストまであげて、男を興奮させるようなパンティーをつけたままでおれにあそこを満たされてる」

「ああ、神さま」セラは息をのんだ。下腹部に、脚のあいだに、快感が高まっている。もうすぐ。いまにも。「ボウエン、お願い」

「激しいのが好きなのか、セラ?」ボウエンは彼女の髪の毛を握りしめて、ペースを速めた。「おまえがその口でおれにファックさせたあとで、ほかの抱き方ができると思うか?」

「いいえ。ええ」いきそうだった。「やめないで。お願い」

ボウエンがペースをあげてうなり、それで彼もいきそうなのだとわかった。彼がもうすぐだと知って、セラはよろこびのうねりに身をまかせて達し、堅い床にすすり泣いた。ボウエンは最後に深く突きたて、押しつけたまま震えながら精を放ち、悪態の連禱を部屋に響かせた。

背中に倒れこんでくるだろうと思っていたのに、ボウエンは彼女をふり向かせて抱きしめ、セラを驚かせた。ぎゅっと抱きしめられて、息ができないほどだった。彼は唇をセラの髪にうずめ、両手で彼女の全身の肌をなでた。彼は二度、なにか言おうとして、やめた。つながったままで彼女を抱きあげ、ベッドに運んでくれた。彼がベッド横のごみ箱にコンドームを捨てて、ふたりは汗ばんだ四肢を絡めて横たわり、しばらく息を整えた。セラはすぐに眠りに落ちた。ボウエンの胸のなかで鼓動する心臓の音を子守唄代わりにして。

23

セラフィナ。

ボウエンは肺の空気がなくなったように苦しくなって、ベッドから跳ねおきた。呼吸。呼吸するんだ。いや、セラにさわるまで息なんかしない。彼の手はくしゃくしゃになったシーツをかきわけ、茶色の髪を探した。いくら温かい肌が感じられても、あんな夢を見たあとでは彼女を見るまで無理だ。

いた。セラはいた。胸に空気と、安堵よりももっと劇的ななにかが入ってきた。おれはセラを愛している。こんなにも。その気づきは驚きではなかった。最初の夜からわかっていた。いままで認めなかったのは、彼女がずっといなくなる計画だったからだ。それが残りたいと言いだして、ボウエンが堰《せ》きとめていた気持ちがあふれ、彼の心臓はまるでブイのように浮かんでいる。

彼の部屋のひとつだけの窓から忍びこむ暁の明かりに照らされたセラは輝くよう

だった。彼女の唇、あの信じられない唇は、眠っているときは強情な感じだ。まるで気に入らないことでもあるかのように結ばれている。くそっ、かわいいな。その唇にキスして彼のために柔らかくなるのを見たかったが、そうしたら初めてセラといっしょのベッドで起きるというチャンスを失ってしまう。ひと晩じゅう彼がつかんで上や下や横を向かせた髪が、彼の枕の上に広がっている。ひどく激しくしてしまったが、夜中のいつからか、自分が無垢な乙女を堕落させている男だという感じはしなくなった。たぶん、抱くたびにセラが自信をつけていったせいだろう。彼を懇願する情けないやつにしてしまう方法を学んで。もっとも彼はセラには最初からずっとそうだった。

こういうふうにさわってほしいの、ボウエン？

もっと速く？

こんな感じ？

すごい。すごく硬くなってる。

もう一度口に入れてもいい？

どうやら彼は、人生でなにかいいことをしたらしい。そのご褒美に、きれいで、優しくて、頭がよくて、彼女のためならおれは火のなかを歩いてもいいと思うこの女の子が、おれに口でするのが好きだった。くそ信じられない。

彼女を起こしたくはなかったがさわらずにいることもできなくて、ボウエンは親指で彼女の弓型の眉をなぞり、その唇から力が抜けるのを見ていた。きれいな茶色の目がひとつ、またひとつ、開いた。片目ずつ起きるんだ。セラのそういうことを知るのがうれしかった。なにもかも知りたかった。きょうから、なにもかも知ってやる。

もう秘密も、ふたりのあいだに障害がないふりをするのもなしだ。この地雷原を忍び足で歩いているあいだは、セラは危険にさらされている。セラが彼といっしょにいたいというなら、それを与えてやる。以上。自分の人生にセラがいることでそれが生きる価値があるものになるというのは、副次的なことだ。セラの顔が眠そうに目覚めるのを見て、ボウエンは、彼女は知っているのだろうかと思った。おれが愛していることを。なんでもしてやるということを。その裸の胸に自分のものを硬くしているのに、なにか掛けて隠してやりたいとも思っていることを。

「たまらないよ、セラ。おまえはおれにいろんなことを感じさせる」

彼女のほほえみが曇った。「それは悪いことなの?」

「いや」ボウエンは彼女の額に唇を押しつけた。「おまえがいっしょにいて、一部を引きうけてくれるならいい。ときどき、おれひとりで全部背負えないんじゃないかと心配になるんだ」

「いろんなことを感じるのはあなただけじゃないわ」彼女は探るような目で彼を見た。「あなたもわたしを助けてくれないと」

頭がくらくらするような愛が全身を突きぬけた。彼女しか見えなかった。自分の下で完璧に彼に密着している彼女のからだしか感じなかった。完璧。これは完璧だ。ボウエンはセラの手首をつかんで頭上の枕の上に固定した。「それならやわらげてやるよ、ベイビー」

彼女がボウエンにかけた魔法を破るようにビープ音が鳴り響いた。一瞬、なんの音かわからなかった。セラのことだけを考えてぼうっとしていたせいだ。おれの電話。ベッド横のテーブルの上で、震えながらがたがた動いている。午前六時の電話の意味を考えて、欲望はゆっくりと消えていった。こんな朝っぱらの電話がいい知らせのはずがない。下にあるセラの柔らかいからだがこわばり、彼女も同じ結論に達したのだとわかった。

セラの太もものあいだにいて集中できるはずがないとわかっているから、ボウエンはしぶしぶ坐って、電話をとった。発信者IDを見て、肋骨を蹴られたように感じた。ライカーズ・アイランド拘置所。「もしもし?」

「ボウエン・ドリスコルさんですか?」

男性の事務的な声。父親ではなかった。親父以外の人間が電話をかけてくるというのは、どういうことだ？　「そうだ」ゆっくりと答えた。

「お父さんは医務室に収容されました。近親者に連絡する必要があったので」相手は知らせを理解する時間を与えるように、そこで言葉を切った。「詳細は明らかではありませんが、別の囚人と口論になったようです。かなりの重傷なので、できるだけ早くいらしてください」

「わかった」ボウエンは電話を切り、嘔吐してしまわないように、鼻で深く息を吸った。頭のなかでさまざまな考えが渦巻いた。立ちあがって動けるように、無関心になりたかった。だが罪悪感しかなかった。彼はルビーを守るために、親父を逮捕させるのに一役《ひとやく》買った。小さな役だったが、それでも役は役だ。そのせいでいま、レニー・ドリスコルは死にそうになっている。関係が険悪だったのは関係ない。でも親子だ。

セラが彼の背中をさすっていた。なにも訊かないということは、聞こえていたんだろう。「ボウエン」彼女がそっと言った。「服を着て。いっしょに行くわ」

彼は立ちあがり、すでに代替案を考えていた。セラの安全はすべてに優先する。レニーよりも。「頭がどうかしたのか？」薄闇のなか、きのう脱ぎ捨てたジーンズを探し、ぎくしゃくした動きではいた。「あそこにおまえを連れていくと思っただけで吐き気を催すが、そうでなくても潜入捜査官を親父のそばに近づけられない。今週ムショに入ったやつもだ。だれかがおまえの顔を知ってたらどうする？」

「だれもわたしだってわからないわ」セラはベッドから立ちあがった。彼の愛撫でまだ肌が赤くなっている。近づいてきた彼女がものすごくきれいで、ボウエンはTシャツを着る途中で手をとめた。なぜこの子がおれの部屋にいるんだ？　おれの汚い言葉を聞いて、それでもおれを求めるなんて？

「おまえは連れていかない」

セラは明らかに不服な様子で、感情をよくあらわす目の奥で反論を考えているのがわかった。「それならわたしをここに置いていくことになるのよ、わかっている？」

「いや、ならない」ボウエンは言葉を切った。「トロイとルビーのところに連れていく」

セラの顔に恐怖が浮かんだ。恐怖？　ボウエンのからだはそれを見て反応した。

「いいえ、ボウエン、警察はだめ」

「ゆうべなにがあったんだ、レディバグ？」大きな声を出さないように気をつけなければならなかった。「おれのところに帰ってくる前に？」

彼女は床に目を落とした。まだ話す心の準備ができていないらしい。セラが彼に打ちあけようとしないのはつらかった。とても。彼女が作戦を変えて、気をそらそうとしているのがわかった。わかっていても、きっと言うとおりにしてしまう。セラは彼の首に腕をかけて抱きしめた。「わたしを守れるのはあなただけよ。車で待っているというなら、そうするから、いいでしょ？　だれかに預けられるのはいや」

セラの小柄な曲線があまりにも気持ちよく、彼女の信頼に陶然とする。一瞬でもそばを離れたいと思うか？　まさか。おれといっしょにいるのがいちばん安全だ。それに冷静に考えれば、刑務所の駐車場は現在のベンソンハーストより安全だろう。

「わかった」ボウエンは彼女の背中をなでた。「シャワーを浴びてこいよ。ほんとはおれの匂いをつけておきたいけど、それじゃいやだろ」

「ボウエン」セラは彼の胸につぶやいた。「きょう、なにもかも話しましょう。いい？　約束よ」

彼はなんとかセラを放して、彼女がバスルームに入るのを見送った。

ボウエンは医務室への廊下を歩きながら、急いだ様子の看護師に目を留めた。病院にはあまり行ったことはないが、ライカーズ・アイランド刑務所の医務室が、一般人が父親の見舞いに行くようなマンハッタンの高級病院ばりだとは知らなかった。親父はきっとここを嫌っているだろう。どんな種類でも人の厄介になることは弱さだと思う人間だから。男らしさに傷がつくと思っている。自分も医者に行くのを何度も拒否したことを考えれば、少なくともレニーの遺伝子の一部は受け継いでいるということか。いまこの瞬間、自分の将来が目の前に迫ってきているときにそんなことは考えたくなかった。

彼の左で、ナイトクラブの用心棒のような男性看護師ふたりがチェッカーをやっていた。通りすぎる彼に気だるげな視線を向けてきた。まるでなにか知っているかのように。肩甲骨のあいだにぴりぴりした感覚を覚え、いますぐ踵を返してここを出て、セラを安全なところに連れていきたいという衝動に駆られた。歩くのに肩越しにふり向く必要のないどこかに。

指示された病室の前で立ちどまり、これから直面するものに覚悟を固めた。かつての自分の英雄兼しごき役が、生命維持装置につながれているのだろうか？

ボウエンはドアを押しあけ、とまった。レニーは普段着を着て椅子に坐り、テレビに向けたリモコンに悪態をついている。健康そのもので、たくましいからだのどこにも怪我はない。まずほっとして、すぐに腹が立った。

「遅いじゃないか」親父はボウエンを見ることもせず、気軽な調子で言った。「まったく、昼間のテレビはくそだな。おれがしゃ、ば、のなにをいちばん恋しく思っているか知ってるか？　ケーブルテレビだ。おまえと離れるよりもさみしいよ、知りたいなら言っとくが」

「知りたくないね」ボウエンは乱暴にドアをしめた。「いったいこれはどういうことだよ？」

「これか？　これは特別な計らいだ」レニーはつかわれた形跡のないベッドにリモコンを放りなげた。「こうでもしないと、おまえは来ないってわかっていたからな。いまでもパパが好きか？」

「あんたが死んだのを確認しにきたのかもしれないだろ」

「それで死んでいなかったら？　とどめを刺すつもりだったのか？」レニーは笑った。

「塀のなかでおれを殺せるのは、食いもんだけだよ」

ボウエンはいらだち、腕を組んだ。「説明しないなら、おれは帰る。父との再会はきょうの〝することリスト〟にはなかったんだ」

「おまえの〝することリスト〟にはなにが載ってるんだ？　ウエイトレス以外に」レニーは〝ウエイトレス〟という言葉を、指で空中に括弧を書いて強調した。激しい感情がボウエンの胸を刺しつらぬき、全身に広まった。パニック、怒り、否定が次々と襲ってくる。レニーが笑ったとき、ボウエンは自分のなかで燃えさかっている炎を顔に出してしまったのだと気づいた。親父はどこまで知っているんだ？　セラが警察官だということを知っているのか？　それとも疑りぶかいウェインから噂を耳にしただけか？

うまく立ちまわるんだ。「ひとつ質問させてくれ。いったいいつから、あんたとウェインは、おれが寝ている女を気にするようになったんだ？」

親父はゆっくりと立ちあがった。トレードマークの冷笑で顔をゆがめている。ようやくおれの親父のお出ましだ。これがレニー・ドリスコルで、さっきの冗談好きの男ではまったくない。「いつからか、教えてやろう。あからさまな無礼を働いた野郎をおまえが見逃したときからだ。うちのシマにやってきて、ふざけたことをやらかしたくずを、生かして帰したって？」

ボウエンはなにも言わなかった。レニーが言ってるのは、〈マルコズ〉のそとでの一件のカタをつけにいった夜のことだ。あの夜、セラはあやうく攫われるところだった。傷つけられて。皮肉なことに、あのときほどだれかを殺したいと思ったことはなかった。だがセラの善良さが彼を奇跡的に引きとめた。

「まったく」レニーは部屋のなかをいらいらと歩きまわった。「やつらがおまえのことをなんと言っているか、知ってるのか？」

「おれがそんなことを気にすると思うのか？」ボウエンは鋭く言い返した。「この〝親子の会話〟は電話でもできただろう」

「いや、だめだ。じっさいに顔を見てわからせる必要があった」

「わからせるって、なんだよ？」

レニーがやってきて、向かいあって立った。「おれはこんなところに長居する気はない。冗談だろ。ここを出たとき、おれの組織がどこかの低脳の筋肉男に乗っとられていたら、おまえを後悔させてやる」手で口をさっとぬぐう。「手下どもはウェインの言うことは聞かない。言葉を裏付ける闘志がないからだ。おまえのように」

「だいじょうぶか、そんな優しいことを言いだすなんて」

「おまえの望みはなんだ？　メッツの試合に連れていってくれる親父か？　ステーキの味付けを教えてくれる親父か？」レニーは床に唾を吐いた。「おれはおまえに、もっと大事なことを教えてやった。戦い方だ。金の稼ぎ方だ。感謝しろ」

「へえ？」ボウエンは小さく笑った。「そりゃ、父の日のカードを見つけるのに苦労しそうだな。〝パパ、だれかを昏睡状態にする殴り方を教えてくれてありがとう〟」

レニーはまるで天から忍耐が降ってくるのを期待するように、天井を見あげた。

こっちも同感だ。「よく聞け」ボウエンの父親は歯を食いしばりながらひと言、ひと言、はっきりと発音した。「おまえをここに呼んだのは、道理を言って聞かせるためだ。その娘がだれであれ、おれとおまえで築きあげたものを投げだす価値はない。ときに女に夢中になって、自分がわからなくなることがある。おまえのあばずれな母親にひどい目に遭った父親の言うことをよく聞いておけ。女はみんなおなじだ。わかったら、頼むから、下半身で考えるのはやめておけ」

ぜったいに耳を貸すまいと思っているのに、レニーの警告を聞いて一抹の疑いが芽生えた。母親のことを言われたのがこたえた。パメラが出ていって、彼は狼の群れにとり残されたという記憶がよみがえる。彼はずっとそこで生きてきた。ボウエンはセラを思うことで疑いをふり払おうとしたが、一時的に抑えることしかできなかった。ふたりのあいだにはまだ多くの不確定要素があり、セラはその空白を埋めることを拒んでいる。親父はくそ野郎で、骨の髄まで犯罪者だが、その声には真実が感じられた。パメラにされたことの傷心の名残さえ。

「ようやくわかったようだな」

レニーの満足げな口調で、ボウエンは心をかき乱す考えから現実に立ちもどった。

「もう話は終わりか？　こんなところにいてもしょうがない」

レニーはドアを示した。「また来いよ」

ボウエンは医務室に入ってくるときに通ったセキュリティーチェックに戻り、ボディーチェックのために両手をあげた。一瞬、レニーはどの職員に特別な計らいを頼んだんだろう、と考えたが、すぐに思いはセラのことに戻った。親父が言ったことは……セラとおれにはあてはまらない。おれたちの絆は本物だ。自分が完全になったように感じる。もしおれが彼女を信じられれば、彼女も完全だと感じられるはずだ。くそっ、〝もし〟だって？　だめだ、そんなふうにレニーに支配されてたまるか。そんなことにはさせない。彼の枕に頭を沈めて笑うセラの顔が目に浮かんだ。彼女の顔を見れば、彼女にふれれば、こんな疑いは消えうせる。信じるんだ。

建物を出たところでポケットの電話が震えるのを感じた。歩きながらとりだした。車のなかで待っているセラを一刻も早く見たい。なにもかもそれでよくなるはずだ。セラはいまここに、彼といっしょにいる。疑うなんて恥を知れ。レニーに操られるなんて。

ボウエンはセラに一本指をあげて、すぐに行くと合図し、電話に出た。「ああ」

「ドリスコル」ニューソム。「セラはそこにいるのか？」

「ああ」彼は即答した。「いまは安全だ。だがおれたちは――」

「いいか、これからどうすればいいか、これから説明する」

ボウエンはなけなしの忍耐を発揮して、手で髪をかきあげた。「なあ、正直に言うよ、委員長、おれは今朝はもうそんなのにつきあってる気分じゃないんだ」

「セラから、おまえを逮捕するように頼まれた」

予想もしなかった痛みが胸のなかでねじれた。表情を変えないように気をつけながら、ボウエンはフロントガラス越しにセラを見た。なんの屈託もないまなざしで、不思議そうに見つめかえしてくる。信じられるのか？　なんとか抑えようとしたが、堰が切れたように疑いがどっとあふれ、彼をのみこんだ。「なぜだ？」

「セラはおまえたちが計画している盗品の荷揚げのこと、ホーガンの関与のこと、全部突きとめた。わたしに電話をかけてきて、おまえを逮捕してほしいと言った」電話の向こうで、紙をめくる音がした。「もうわかっているだろうが、セラはこの捜査を中途半端で終わらせることはない。わたしの姪が昨夜ピックアップを拒否したのもそのためだ」

ボウエンのからだはなにも感じなくなった。まるで壊れた心がショック状態におちいったかのように。すべてのピースがかちっとはまり、腑に落ちた。だからセラは彼になにも話さなかったんだ。なぜ昨夜、彼のところに戻ってきたのか。彼といっしょにいたいからじゃなかった。彼に手錠がかけられるまで時間かせぎをしていただけだった。彼はガラス越しにセラと目を合わせ、彼女が自分の最後の心を搾りとるのを感じた。ある意味、彼はほっとしていた。心がなくなれば、もう傷つくこともなくなる。自分自身を保ったままでこれを生きのびることは不可能だ。

ゆっくり、だがかなりの勢いで、麻痺が醜悪なものに変わった。ボウエンは醜悪を求めた。愚かにも彼が信じた美しいものをすべて踏みつぶしてほしかった。

「なぜおれに警告の電話をかけてきたんだ？」

「潜入捜査が終わるまで姪を守ってもらった礼だ」ニューソムは言葉を切った。「すぐに彼女を署に送りとどけてくれ。セラをおろしたら、好きにしろ。貸し借りなしだ。姪を返したら、おまえは自由だ」

ボウエンはもう少しで笑いだしそうになった。自由。なにからの？「それで明日になったら、あんたらは荷揚げの現場でホーガンを逮捕し、それで終わりってわけか？　あんたの姪は目当ての男を捕まえ、めでたしめでたしか？」

ニューソムはしばらくなにも言わなかった。「もしやつらに教えることを考えているなら、やめておけ」

「約束する。そんなことはしない」

その必要はない。荷揚げは今夜になったのだから。

24

なにかがすごくおかしい。

拘置所からの帰り、ボウエンはなにも話さなかった。お父さんの具合のせいかと思ったが、彼女の本能は、なにか自分の知らないことがあると告げていた。ボウエンはいつもエネルギーを発していて、片脚をゆすっていたり、指でなにかを叩いていたり、髪をくしゃくしゃにしていたりするのに、いまの彼は……放心しているように見える。医務室に入っていく前に、二度も車に駆けもどってきて彼女にキスした人はどこかに行ってしまって、まるで抜け殻になってしまったようだ。もしかしたら、お父さんの死に目に間に合わなくて、彼女に話す前に気持ちを整理する時間が必要なのかもしれない。自分も兄を亡くしているし、救急外来の看護師として、悲しみの受けとめ方は人それぞれだということはよくわかっている。

セラは深呼吸して、彼の太ももの上に置かれていた手の上に自分の手を重ねた。冷たい。ぴくりともしない。ボウエンは手を握ろうとも、彼女の手に気づいたと示すこともしなかった。朝までずっとたがいにふれあっていたのに、こんな無反応はおかしい。頭のなかで警告が鳴りひびいた。

窓のそとを見て、セラは目を疑った。どうしてマンハッタンに？ イエローキャブが追い越していき、配達の自転車が混雑した車列を縫うように走っていく。通りの両側には高層ビルがそびえている。ブルックリンに長くいたせいで、まるで別の惑星に来てしまったかのように感じた。ボウエンのおかしなふるまいに気をとられて、車がベンソンハーストに向かっていないことに気づいていなかった。

「だいじょうぶ？」

彼のほおの筋肉がぴくっとした。「ああ。ちょっとドライブに行こうと思って。ブルックリンから離れて」

彼の抑揚のない、無感情な声に、手をひっこめてしまいたくなるけど、セラは無理して重ねたままにしていた。「わたしにできることがあったら、なんでも言って。どこかに行って話をしたり――」

ボウエンは笑ったが、それはいつものおかしそうな笑い声ではなかった。とげのある、皮肉な響きだった。「いまさら話したいか。それより路肩に車をとめてファックするのはどうだ、ベイビー？　おまえは話すよりそっちが好きだろ」

　セラは手をひっこめ、彼が拳を握りしめるのを見た。「いったいどうしたの？」ボウエンがなにも言わなかったので、彼女はさらに言った。「お父さんはどうだったの？」

「レニーは健康そのものだった」ボウエンは急に右に曲がり、タイヤを軋らせた。

「じっさい、これからはもっと面会に行こうかと思っているんだ。父親の助言ほどありがたいものはないものな。そうだろ、セラフィナ？」

　その呼び方がまるで悪態のようで、セラは思わずたじろいだ。ボウエンの無関心は少しずつ消えて、もっと暗いものに変わった。生気がない目は焦点が合わず、その声は異常なほど張りつめていた。この態度の変化には彼の父親が関係しているのかもしれないけど、それだけじゃない。あの電話。車に乗りこむまえにとっていた電話だ。セラのみぞおちに嫌な予感が広がる。

「電話はだれからだったの？」

　ボウエンは彼女の質問を無視した。「たぶんおまえはムカついてるんだろう。おれがだれか知っていて、それでもおれを欲しいんだから」ハンドルを握る彼の手に力がこもる。「おまえはベッドではふりをしていなかった、それはたしかだ。あんなに濡れていたんだからな」

「やめて」セラは叫んだ。「ボウエン、わたしのことをどう思っているのか知らないけど、誤解だから。話をすればわかるわ。ふたりで話しましょう」

「話せ、話せって」彼はまた急ハンドルで角を曲がった。「まったく。いまさら立場逆転か」

その声ににじむあきらめに、セラはほおをひっぱたかれたように感じた。気をとり直す前に、彼は車を急停車させた。倉庫風の店舗建物が見えたかと思ったら、助手席のドアが開き、車から引きおろされた。とっさに彼の肩につかまり、ふたりの顔が近づいた。ボウエンの顔の怒りが一瞬消えて、その灰色の目の奥に悲痛が見えた。それがセラの胸のなかに渦巻くさまざまな感情を突きぬけてきて、その痛みをとりのぞいてあげたいと思った。手を伸ばして彼のほおをつつもうとしたが、ボウエンはその前に彼女の手首をつかんだ。

「やめろ」

そのひと言の重みで、ひざを折ってしまいそうだった。「なんだかこわいわ」彼女はささやいた。「こんなのあなたらしくない」

「ああ、頼むよ、もう芝居はやめてくれ」ボウエンはうつむき、その髪が顔を隠した。

「もうこれ以上無理なんだ」

「なに、芝居って？」その言葉のもつ意味に眩暈がしそうだった。ボウエンは答えず、セラは彼に連れられて金属製のドアの前に行った。元は倉庫だったような建物の側面の少しくぼんだところにあった。混乱とパニックが迫ってきた。彼はまるで知らない人のようだし、手首を強く握られているのも、心配をやわらげる材料にはならなかった。ボウエンはどこに行くのか教えてくれていない。彼女には見せないワイルドカードをつかおうとしている。このまま彼といっしょになかに入ることはできない。ふたりのあいだに、まだ不確定要素がこれだけあっては。彼が落ち着いて話を聞いてくれるようになるまでは。

ボウエンは拳でドアを叩いた。彼がそちらに気をとられているすきに、セラは手を引き抜こうとした。朝のマンハッタンでは、職場に向かう人々は目の前の歩道と自分のスマホしか見ていない。ボウエンは大きく目を見開いて彼女を見た。まるで自分から離れようとしているのが信じられないというふうに。でも彼は手首を放してくれなかった。代わりに、ぐいとひっぱって、彼女を自分に引き寄せた。

「放して」セラは言った。

ボウエンは彼女の顔をまじまじと見た。「どうして？　なにを心配しているんだ？」

腕をねじって逃げようとしたとき、彼のなかでなにかが壊れるのがわかった。セラは完全に静止して、息ができなかった。彼女のなかでも、なにかが壊れた。いっきに、引き裂かれるように。

ボウエンはおそろしい顔でセラの両肩をつかんで揺さぶった。「おれがおまえになにかすると思ってるのか?」叫ぶような声に、歩道の人々が立ちどまった。「おれはおまえを愛してるんだぞ、セラ。おまえがなにをしても。なにをしてもだ。嘘をついても、おれを捕まえても、おれのことを怪物のように見ても。それでもおれはおまえを愛してる。どうしようもなく」

セラのからだから力が抜けた。頭のなかで彼の言葉が何度もくり返される。おれはおまえを愛している。おれはおまえを愛している。それだけでよかった。セラの心はよろこびと悲しみでいっぱいになった。彼の愛を知って悲劇のように感じるなんておかしい。でもそうだった。どうしてなのか、わからない。ああでも、わたしも彼を愛している。こんなふうに心をさらし、弱さを隠そうともせずに目の前に立っている彼に、こんなにも圧倒的に惹きつけられるなら、この気持ちはけっして消えることはない。

戸口のほうから咳払いが聞こえて、そちらを向くと、見覚えのある女性が立っていた。混乱していたので、彼女がだれか思いだすのに少し時間がかかった。ルビー。ボウエンの妹はふたりを代わる代わる見た。その顔を見れば、なにもかも聞こえていたのだとわかる。彼女はボウエンの肩に手を置き、彼が苦痛にゆがんだ顔を向けると、見るからにたじろいでいた。

「来て」ルビーはそっとボウエンを促した。「なかに入りましょう」

セラはルビーについていこうとしたボウエンの腕をつかんだが、彼は腕を引いた。

「来るんだ、セラ」さっきの爆発で残りの生気が全部抜けてしまったかのようだ。「早く済ませよう」

なかに入っても、セラは部屋のなかを見回したりしなかった。ただ木とおがくずとオイルの香りはわかった。彼女はボウエンの硬直した背中を見つめていた。彼が口を開いたとき、セラの世界は急停止した。

「少しおれに時間をくれ、それからトロイに電話しろ。ここにセラがいるから、迎えにくるようにと。トロイには彼女を直接警察署に連れていくように言え。彼女の叔父、警察委員長のくそったれのところにな」彼は自分の髪をひっぱりながら、驚いているルビーに指示を出した。「わかったか？」おれのためにやってくれるだろ？」

ショックが波のようにセラを襲った。いい、い、い、い、おれに嘘をついても、おれを捕まえても、い……。

捕まえても。彼女は昨夜の路地での叔父の言葉を思いだした。「これで終わりではないぞ、セラ」ボウエンは彼女が彼を逮捕しようとしていると思っている。そんな結論に至る方法はひとつしか考えられない。電話は叔父からだったんだ。セラはこんなに確信したことはなかった。初めて、自分の叔父はおそろしい人間なのかもしれないと思った。自分の名誉を守るためなら、姪の人生も、ほかの人の人生も踏みにじる。

ボウエンは、その叔父のところに彼女を戻すつもりだ。叔父はきっと、彼女を黙らせる方法を探しだす。

いいえ、こんなこと信じられない。ゆうべのうちにボウエンに全部打ちあければよかった。ボウエンは叔父と話したせいで、遠くに行ってしまった。セラの手の届かないところに。いまのボウエンは話してわかってくれる状態じゃない。ぎこちない動きと、彼女に向ける、どこか遠くへ行ってしまったような虚ろな目でわかる。いまでもまだ、訴えが彼の心に届くだろうか？　それとも、ふたりのあいだの信頼は全部壊されてしまったの？

「ボウエン」セラは彼の前に立ったが、その目は彼女の奥の壁のどこかを見つめていた。「あなたは自分がなにをしているのか、わかっていない。あなたが知らないことがあるのよ、兄は——」

「おまえは叔父に、おれを逮捕するように頼んだのか？」

セラは息をのんだ。もう嘘はなしだ。「ええ、でもあなたが考えている理由じゃない」

彼は肯定の返事だけを聞いて、心を閉ざし、あごをこわばらせた。セラは説明しようと口を開いた。彼を殺そうとしている男たちから守りたかっただけだと。彼の顔を見たら、伝わらないかもしれないと思ったけど。でもセラがそれ以上なにか言う前に、ボウエンが唇で彼女を黙らせた。

イエス、イエス、イエス。もしボウエンが話を聞いてくれないなら、これが最後の希望だ。このキスで、どんなに彼を思っているか、きっとわかってくれるはず。セラはつま先立ちして、彼の乱れた髪に手を差しいれ、キスに全身全霊をこめた。ボウエンが喉の奥で発したつらそうな声に心が張り裂けそうになったけど、キスを続けて、彼が張りめぐらせた壁を突破しようとした。ボウエンは両手で彼女の顔をつつんで、切ないほど念入りなキスをしてくれた。いままでとはちがう。おなじくらい情熱的だけど、完全に彼女に心を開いていない。ようやくセラは、それがさよならのキスのようだと気づいた。

ボウエンが片手をおろして彼女の手首をつかんだ。なにをしようとしているのか気づく前に、セラの手は壁に固定されていた。乱暴にキスを終わらせて上を見ると、彼がなにをしたのかわかった。そんな。だめよ。ボウエンは彼女の手首を、業務用の結束バンドでラックに縛りつけていた。ラックにはビリヤードのキューがたくさんかかっていた。この場所はいったいなんなの？

「ほどいて、お願い。あなたは自分がなにをしているか、わかってないのよ」セラは目でボウエンに訴えた。彼はあえぐように呼吸し、さっきよりつらそうな目をしている。ゆうべこんなことになるとわかっていたら。自分の沈黙のせいだ。喉に嗚咽がこみあげてくる。「ボウエン――」

彼はセラの口を手で覆った。「おれはおまえを責めないよ、レディバグ。おまえは正しいことをした。おれはもうだれも傷つけなくてすむようなどこかに行く。いつでもおまえの望みをかなえてやるって、言ってただろ？」彼女の髪を耳にかける。「煙草は吸うな。いいな？　もう二度と。約束しただろ。それにこれからは暗い路地には近づくな。おれはもうおまえを守ってやれないから」最後の言葉を言うとき、ボウエンは声を震わせた。そうせずにはいられないという感じで、セラの額の真ん中に最後のキスをした。「おまえはおれの人生の最高のものだったよ、セラ。幻だったとしても」

セラは涙で視界が曇って、彼のことがよく見えなかった。嘘だと叫びたかった。ボウエンがふり向いて歩いていくのを見て、ぞっとするような失意がのしかかってきた。思わず手をのばして彼を捕まえようとしたけど、手首の縛《いまし》めがじゃまして、手は空を切った。もうどうすればいいかわからない。ゆうべから今朝までのふたりが感じていた希望と決意は全部ずたずたになった。絶望が迫ってくる。いまなにを言っても、嘘だと思われるだけだと思うとつらかった。

「お願い、行かないで」叫ぼうとしたのに、出てきたのは息の詰まったような声だった。「あなたは何度もわたしにおれを信用してるかって訊いたわ。わたしはいつも信用しているって答えた。心から。今度はわたしのことを信じて」

ボウエンはふたたびセラのことを無視して、ルビーを指さした。「トロイに伝えろ。もしこいつになにかあったら、署を焼きつくしてやるって。そう言っておけ」

セラは目をこすって、ルビーに注意を向けた。ボウエンの妹は明らかに動揺して、ほおに涙を流している。「言っておくわ」ボウエンが返事なしでは済まさないとわかって、ルビーは叫ぶように答えた。「なにかばかなことをしようと思っているんでしょ？　なんでも言って。そうしたらなんでもするから」

勢いよくドアがしまる音だけが、彼の答えだった。ふり向くことさえしなかった。

セラは床に坐りこみ、ぼんやりと別の女性が奥の部屋から出てきたのを感じていた。ボウエンのお母さん。彼女は打ちひしがれた顔をしていたが、セラは気にする力が残っていなかった。胸のなかが耐えがたい圧力で、張り裂けないのが不思議なほどだった。いつそうなってもおかしくない。いっそそうなってほしかった。なんでもい い。この心が凍ってしまいそうな感覚よりはましだ。喪失。わたしはボウエンを失ってしまった。彼はわたしを危険のなかに置いていった。彼も危険だ。でも彼はそのことを知らない。

ルビーがポケットから電話をとりだしたとき、アドレナリンがほとばしり、ショック状態から覚めた。「だめ。だめよ、待って。まだ電話はやめて」

ルビーは嫌悪のまなざしでこちらを見た。「わたしは約束を破ったりしない。彼との約束はぜったいに」

「あなたが電話したら、彼は殺される」

ルビーは指をとめた。「説明して。早く。つきあってるのが警察官だからって、全員を信用しているわけじゃないわ。さっきの話では、あなたは彼をはめようとしたんでしょ」

セラはよろよろと立ちあがり、ぼんやりと周囲を見回した。ビリヤードのキュー。

そこらじゅうに置かれている。ここは工場かなにかだ。「わたしは彼をはめようとなんてしていない。彼の命を救おうとしたのよ」息を吸いこみ、ドアを示した。「彼はわたしの話を聞いてくれなかった。冷静さを失っているのよ」

ルビーはセラをじっと見つめた。「あんな彼は見たことない」小声で認めた。「まるで……ここにいないみたいだった」

セラのからだに冷たいものが広がり、ぞっとした。でもその寒気で頭がはっきりした。彼になにか起きるなんて許さない。ぜったいに。わたしが彼を壊してしまったのなら、わたしが彼を元どおりにする。自分のことも。この状況も。責任が肩に重くのしかかったが、セラはそれを歓迎した。集中するものができた。

「トロイに電話して」彼女はルビーに指示を出し、声がしっかりしていたことにほっとした。「だれにも知らせずにここに来るように言って。十分間だけわたしの話を聞いてくれるように頼んで」セラは自分をラックにつないでいる結束バンドをひっぱってみた。ふたりに信じてもらえるまで、はずしてはもらえないだろう。「計画があるの」

25

ボウエンは、盗品のコンピュータ・ハードウエアの入った木箱がレンタカーのバンの荷物室に積みこまれるのをぼんやりと見ていた。一部はホーガンが用意したもので、一部は彼の組織が用意したものだった。全員無言で作業を続け、あたりの空気には緊張が漂っていた。日が暮れてから数時間がたつが、ボウエンにはもっと長く感じられた。まるでセラと彼女の裏切りを考えないよう遮断するのに体力を消耗するとでもいうように、からだが疲れていた。そもそもあれは裏切りだったのだろうか？　ボウエンは最初からセラが警察官だとわかっていた。彼女が話すのを渋り、彼に打ちあけて助けを求めなかったとき、いやな予感があった。たぶんおれは、こんなふうに感じて当然の人間なのだろう。だれかに大ハンマーで肋骨を砕かれ、捨てられたように。

ああもう、なんて情けない男だ。いまは盗品のハードウエアをクイーンズの販売業者のところに配達することを考えているべきなのに。考えられるのはセラのことだけだ。安全にしてるだろうか？　彼女の気持ちは本物だったのだろうか、それとも彼の混乱した脳みそが見せた幻だったのか？　ひょっとしたら、いい加減殴られすぎで、これはそのぞっとしない後遺症なのかもしれない。そこにないものを見る。彼のような男にはお笑いでしかない将来を望む。彼の将来は生まれる前から決まっていた。そのことを忘れるなんて、ばかだった。

セラが窓枠に坐って、日の光を浴びながらコーヒーを飲んでいるイメージが頭に浮かび、からだをふたつに折って声帯がだめになるまで叫びたい衝動に駆られた。その次は、彼の髪のなかに指を滑らせ、彼がなかにいてすごく感じると言う彼女のかすれた声が聞こえた。どれくらい？　いったいどれくらい、こんなふうに生きていけるんだ？　胸に穴があき、刻一刻と広がっている。もしセラが目の前に立っていたら、きっと彼はやり直させてくれと懇願しているだろう。彼がブルックリンを離れるときにいっしょに来てくれと。

ブルックリンを離れなくては。その理由はいくらでもあるが、今朝彼がビリヤードのキューラックに縛りつけてきたきれいな子もそのひとつだ。ほかにもある。結末が近づいている。うなじのちくちくする感覚は、もうずっと消えなくなっている。いまは耳のなかの轟音になり、セラを失った悲しみと相まって、彼を殺そうとしている。

本物の武器ではなく、見えない武器だ。心のどこかでは、この胸をえぐられるような苦しみに溺れて死ぬより、来るとわかっている銃弾で死ぬほうがいいと思っていた。そのほうが早く、苦しまずに済む。安楽といってもいい。

ボウエンから十メートルほど離れたところで、ホーガンは手に息を吹きかけて温め、こすり合わせていた。日が暮れてからだいぶ冷えこんだ。ホーガンの隣にはコナーと、ボウエンが顔だけ見知っている男ふたりが立っている。ウェインはクリップボードを手にしてバンの横に立ち、ちゃんと自分たちの分を受けとったか確認しているが、ずっとこちらをちらちら見ている。ウェインの神経質なしぐさに、自分も緊張して、警戒しなければならないのはわかっていたが、ボウエンはそんな気になれなかった。ここに立ち、機能している普通の人間のふりをしているだけでせいいっぱいだった。彼の望みはあきらめることだけだった。

ほら。頭のなかで自由に考えていたら、とんでもないことになっている。彼の計画はウェインとともにクイーンズに行って、代金を受けとったら自分の取り分をとり、残りをウェインに渡す、というものだった。それから、出発する……どこへ？　どこでもいい。落ち着かない気分で計画を立てたときには、行き先はどこでもよかった。いまは、自分が計画を実行できるかどうか、わからなくなっている。物心ついたときからずっと、彼の人生は終わりのない綱渡りのようだった。バランスを崩して落下したいまは、もう一度綱の上に戻りたいかどうか、わからない。セラなしで。

ボウエンの胸のなかで心臓が締めつけられた。あまりの痛みに、息をのまなければならなかった。ほかのこと。すぐになにか気分転換しないと、自滅だ。ボウエンは咳払いをして、ホーガンのほうに歩いていった。「すべて終わったな。来月もおなじ時期に？」計画どおりにブルックリンを出たら、彼には来月はもうない。だがそんなことを知られたら自殺とおなじことだ。

「ああ、そのことだが……」

ボウエンの背後で、ドアがばたばたしまる音がして、バンが四台とも走り去り、桟橋には彼とホーガンとコナーだけになった。ウェインがボウエンのうしろにやってきた。横ではなくうしろに。三対一。ついに死ぬのか。まったく、自分はほっとしている。もうあんな思いをして、あんな思い出をかかえて、生きていかなくてもいい。だがじっさいに自分が死ぬという可能性に直面して、これでセラとの思い出が忘れられてしまうなんて嘘みたいだと思えた。彼女の記憶が彼といっしょに死んでしまうなんて。ボウエンは、もう少し時間があれば、思い出を部屋の壁に描き、自分が知っている唯一のやり方でそれを生かしつづけたかったと思った。

ボウエンは一度だけうなずき、なにが起きているのか理解していると示した。もし今夜死ぬのなら、誇り高く死ぬつもりだった。「長引かせるのはやめよう、ホーガン。悪くとってもらいたくはないが、あんたの声はおれが最期に聞きたいものじゃない」

後頭部に冷たいガンメタルが押しつけられた。「おれならどうだ?」

「もっとごめんだ」ボウエンは足の親指のつけねに体重をかけて、からだが緊張するのを感じた。おもしろい。彼の一部は完全に運命を受けいれてはいないらしい。戦士としての気性が表面に出てこようとしている。脅しにたいする膝蓋腱反射だ。とつぜん、ボウエンは父親の車でコニー・アイランドに行って、腫れあがった目でビーチを見渡し、敵を選ばされていたときに戻っていた。彼は心の奥底を掘りかえして灰のなかに火を見つけ、それをあおり、燃えあがらせた。彼に怒鳴る親父の声が聞こえる。泣き言を言うなと叱っている。次にセラが見えた。セラ。セラ。彼女が安全かどうかわからないまま、どうして死ねる? 死ねるわけがない。この目でふたたび彼女を見るまではだめだ。遠くからちらっと見るだけでもいい。「なあ、ウェイン、頭は勘弁してくれるか? これはマフィアの殺しで、伝統を守らなきゃいけないのはわかるが、おれのヘアスタイルを台無しにする理由はないだろ」

ウェインはうなり、銃身を彼の頭に押しつけたが、ボウエンは顔をしかめなかった。

ホーガンがほくそ笑んで見ている前で、そんなことはしない。「口の減らないやつだ。とっくの昔にこうするべきだった。おまえの親父はおれは弱いと思ってるって？　女の尻に敷かれた絵描き野郎に負けるとでも？　出てきたらさぞ驚くことだろう」

「風船とケーキも忘れないでやってくれ。それにココナツには目がない」

狙いどおり、ウェインはボウエンを侮辱しなければ気がすまなくなった。一瞬、銃が頭から離れて、ボウエンはそのチャンスを見逃さなかった。低くかがんで回転し、ウェインが握っていた武器を叩きおとす。銃は歩道を滑っていったが、ボウエンは銃の行方を見ていなかった。ジーンズのうしろに差してある銃をとるのに忙しかったからだ。ウェインはうぬぼれから、この銃をとりあげなかった。

ほぼ完全な暗闇のなかでウェインの白目が目立った。彼はゆっくり両手をあげたが、依然として冷笑を浮かべていた。

「どうやら絵描き野郎のほうが、あんたより一枚上手だったようだな」

「わたしほどではないが」ホーガンがのんびりした口調で言った。

ボウエンは視界の端に、ホーガンが自分に銃口を向けているのを認めて、覚悟を決めた。すぐに銃弾がやってこなかったので、彼は話を続けた。「ブルックリンの南半分をウェインが仕切っているほうがやりやすいと思っているのか？　それはちがう。

これは間違いだ、ホーガン」

ホーガンは笑った。「わたしはもっと大局的に考えているんだよ。今夜の取引は一個の値段で二個買うようなものだった。今夜以降、わたしはあんたたちふたりのどちらとも協力する気はない。ひとりでやる」

つまりボウエンとウェインのふたりとも消して、自分が南北両方の縄張りを仕切るつもりだったのか。ウェインのうろたえた顔からして、ホーガンとの協力関係に自信をもっていたのだろう。ウェインに向けているボウエンの銃は、もうどうでもよくなった。もし彼が引き金を引いても、ホーガンをよろこばせるだけだ。自分の仕事が楽になったといって。

ボウエンの全身に怒りがみなぎった。いやだ。いやだ。たったいま、おれは生きると決めた。もう一度セラを見て、その姿を脳裡に焼きつけなければならないのに、このくそ野郎はそのチャンスを奪おうとしている。そして自分にできることはなにもない。良心より欲が重いやつに、交渉の余地はない。

「あの子はどこだ、ドリスコル？」

全身の筋肉が収縮したが、ボウエンはその質問になんの反応も示さなかった。「今週は何人かいたからな。もう少し詳しく言ってくれないと」

「あんたは自分で思うより嘘が下手だよ」ホーガンは親指で撃鉄を起こした。「わたしの事務所から大事なものがなくなった。そしてウエイトレスがひとり行方不明だ。あの女はどこにいる？」

「もし教えても、どうせおれを撃つんだろう。たいしたモチベーションにならないね」

ホーガンは歯をむき出しにした。「女はかならず見つける。いつまでかかっても。どこに隠しても、わたしが見つけられない場所なんてない。あのあばずれを見つけたら、おまえに聞いて来たといってやる」

銃で頭に狙いをつけられたとき、ボウエンはもう完全に死んだような気分だった。ホーガンの最後の言葉が棺桶の蓋を打ちつける釘だった。自分はセラを危険のなかに残していく。彼女を守るようにと言われていた犯罪者に狙われている状態で。ボウエンはセラの顔を思いだして目をつぶり、それに集中した。それでホーガンの激怒した声が頭に届くのに、少しかかった。

「いったいどういうつもりだ？」

驚いたことに、コナーがホーガンの後頭部に銃を突きつけていた。「おれも知りたいな」ボウエンはつぶやいた。胸のなかで安堵ととまどいが手を組んでいる。

「すまない、ホーガン」コナーは言った。「あんたにはなんの恨みもない。ゆっくり銃をおろしてくれ」

ホーガンは一瞬ためらったが、小声で悪態をついて銃をさげた。「あんなにしてやったのに？　おまえの母親に。恩知らずめ」

コナーの笑い声は冷ややかに響いた。「おれが十倍にして返したってことは、あんたもわかっているだろう」

「おまえも殺してやる」ホーガンは軋るような声で言った。

「やってみろよ」

サイレン。

四人は固唾をのみ、目を見交わした。ホーガンはまるで罠にかかったネズミのような顔で、コナーはなんの反応もせず、従兄に銃をつきつけていた。ウェインは、骨の髄まで古いタイプのマフィアらしく、物陰に走り、すぐに姿が見えなくなった。ボウエンは生まれてから一度も逃げたことがない。だから彼はそこに立ったまま、ニューヨーク市警のパトロールカー六台がやってくるのを、ほとんど魅入られたように眺めていた。だがそこで、なかの一台からセラがおりてきた。彼の目はむさぼるように彼女を見つめた。そのとき彼女が銃をもっているのに気づいた。腰にはバッジもつけている。身に着けている仕事着は、彼の記憶のなかで彼女が着ていた服とはまったくちがった。警察官数人が武器を抜いて近づいてきたとき、コナーは銃を落としてひざまずき、両手を頭にやった。ホーガンも。ボウエンはセラを見つめたまま、ひざまずかされ、手錠をかけられた。

屈辱が彼を引き裂いた。だめだ、彼女にこんな姿を見られたくない。いまこの瞬間、ボウエンは心から死んでしまいたかった。トロイが彼女のうしろに近づいて、なぐさめるようにその肩に手を置いた。自分以外の男が彼女の隣にいて、なぐさめているのを見て、ボウエンはついに挫けた。

「これがおまえの望みだったのか、セラ?」

この距離でも、彼にはセラのほおに涙がこぼれるのが見えた。彼は手錠をはずそうと暴れ、手のひらに血が流れた。

「そいつを連れていけ」ボウエンはトロイに叫んだが、彼は言うとおりにしようとしなかった。「聞こえないのか、その女をここから連れていけ!」

ようやく、トロイはパトロールカーのドアをあけて、セラを運転席に坐らせ、ドアをしめた。だがガラス越しにまだ彼女の顔が見えて、ボウエンは目をつぶったまま、そばで待機していた車に引かれていった。彼の戦士の本能は今度は別の形であらわれた。今回は拳をつかって逃げるのは不可能だとわかったのか、彼を哀れんで、心を麻痺させた。なにも感じないようにシャットダウンした。赤と青の回転灯がぼやけて混じりあい、ボウエンはそれに集中した。自分が愛したただひとりの女が、たったいま、自分の自由をとりあげたという事実は考えないようにして。そのことで彼女を憎むべきなのに、彼にできるのは、もう二度とセラを腕に抱けないと嘆くことだけだということも。

26

セラはマジックガラス越しにボウエンを見つめていた。こんなに彼のそばにいることでからだがひりつき、胸のなかでは心臓が痛いほどの速さで鼓動している。両手を冷やりとしたガラスにつけた彼女は、彼にふれたい、なにもかも説明したいと思った。だが桟橋でのボウエンの態度のせいで、セラは尋問室への入室を禁じられてしまった。彼女の存在は彼を激怒させるだけだという判断だ。その判断は正しいとセラにもわかっていた。桟橋で彼女を見たときのボウエンの失意、そして苦悩は、一生忘れられないだろう。

ボウエンは硬いパイプ椅子にぐったりと坐りこみ、壁の一点を見つめている。その髪は百通りの方向に逆立ち、手首を囲むように血の跡がついている姿は、まるで打ちのめされた天使のようだった。その隣で、コナーはまるで、別の大事な約束に遅れるのを気にしているかのように見えた。冷静で超然としているが、じりじりしている。

いっぽうボウエンは、まるでだれかがスイッチを切ってしまったかのように、明かりが完全に消えていた。いいえ、彼女が消してしまったのだ。ほんとうのことを聞いた彼が赦してくれることを願うしかない。理解してくれることを。もしわかってくれなかったら、いきなり部屋に入っていって、わかってくれるまで訴えるつもりだった。思いだせるかぎりの聖人を全員動員して、彼が築いた壁を壊し、自分のところに連れもどしてみせる。聖モニカならいいかもしれない。たしか忍耐で知られた聖人だったはず。それともリュウマチ患者の守護聖人だっただろうか?

セラ、集中して。

きょうの午後、彼女の計画をいっしょに実行してくれたのはトロイだった。これから彼が、セラが沈黙によって引き起こしてしまった問題を正すために、ボウエンとコナーに話をする。ちょうどそのとき、尋問室のドアがあいて、しまった。入ってきたトロイはふたりの向かいの席に坐った。ボウエンは彼に気づいたそぶりも見せなかった。コナーはあごをくいとあげて、広い胸の前で腕組みをした。まるで、待ちかねた、とでもいいたげに。

トロイは咳払いをして、もってきたファイルを開いた。「もうわかっていると思うが、おまえたちの盗品は押収され、ウェイン・ギブスをはじめとする共犯者も逮捕された。トレヴァー・ホーガンはすでに弁護士をつけている。ふたりがおまえたちを共犯者だと主張していることは、驚くにはあたらないだろう。チームワークなんて死語だな」

コナーはトロイを、そしてボウエンを見た。「なあ、あんたはサディストかなにかなのか？　早くこいつを楽にしてやれよ」

トロイはため息をついて、ファイルを閉じた。「ボウエン、起きているか？　この話は二度はしないからな」

ボウエンは中指を突きたてた。

「よかった。話に加わってくれて感謝する」トロイはコナーにうなずきかけた。「われわれはきょうの午後、ミスター・バノンに署に来てもらって、ある提案をおこなった。ニューソム委員長の辞職にともなって新たに任命された警察委員長の許可を得られたので、おまえにもおなじ提案をする」

ボウエンの目に当惑が浮かんだ。「このくだらない話にはなにか意味があるんだろうな」

「最初から説明させてくれ」トロイが言った。「セラはホーガンの事務所で入手した情報から、兄が亡くなる前にホーガンから賄賂を受けとっていたことに気づいた。セラの叔父はそのことを知りながら、隠蔽していた。ホーガンはそれを証明する金銭記録をもっていたんだ」

「なんだって？」ボウエンはまるで生き返ったように、椅子に坐りなおした。セラには彼の頭が働きはじめたのがわかった。「ニューソムは知ってて、セラを危険にさらしたのか？　自分が手に入れたいものを彼女が見つけると期待して？」

「そうだ」トロイはボウエンと同時に立ちあがり、片手をあげて彼を押さえた。「われわれも、そのことは知らされていなかった。われわれが気づいたときには、ニューソム前委員長はセラが手に入れた帳簿をすでに廃棄していた。さいわい、セラはホーガンのノートパソコンのハードディスクをとりはずして、自分でもっていた。それがあったから、ニューソムは完全自白に追いこまれ、一時間前に職を解かれた」トロイはそこで言葉を切った。「彼は昨夜セラに打ちあけていた。だからセラは彼といっしょに行かなかったのだ。それで正解だった。なぜならニューソムはなにがなんでも自分の立場を守ろうとしていたからな」

「おれは……」ボウエンのあごがこわばる。脇におろした拳が震えている。そうした怒りのしるしがなかったとしても、彼がなんとか自制しようとしているのがセラにはわかった。「おれはあいつを縛りつけて、あんたのところに返したんだ。あいつのところに。つまり彼女は……安全ではなかった、と言ってるのか？」

トロイは言葉を濁した。「厳密には、彼女はまったく危険ではなかった。おまえが彼女をルビーのところに置いて出ていってすぐに、ふたりはおれに電話をかけてきて、なにもかも話してくれた。それですぐに副委員長に連絡した」彼はふたたび椅子に座った。「それからミスター・バノンを呼んで、協力を求めた。そうしてよかったよ。でなければ、荷揚げが今夜になったことはわからなかった。セラは五月九日と言っていたんだ」

ボウエンがびくっとして、セラは胸に痛みを感じた。まだ、彼女が彼をはめたと思っている。でももうすぐその誤解はとけるはずだと思って、こらえた。

「協力したってどういう意味だよ？」ボウエンはどうでもよさそうにコナーに訊いた。

「警察はここから抜けだす道をおれに提案し、おれはそれを受けた」コナーは落ち着かない様子だった。そんなところは初めて見た。撃たれた夜はともかく、いつも落ち着いていたのに。「おれには自分以外に面倒を見なければならない人間がいるが、最近の流れでは、おれは長く生きられそうになかった」

「抜けだす道？」ボウエンは訊いた。

トロイがうなずいた。「セラとおれで、なんとか上を説得した」彼はまたファイルを開いた。「おれにはシカゴにコネがある。昔の上司だ。デレク・タイラー。いまではシカゴ市警の警部になっている。そしてデレクは、おまえやミスター・バノンのような人材を必要としている。デレクと話して、おまえたちの経歴を伝えたところ、まさにそういう人間を探していると言っていた。彼はそういうことで間違うことはめったにない」

ボウエンは片方の眉を吊りあげた。「窃盗品の密輸で、たぶん二十くらい法律を破ったおれたちを逮捕したあとで、警察官にしようっていうのか？　おれがわかっていないことがなにかあるか？」

「なにもない。だがこの尋問室のそとでは、いまの話をくり返すことはしない」トロイはおもしろくもなさそうに言った。「おまえたちふたりはセットなんだ。ボウエン、おまえは感情で動く。コナーは頭で。ふたりで働けば、きっとうまくいくだろう」

コナーは椅子の背に腕をかけた。「おれの理解では、向こうでは新しい捜査班を組織しようとしている。おれたちが必要なのは、おれたちが犯罪者のように考えるからだ」ほおの筋肉がぴくりとして、彼がその評価を気に入らないのがわかる。「最初は、おれも断った。だが断れない申し出をされた。だからカブスのファンになることにしたんだ」

「シカゴ」ボウエンはつぶやいた。「断ると言ったら？」

「刑務所だ」

「がんばれ、カブス」

トロイの口元に笑みが浮かんだ。「そんなに感謝してくれなくてもいい。照れるよ」

ボウエンは椅子に坐ったが、刑務所行きをまぬがれたのに、あまりうれしそうには見えなかった。「恩に着るよ」彼は静かな声で言った。「もちろん、あんたがおれを刑務所に入れたら、ルビーにこっぴどく叱られるからだってわかっているけどな」

「それも理由のひとつだった。いつもそうだ。だがほとんどはセラの功績だよ。これまでのところ、上層部はこれを内密に処理している。ニューソムには健康上の理由で辞職するようにさせた。だがセラは強硬に主張した。メディアに情報を流されて警察の腐敗を報道されたくなければ、おまえにチャンスをやってほしいと。メディアにつつかれるのは困る」

ボウエンは長いあいだなにも言わなかった。信じたいと思っているのに、まだその心の準備ができていないのだと、セラにはわかった。トロイとコナーが返事を待っているのだと気づいたとき、彼はぼんやりとコナーを見た。「それで、どっちがバットマンで、どっちがロビンになるんだ？」

「おれがバットマンだ」コナーが言った。

「勝手にしろ」

「じつは」トロイがゆっくりと口をはさんだ。「きみたちは三人で行くことになっている。もうひとりは犯罪者というわけではないが、犯罪者のなかで過ごした経験の持ち主だ。彼女がバットガールになるだろう」

ボウエンは静止し、呼吸さえしていないように見えた。セラはここで部屋に入っていくことになっていたが、彼の反応が読めず、緊張していた。彼が許してくれなかったら？　シカゴに来てほしくないと言われたら？　セラは深呼吸して勇気を奮いおこし、隣の部屋を出て三人がいる尋問室に入っていった。部屋に入るとすぐにボウエンが見つめてきた。いつものようにひたむきなまなざしだが、その真意は読めなかった。

トロイとコナーはいきなり立ちあがって、気まずい状況から早く逃げだしたがっているようだった。コナーが出ていく途中で励ますようにセラの肩に手を置いた。ボウエンはからだをこわばらせ、太ももの上に置いた手を握りしめた。まだ彼女に独占欲をいだいているというしるしを見て、セラは必要としていた自信をもらった。

トロイとコナーが出ていってドアがしまったとき、セラは坐ったりしなかった。これは彼女がなにもかも説明するチャンスで、時間を無駄にする気はない。ボウエンに追いだされる危険をおかすこともしない。「わたしが叔父にあなたを逮捕してくれるよう頼んだのは、あなたを守りたかったからよ。〈マルコズ〉で、九日ですべてが変わるって話を耳にしたの。取引のあと、あなたは長くないって」セラは唇をなめた。「だから店のそとに出て……叔父に電話したのよ。わたしの正体をばらせなかったから、そうするしかなかった。叔父が信用ならない人間だったことは申し訳ないと思っているわ。でも自分がしたことが間違いだったとは思わない。あなたを守るためなら、わたしはなんでもしたわ」

ボウエンの顔にはなんの表情もあらわれていない。

「あなたに、全部打ちあければよかった。兄がしていたことも、叔父が隠していたことも。わたしが潜入捜査していたときのことも全部。そうしなくてごめんなさい。わたしたちどちらもを危険にさらしてしまったし、自分を許すことができない」セラはごくりと唾をのんだ。「言い訳ができるとしたら、いままでだれにも秘密を打ちあける相手がいなかったっていうことだけ。それは負けに思えて、直面したくなかった。わたしがこわがっていると、あなたに知られたくなかった」

「そんなことをしても、なにもかわらなかっただろう」

ボウエンのかすれた声に、セラはぎくりとした。かわらなかっただろう。過去形？

「あなたは言ったでしょ、わたしに会う前にわたしのことを好きになったって。写真を見ただけで」セラの声はささやきのように小さくなった。「ある意味では、わたしもそうだったのよ。あなたの名前を知る前に、すでにあなたに惹かれていた。あなたに会って。あなたがだれかを知ったときには、もう手遅れだった」

まだボウエンはなにも言わなかった。静けさを絵に描いたようにパイプ椅子に座って彼女を見ている。

「それにあなたはあなたの名前じゃない。もっといろんな面をもつ、すばらしい人よ。わたしにとってはすべて」セラは深呼吸した。「わたしには、壁画アーティスト、戦士、一度は道を見失っても、大事なところでは善良な部分をもちつづけている人が必要なの。いま愛していたと思ったら次の瞬間には怒っている、そんな人が欲しいの。わたしのために教会のミサを我慢して、卵サンドウィッチをつくってくれる人。完璧な手でわたしにふれる人」ボウエンの無反応に、彼女は泣きわめきたくなった。「わたしはシカゴに行くわ。もしあなたがわたしに来てほしくないと思っているなら、おあいにくさま。毎日あなたの隣にいるわ。だってもう、ほかのところはわたしのいるべき場所だと思えないから。愛している。いいえ、ずっと愛してた。あなたがそれを受けとるか否かを訊くつもりはないから。受けとって、と言うだけ」涙で視界がぼやける。「お願い、受けとってくれない？」震える声で最後まで言いきった。

彼が動かず、なにも言わない時間、その一秒一秒が割れたガラスの破片で心臓を、むき出しになった肌を、ひっかかれているように感じられた。ボウエンはわたしを欲しくない。そうなんだ。そう……それならもっとがんばるだけだ。シカゴで彼の信用をとり戻せばいつかは彼もこちらを向いてくれるはず。ふたりのあいだにあったものが、たった一日でなくなるはずがない。ぜったいに。

セラは涙をぬぐって、ドアのほうを向いた。なにもかもスローモーションのように動いている。ドアノブに手をかけたとき、パイプ椅子が床をこすり、奥の壁にぶつかる音が聞こえた。とつぜんボウエンの体温につつまれ、喉から泣きそうな声が出てしまった。うしろから腕を巻きつけられて、彼の胸に引きよせられ、耳元で温かく速い呼吸が聞こえる。

「なんてこった、セラ」彼はあえぐように言った。「おまえはいま、おれがこの世で欲しいものを全部与えてくれた。現実だと信じるまで時間が必要だったんだ」彼の言葉でセラはからだから力が抜けてしまった。でもボウエンがぎゅっと抱きしめ、彼女が床にへたりこまないように支えてくれた。「愛してる。あまりにも愛していて、胸に入りきらないんじゃないかと思うほどに」

セラは頭をそらして彼の肩に乗せた。信じられないほどほっとして、動きが緩慢になっている。「場所をつくって。わたしはどこにもいかない」

彼は震える手でドアノブを指差した。「おまえが離れていくのを見るのは、いまのが最後だ。もう二度とない。おれはおまえを離さない、くそっ」

「わたしは二度と離れない。わたしもあなたを離さないわ」

「ありがたい」ボウエンは彼女をふり向かせた。セラは彼のハンサムな顔を見あげ、親指で右目の下の傷をなぞった。ボウエンはほっと息を吐いて彼女の手に顔を押しつけ、心臓の上に拳を置いた。「セラ、おれが死んで埋められるまで、これは一オンスも減ることはない。おまえがなにをしても、軽くなることはない。もしできてもおれが許さない。おれはおまえへの愛でいっぱいのまま生きていく。二度とそれを疑わないでくれ、いいな？」

「わかった」うなずくと、涙がほおに落ちた。「わかったわ」

ボウエンが唇で涙を払ってくれた。「ほんとにシカゴでは看護師をやりたくないのか？　もっと安全な仕事もあるだろ？　おれはそうしてくれって頼むかもしれない」

「そんなことをしてアクションを見逃せっていうの？」

ボウエンは低くうなって、彼女を壁に押しつけた。「アクションはうちでたっぷり経験できる」

「うち」セラは息を切らしながら言った。「あなたがそう言うとうれしくなる」

ふたりは唇を重ねて長いキスをした。「おまえがおれのうちだよ、セラ。おれがもてた唯一のうち。おれもおまえのうちになりたい。そうならせてくれ」

胸のなかで愛が膨らむ。「わたしのうちは、これからずっとあなただけでいいわ、ボウエン」

エピローグ

ボウエンは小さく悪態をつきながら、セラを歩道から陰になった戸口にひっぱりこんでキスした。彼の思いつきの行動に最初は笑っていた彼女も、舌を絡ませると、おもしろがっている雰囲気は彼の正気といっしょに消えた。ひんやりした指がボウエンの髪のなかに入ってきて、ちょうどいい感じにひっぱる。彼は両手をドアの上部についた。もし彼女にさわってしまったら、どこか場所を探してふたりとも終わりまでしないとすまなくなるからだ。シカゴ市警での最初のミーティングの時間にもうすでに遅れている。そのミーティングに、彼のたまらなくセクシーな恋人はタイトスカートをはいてくることにした。たぶんそれは、ふたりで新しいキングサイズベッドに戻れるときまで彼を狂わせておくためだ。彼はいまでも、一日に数回は、新しいベッドを〝慣らす〟必要があると主張している。そのベッドは、ふたりで家具店に行って、普通の恋人どうしのように手をつなぎながら選んだ。ボウエンはその日が自分の人生で最高の日だと決めた。次の日セラといっしょに一日を始めるまでは。そしていまは、セラといっしょに一日を始める日は毎日記念日になっている。

セラが彼のベルト通しに指をかけて、彼のからだを引きよせた。彼女の曲線が彼の硬いからだに密着し、彼女のセクシーで小さな声が、彼の脳に官能の霧をかける。例によっていけないと思いつつ、ボウエンは片手をドアからさげて彼女のお尻に滑らせた。出かける前に、赤いTバックをつけているのを見た。いま考えられるのは、その生地越しに彼女を愛撫することだけだ。ミーティングのあいだも、家に帰ってふたりきりになれるまでずっと、そのことを考えつづけるだろう。

先週ふたりでシカゴに越してきてから、ボウエンがこういうことをする頻度はどんどん高まっていた。セラと同居するワンベッドルームのアパートメントが現実だと確かめるために、壁という壁に彼女の絵を描いている。彼女が現実だと確認するために、ことあるごとにその甘い唇にキスしている。その確認《リマインダー》はたいてい、セラが彼の頭か首か腰に脚を巻きつけて、許してと懇願して終わる。彼は心のどこかで、自分の夢が実現したことの確認は、いつまでもなくなってほしくないと思っていた。もしなくなってしまったら、自分がどれだけ幸運な人間かを忘れてしまうだろう。ボウエンはそうなりたくなかった。彼は自分の彼女といっしょの時間を一秒たりとも当たり前だとは思いたくなかった。

セラの唇が動き、彼は硬くなったものを熱くなった場所にこすりつけるしかなかった。彼女は唇を離して切なげな声をあげ、ボウエンの夢を支配するあの茶色の目で見つめてきた。明るく、昂り、欲情している。彼を信用して。ファック。おれはなにを始めたんだ？　これ以上続けたら引き返せなくなるとわかったから、彼女のスカートの下に手を入れていかせてやりたいという欲求をこらえた。代わりに一歩さがって、自分のものを調整した。

「ずるい」セラがあえぐように言った。

ボウエンは肩にかかった彼女の髪を払った。「ごめんよ、レディバグ。おれにはリマインダーが必要で、ちょっとやりすぎた」

セラの目が優しくなった。「まだ必要なの？」

まったくわかっていない。彼がどんなに自分にはまっているか、見当もついていないのだろう。最初のうちは、それでよかったとボウエンは思っていた。もしセラが彼の執着の強さを知ったらどん引きするのではないかと思ったからだ。だが時間がたつにつれて、もしかしたら知っても、引いたりしないんじゃないかという希望が生まれた。セラも彼に執着しているかもしれない。ほんとうにそうなら、どんなにいいだろう。

ボウエンは手をつないで、しぶしぶ戸口から彼女を引きだした。「どうした？　おれのリマインダーがいやなのか？」

「大好きよ」彼の脇におさまる。「好きなだけして。こちらから文句はないから」

「おれはモンスターをつくっちまった」

セラはふざけてがおーと言ったが、彼女の目にまだ欲望が見えた。あとで埋め合わせをしよう。何度も。考えただけで血が沸きたつようだ。

「コナーもいるの？」

「ああ」ふたりは角でとまって、車が切れるのを待った。「お袋さんが落ち着くのを手伝ってから。そのあと署に直行すると言っていた」

ニューヨーク市警がコナーを内通者にするためにどんな申し出をしたのか、ボウエンが知ったのはニューヨークを離れる日のことだった。彼の母親の健康状態の悪化が、コナーの背を押した。じっさい、あいつはなにを決めるのにもお袋さん次第だった。ボウエンは、いまでは友人だと思っているコナーがなぜ海軍を追いだされることになったのか、そのいきさつは知らなかったが、無理に聞きだすこともしなかった。コナーにかんして自分の直感が合っていたのがうれしかった。ボウエンとおなじく、コナーも簡単には出口の見えない状況に閉じこめられていた。セラ、そして——認めるのはくやしいけど——トロイがいなかったら、ボウエンはいまでも無為な日々を過ごし、自分が沈没する日を待っていただけだろう。

もうそんなことはない。セラを見おろすと、彼女がほほえみかけていた。シカゴの風が髪をもちあげ、まだ腫れている唇の上をかすめた。もし百歳まで生きられたとしても、セラへの恩返しをするには足りない。彼女は生きる価値のある人生を彼にくれて、過去を埋めるのに手を貸してくれた。ニューヨークを離れる前、母親のパメラに会いにいったときもついてきた。パメラは、ボウエンを置いて家を出たのはレニーがこわかったからだと説明した。毎日ボウエンのことを考えたと。だからといってすぐに家族で旅行したり感謝祭のディナーに集まる関係になるわけではないが、その夜安らかな気持ちになったのは否定できない。

ニューソムの不正が報道機関にリークされ、ニューヨーク市警はなにがあったのかを明らかにするしかなかった。ニューソムは共同謀議、横領、贈収賄などの容疑で起訴された。彼は毎日のように警察組織内でおかした罪を告白していった。ニューヨーク市警は完全にそれを内密にしておくことはできず、自分の苗字が夕方のニュースで非難されるのはセラにとってつらいことだったはずだ。ボウエンも気に入らなかったが、彼女の身元が保護されているかぎり、夜眠れなくなるということはなかった。セラにとっては兄の不正を受けいれるほうがつらそうだったが、ようやく、どんなものごとにもグレーな部分があるということを理解したようだ。兄との幸せな記憶を忘れる必要はない。いい思い出も悪い思い出といっしょに共存できるということも。ボウエンはシカゴじゅうの質屋を回って古い任天堂のゲーム機を探した。そうしたらなんと、ある店の主が奥の部屋から古いテトリスのカートリッジを探しだしてきてくれた。セラを手に入れたことが、彼の運が上向いてきた証拠でなければ、このカートリッジで決まりだった。その日の夜から、ふたりの対戦が始まった。

署の建物についたとき、ボウエンは警察官数人に好奇のまなざしで見られて、ちくちくと不安を感じた。なかには嫌悪を隠さない者もいた。賢明なことにセラにそういう視線を向けた者はいなかった。でなければ、ミーティングにもっと遅れることになっていただろう。

ボウエンはセラのためにドアをあけて、彼女といっしょににぎやかな正面オフィスに入っていった。電話が鳴り、紺色の制服に身をつつんだ男たちが部屋の端と端で大声で話している。彼がこれに慣れることはけっしてないだろう。警官といっしょに働き、毎日警察署に通勤するなんて。とくにこいつらが彼の恋人を危険にさらすのかと思うと、いくら彼女が優秀だとわかっていても、腹が立った。彼の居心地の悪さを感じたように、セラが彼の手をぎゅっと握った。彼に必要な確認はそれだけだった。毎晩彼女の隣で眠れるのなら、大西洋のど真ん中の石油掘削装置で働いてもいい。

そしてなにがあっても、自分は彼女を守ってみせる。

疲れた顔をした受付係が、ふたりを見て口笛を吹いた。「タイラー警部のミーティング？」ボウエンがうなずくと、受付係はしまったドアを指さした。「その部屋よ。遅刻ね」

彼はセラと目を見交わして、ドアへと向かった。あけてみて、ふたりとも思わず立ちどまった。

大きな会議用テーブルを囲むようにして五人が坐っていた。全員がふたりを見つめている。ほぼ全員か。コナーはテーブルをはさんで向かいに坐っている女をにらみつけている。その女は半分金髪で半分ピンク色の髪をして、「ちょっとあたしのヴァイブを切らないで」と書いたTシャツを着て、ガムを嚙んでいた。コナーの隣に坐っている野球帽をかぶった年寄りはひどくうれしそうだ。ドアにいちばん近い席には、黒髪の女が、背筋をぴんとまっすぐにして、神経質そうに指に髪を巻きつけていた。明らかにこの状況に動揺している。

このはみだし者たちは何者なんだ？

あまり考えている時間はなかった。五人目の男が立ちあがって、ボウエンの視界をふさいだからだ。スーツにネクタイ、ベルトにバッジをつけて、権威を漂わせている。ボウエンはすぐに相手のスペースに入って、だれの命令でも聞くわけじゃないということをわからせてやった。驚いたことに、相手はそれを認めるようにうなずいた。トロイから話を聞いていたので、この男がデレク・テイラー警部だということはわかっている。

「きみたちが来てくれてよかった。坐ってくれ。さっそく仕事だ」

訳者あとがき

テッサ・ベイリーの〈クロッシング・ザ・ライン・シリーズ〉の一作目『危険な愛に煽られて（原題 *Risking It All*）』をお届けします。ニューヨーク市警の警察官であるヒロインと、マフィアの二代目首領であるヒーローのロマンスを描いたコンテンポラリー・ロマンスです。

本書のおもな舞台は、ニューヨーク州ニューヨーク市の五つの区のうちのひとつであり、ロングアイランドの最西端に位置するブルックリンです。ヒーローの地元であるベンソンハーストは南西ブルックリンにある地区で、伝統的にイタリア系の移民が多く、マフィアの影響が強く残っている土地柄だと言われています。登場人物たちが訪れるナイトクラブ、イタリアン・レストラン、教会などに街の雰囲気がよく出ていますよね。

物語は、ヒロインのセラフィナ（セラ）・ニューソムが、ナイトクラブでウエイトレスとして働いているシーンから始まります。なぜ警察官であるセラがウエイトレスをしているのか？　三年前、彼女の兄でやはりニューヨーク市警の警察官だったコリンが、ブルックリン北部のマフィアの首領、トレヴァー・ホーガンによって殺されました。しかし証拠不十分でホーガンは無罪放免となりました。なんとしても兄の無念を晴らしたいと思ったセラは、ホーガンの犯罪を証明する証拠を手に入れるために独断で彼の組織に潜入しました。正体がばれたら殺される危険を承知のうえでの覚悟の行動です。

本書のヒーロー、ボウエン・ドリスコルは、ブルックリン南部のマフィアの二代目首領で、彼の組織はホーガンの組織と冷ややかな共存関係にあります。父親が逮捕されて拘置所送りになって以来、彼の肩にはマフィアのボスとしての責任が重くのしかかっています。その彼に、ニューヨーク市警の警察委員長が、潜入捜査官を危険から守り、その捜査を完了させるように協力しろと言ってきます。もちろんボウエンは断ろうとしますが、純情そうなセラの写真をひと目見て、強烈な保護欲をかきたてられ、協力することに同意します（ひと目惚れですね）。

このように、ふたりはそれぞれの秘密をかかえて出会い、最初から、相手と自分は別の世界に住む人間――それどころか、法律を守る側と破る側の敵どうし――だとわかっていながら、強烈に惹かれあっていきます。汚れを知らないセラと、荒々しく傷だらけのボウエン。当然、ふたりのロマンスの行方は波乱含みです。ロマンスと並行して、ホーガンやボウエンの部下などの思惑も絡んでストーリーが進んでいきます。

ボウエンは、セラの言葉を借りれば「危険なほどハンサムでセクシーな自信にあふれた」男で、これまでの女関係はほぼ一夜限りというプレイボーイでした。でも彼は、そんな上辺の下にたくさんの傷や苦悩を抱えています。幼いころから父に暴力を叩きこまれ、いまは父の跡を継いでマフィアを率いている。内心、そんな自分を嫌悪し、卑下しながら、出口の見えない人生を生きているのです。それでも自分の大事な人を守るためならなんでもするほど献身的で、人好きのする陽気さもあったり、ほかにも意外な一面をもっていたりして、とても魅力的です。

いっぽうセラは、男性に守ってやりたいと思わせるような清楚な外見の下に、兄の仇をとるために危険を承知でマフィアに潜入する強さと、傷ついた人を癒したいと思う愛情の深さをもつ女性です。子供のころに両親を亡くして以来ずっと寄宿制のカトリックの女子校育ちで、男性にたいする免疫がほぼゼロのヴァージンでもあります。そんな彼女が、ボウエンのような男性に出会ってしまったら、いくら理性で犯罪者だとわかっていてもひとたまりもありません。それにボウエンは、ダーティー・トーカー（みだらな言葉を口にする人。男女を問わず）のヒーローが得意と言われているテッサ・ベイリーのヒーローのなかでもピカ一のダーティー・トーカーなのです。

著者テッサ・デイリーは、警察官をヒーロー、ヒロインにしたロマンスをたくさん書いています。本書の〈クロッシング・ザ・ライン・シリーズ〉、〈ライン・オブ・デューティー・シリーズ〉、警察学校のルームメイトを主人公にした最新のシリーズ〈アカデミー・シリーズ〉。ほかのシリーズや単発作品も人気です。

ヒーローであるボウエンは、じつは本書の前に、テッサ・ベイリーのふたつの作品に登場しています。別シリーズ〈ライン・オブ・デューティー・シリーズ〉の二作目で、本書にも登場するトロイとルビーが主人公の『*His Risk to Take*』、と〈クロッシング・ザ・ライン・シリーズ〉の前日譚、『*Riskier Business*』（中篇小説。電子書籍のみ）です。テッサはあるインタビューで、「ボウエンがページの上にあらわれてからずっと彼の物語を書きたいと思ってきたの」と語っています。著者も惚れこんだボウエンの魅力はあますところなく本書に書かれています。

本書のなかで、ボウエンとルビーは異父兄妹だと明らかになっているので、その経緯を少し説明しておきます。ボウエンとルビーは四歳差の幼なじみです。ルビーはずっとボウエンが兄だとは知らなかったのですが、ボウエンのほうは、ルビーが自分の妹だと知っていました。でも父親に口止めされていたので、黙って妹のそばにいて、彼女を守っていたのです。ルビーにトロイという警察官の恋人ができたのを見て、ボウエンは、妹のためを思い、犯罪者である自分から遠ざける決意をしました。

〈クロッシング・ザ・ライン・シリーズ〉の二作目『*Up In Smoke*』では舞台がシカゴに移り、本書に登場した元ネイヴィーシールズのコナー・バノンがヒーローになります。こちらも超ホットでサスペンスに満ちた作品です。いずれご紹介できたらいいなと思っています。

テッサ・ベイリーはカリフォルニア州出身。高校の卒業式の翌日、卒業アルバム、破れたジーンズ、ノートパソコンを荷物に詰めて、車でアメリカを横断、ニューヨークに移住しました。伯父が所有するマンハッタンのバーでウエイトレスとして働きながら、キングズボロー・コミュニティー・カレッジとペース大学を卒業。二〇一三年に『*Protecting What's His*』でロマンス作家としてデビュー以来、精力的に作品を発表しています。夫と娘とともにニューヨーク在住。

ザ・ミステリ・コレクション

危険《きけん》な愛《あい》に煽《あお》られて

著者　テッサ・ベイリー
訳者　高里《たかさと》ひろ

発行所　株式会社 二見書房
東京都千代田区神田三崎町2-18-11
電話　03(3515)2311［営業］
03(3515)2313［編集］
振替　00170-4-2639

印刷　株式会社 堀内印刷所
製本　株式会社 村上製本所

落丁・乱丁本はお取り替えいたします。
定価は、カバーに表示してあります。

ISBN978-4-576-18088-5
http://www.futami.co.jp/

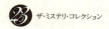

二見文庫 ロマンス・コレクション

激情
キャサリン・コールター＆J・T・エリソン
水川玲［訳］〔新FBIシリーズ〕

平凡な古書店店主が殺害され、彼がある秘密結社のメンバーだと発覚する。その陰にうごめく世にも恐ろしい企みに英国貴族の捜査官が挑む新FBIシリーズ第二弾！

迷走
キャサリン・コールター＆J・T・エリソン
水川玲［訳］〔新FBIシリーズ〕

テロ組織による爆破事件が起こり、大統領も命を狙われる。人を殺さないのがモットーの組織に何が？英国貴族のFBI捜査官が伝説の暗殺者に挑む！シリーズ第三弾

鼓動
キャサリン・コールター＆J・T・エリソン
水川玲［訳］〔新FBIシリーズ〕

「聖櫃」に執着する一族の双子と、強力な破壊装置を操るその祖父——邪悪な一族の陰謀に対抗するため、FBIと天才的泥棒がタッグを組んで立ち向かう！

そのドアの向こうで
シャノン・マッケナ
中西和美［訳］〔マクラウド兄弟シリーズ〕

亡き父のために十七年前の謎の真相究明を誓う女と、最愛の弟を殺されすべてを捨て去った男。復讐という名の赤い糸が結ぶ、激しくも狂おしい愛。衝撃の話題作！

影のなかの恋人
シャノン・マッケナ
中西和美［訳］〔マクラウド兄弟シリーズ〕

サディスティックな殺人者が演じる、狂った恋のキューピッド。愛する者を守るため、元FBI捜査官コナーは人生最大の危険な賭けに出る！官能ラブサスペンス！

運命に導かれて
シャノン・マッケナ
中西和美［訳］〔マクラウド兄弟シリーズ〕

殺人の濡れ衣をきせられ過去を捨てたマーゴットは、そんな彼女に惚れ、力になろうとする私立探偵のデイビーと激しい愛に溺れる。しかしそれをじっと見つめる狂気の眼が…

真夜中を過ぎても
シャノン・マッケナ
松井里弥［訳］〔マクラウド兄弟シリーズ〕

十五年ぶりに帰郷したリヴの書店が何者かに放火され、そのうえ車に時限爆弾が。執拗に命を狙う犯人の目的は？彼女を守るため、ショーンは謎の男との戦いを誓う…！

二見文庫 ロマンス・コレクション

過ちの夜の果てに
シャノン・マッケナ
松井里弥［訳］
〔マクラウド兄弟 シリーズ〕
傷心のベッカが恋したのは孤独な元FBI捜査官ニック。狂おしいほど求めあうふたりに卑劣な罠が……この愛は本物か、偽物か――息をつく間もないラブ&サスペンス

危険な涙がかわく朝
シャノン・マッケナ
松井里弥［訳］
〔マクラウド兄弟 シリーズ〕
あらゆる手段で闇の世界を生き抜いてきたタマラ。幼女を引き取ることになったのを機に生き方を変えた彼女の前に謎の男が現われる。追っ手だと悟るも互いに心奪われ…

このキスを忘れない
シャノン・マッケナ
幡 美紀子［訳］
〔マクラウド兄弟 シリーズ〕
エディは有名財団の令嬢ながら、特殊な能力のせいで家族にすら疎まれてきた。暗い過去の出来事で記憶をなくしたケヴと出会い…。大好評の官能サスペンス第7弾！

朝まではこのままで
シャノン・マッケナ
幡 美紀子［訳］
〔マクラウド兄弟 シリーズ〕
父の不審死の鍵を握るブルーノに近づいたリリー。情報を引き出すため、彼と熱い夜を過ごすが、翌朝何者かに襲われ…。愛と危険と官能の大人気サスペンス第8弾！

その愛に守られたい
シャノン・マッケナ
幡 美紀子［訳］
〔マクラウド兄弟 シリーズ〕
見知らぬ老婆に突然注射を打たれたニーナ。元FBIのアーロと事情を探り、陰謀に巻き込まれたことを知る。そして三日以内に解毒剤を打たないと命が尽きると知り…

夢の中で愛して
シャノン・マッケナ
幡 美紀子［訳］
〔マクラウド兄弟 シリーズ〕
ララという娘がさらわれ、マイルズは夢のなかで何度も彼女と愛を交わす。ついに居所をつきとめ、再会した二人は一緒に逃亡するが…。大人気シリーズ第10弾！

真夜中にふるえる心
リンダ・ハワード／リンダ・ジョーンズ
加藤洋子［訳］
ストーカーから逃れ、ワイオミングのとある町に流れ着いたカーリンは家政婦として働くことに。牧場主のジークの不器用な優しさに、彼女の心は癒されるが…